CAOHE WAN
FUPIN JISHI

草河湾
扶贫纪事

杨益军◎著

时代出版传媒股份有限公司
安徽文艺出版社

图书在版编目（CIP）数据

草河湾扶贫纪事/杨益军著.--合肥：安徽文艺出版社,2022.4
ISBN 978-7-5396-7213-7

Ⅰ.①草… Ⅱ.①杨… Ⅲ.①纪实文学－中国－当代
Ⅳ.①I25

中国版本图书馆 CIP 数据核字(2021)第 099724 号

出 版 人：姚　巍
责任编辑：张妍妍　　姚　衍　　　装帧设计：张诚鑫

出版发行：时代出版传媒股份有限公司　www.press-mart.com
　　　　　安徽文艺出版社　　　www.awpub.com
地　　址：合肥市翡翠路 1118 号　邮政编码：230071
营 销 部：(0551)63533889
印　　制：安徽新航向印刷有限公司　(0551)65661327

开本：710×1010　1/16　印张：17.25　字数：300 千字
版次：2022 年 4 月第 1 版
印次：2022 年 4 月第 1 次印刷
定价：68.00 元

(如发现印装质量问题，影响阅读，请与出版社联系调换)
版权所有，侵权必究

作者在大许村老村部整理户档资料

第一书记陈永刚和西湖镇党委书记李俊山为大许村90岁以上老人颁发"长寿之星"证书

大许村召开规模空前的脱贫攻坚表彰大会

麦收时节的草河湾

第一书记陈永刚、扶贫专干许明走访贫困户

工作队和村干部走访贫困户核实收入数据并制定脱贫方案

大许村新当选的党总支书记马若付、副书记周学宏和总支委员马琦、陈继芬、许晓明

全国基层理论宣讲先进个人燕少红到大许村上党课,并和党员及入党积极分子交流

村民在创业青年儿菜基地采收儿菜

脱贫户凌贺田夫妻经营扶贫大棚收获时的喜悦

自主脱贫标兵刘作道望着长大的鸡娃开心地笑了

创业青年宋桂杰夫妻把采收的秋葵装箱外运

大许村"草河滩"西瓜畅销省内外

工作队在贫困户凌文刚家商定危房改造方案

凌文刚和老伴在危改后新居前

贫困户陈玉国的危房

陈玉国重建后的新居

大许村老村部

新建的大许村党群服务中心大楼

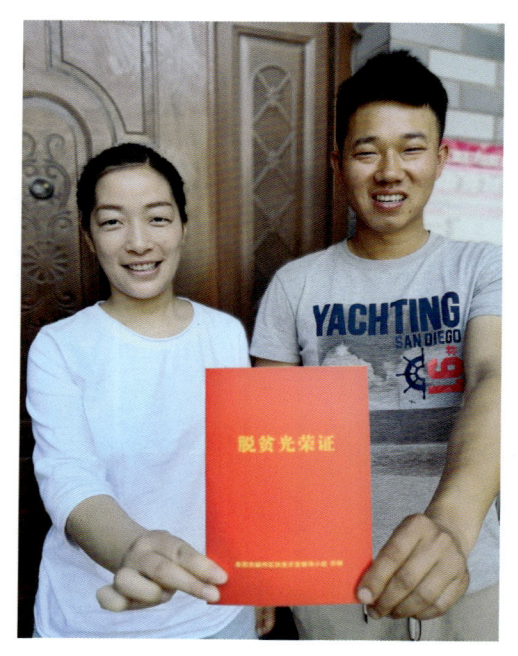

安徽省第九届"百名孝星"刘晓杰和丈夫王强喜领脱贫光荣证

大许村扶贫车间为80多个村民提供了就业机会

阜阳市青年书画家为大许村创作国画《春满人间》

阜阳市书法家协会副主席王建涛一行和喜得春联的草河湾村民在一起

镇、村干部在大许村办公室挑灯夜战

安徽省第三方监测考核评估组在大许村会议室核实相关扶贫数据

村民组长发放土地流转金

大许村农家饭场

接任第一书记汪文斌和许明在创业青年长势喜人的蔬菜大棚内

草河湾百姓到合肥分别为作者和队友陈永刚、汪文斌、许明赠送锦旗

序言 一份鲜活的贫困村脱贫档案

李忠杰

在中国脱贫攻坚战取得全面胜利之际,杨益军在安徽省大许村完成了他的《草河湾扶贫纪事》一书。作为扶贫工作队的副队长,他不仅直接承担了扶贫工作的责任和使命,而且发挥媒体人和文化人的专长,用20万字的篇幅,记下了大许村脱贫攻坚的全过程。这些充满时代气息的文字,沾泥土、带露珠、冒热气,犹如草河湾大地成熟的庄稼,颗粒圆润,浆汁饱满,有劲道,耐咀嚼,为中国扶贫脱贫的伟大事业提供了一个典型的案例,留下了一份鲜活的档案。

贫困伴随着人类社会,治理贫困是一个世界性难题,也是全球发展面临的共同挑战。中国人民与贫困落后进行了长期的斗争。改革开放以来,中国共产党领导人民走出一条中国特色社会主义道路,大幅度提高了广大人民群众的生活水平,同时针对农村的绝对贫困,大规模地开展扶贫脱贫事业。党的十八大以来,以习近平同志为核心的党中央吹响了脱贫攻坚的冲锋号,领导全党全国打响了一场规模和力度空前的脱贫攻坚战,形成了省、市、县、乡、村五级书记抓扶贫、全党合力促攻坚的生动局面。全国累计选派25.5万个驻村工作队、300多万名第一书记和驻村干部,同近200万名乡镇干部和数百万村干部一道,奋战在扶贫第一线。

共青团安徽省委派驻到阜阳市颍州区西湖镇大许村的扶贫工作队,融进了这支浩浩荡荡的扶贫大军,村子所处的草河湾成了工作队投身扶贫事业的一个基地。这支工作队坚持以习近平总书记关于扶贫工作的重要论述为指导,用智慧和汗水书写了脱贫攻坚的共青团答案:他们找准脱贫攻坚的着力点，不折不扣落实各项扶贫政策，把党和国家的关怀送到各家各户；他们善于发现和培养各类先进人物，用典型引路，提振脱贫攻坚的精气神，有效激发了贫困户自主脱贫的内生动力；他们引领种植大户和创业青年投资兴业，让贫困群众在家门口就业增收，激活了产业扶贫的一池春水；他们狠抓党建促扶贫，把曾经软弱涣散的党组织提升为阜阳市五星级党支部，为帮扶村留下了一支永不撤离的工作队；他们用心、用情、用力、用智慧，因户因人精准施策、精准扶贫，努力让这里的贫困群众真脱贫、脱真贫、不返贫，为草河湾的乡村振兴奠定了坚实基础。

伟大事业孕育伟大精神，伟大精神引领伟大事业。脱贫攻坚的伟大斗争，锻造形成了"上下同心、尽锐出战、精准务实、开拓创新、攻坚克难、不负人民"的脱贫攻坚精神。草河湾的扶贫工作队，用自己的实际行动，体现了这种精神，也汇聚了这种精神，将这种精神以点点滴滴的人和事、得与失、甘与苦、汗与泪，播撒在了希望的田野上。

中国的脱贫攻坚战已经取得了全面胜利，现行标准下9899万农村贫困人口全部脱贫，832个贫困县全部摘帽，12.8万个贫困村全部出列，区域性整体贫困问题得到解决，消除绝对贫困的艰巨任务已经胜利完成。中国的扶贫脱贫书写了中华民族发展史上的辉煌篇章，也为世界减贫事业做出了巨大的贡献。这是一座历史的丰碑，值得我们用不同的方式共同去记载、去描绘、去思考、去留存，将这样的史诗昭告世界，传之后世。

杨益军作为新闻工作者，既是一位肩负重任的扶贫干部，又是一位满怀激情的"扶贫记者"。他以可贵的情怀和担当，冲锋在脱贫攻坚的前沿阵地，与草河湾的村民同甘共苦，与时代的足音同频共振。一千多个日日夜夜，他吃住在村，与草河湾的乡亲们朝夕相处，千余篇《扶贫日志》真实记录了工作队在大许村的亲历亲为。正是在此基础上，他写出了《草河湾扶贫纪事》一书。

《草河湾扶贫纪事》一书最大的特点，是扶贫人写扶贫事。它不是小说，不是戏剧。在这里，不需要虚构，也不要夸张，只要真实地记录就行了。当然，记录也要有构思，有组织，有取舍，有文笔，并不是事无巨细的自然笔录。但无论怎样书写，该书的生命都在于真实，其价值也在于真实。杨益军在大许村的扶贫现场，以亲历者的身份，向读者讲述他亲历的真人、真事、真好事、真难事、真过程、真情感。他以身边千姿百态的鲜活人物为切入点，朴实地介绍了发生在草河湾的一个又一个扶贫故事。无论大许村的扶贫脱贫成绩在全省全国处于什么地位，把草河湾扶贫脱贫的全过程真实地记录下来，就具有了存史留档的重要价值。

阅读这份真实的记录，我们就如同在解剖一只麻雀。扶贫脱贫的大过程、大事情，很多人也许都有所了解，但是更为具体的事实，比如，贫困村和贫困户当年到底是一种什么样的状态？工作队吃住在村里是通过什么办法对症下药精准帮扶的？工作队为帮助贫困户就业增收因地制宜采取了哪些措施？工作队在扶贫过程中遇到了哪些难题、经历了哪些酸甜苦辣？工作队用什么办法促进了从"输血式扶贫"向"造血式扶贫"的转变？工作队是如何抓党建促扶贫加强村"两委"班子建设的？工作队是如何让教育扶贫、健康扶贫、危房改造、产业扶贫、就业扶贫等扶贫政策落地生根的？贫困村脱贫验收接受省第三方监测评估到底是一个什么样的过程？等等，我们或许都能从这份鲜活的档案里看到更加形象和具体的事实。

大实践是由小细节构成的。认识中国，需要总览整体面貌，但也需要深入解剖，探寻细节。毛泽东的《兴国调查》《寻乌调查》之所以成为中国共产党调查研究的典范，当年费孝通的《江村经济》之所以一直为我们所称道，就是因为他们都深入解剖了一只麻雀，提供了一个真实的典型。记录和反映中国扶贫脱贫的伟大事业，既需要有史诗般的宏大叙事，也需要有鲜活扎实的具体案例。《草河湾扶贫纪事》正是提供了这样一个很好的案例。无论是苦是乐，是甜是咸，是挫折是成功，它都能够使我们更加真切地感受到扶贫脱贫伟大事业的历史进程和脉搏跳动，从而对中国共产党和中国人民取得的这一伟大胜利有更加清晰和深刻的认识。

今天的故事就是明天的历史。《草河湾扶贫纪事》为中国的扶贫脱贫历史定格了一张永恒的底片。草河的水将永远流淌，草河湾的脱贫故事则会借助于杨益军的文字留在人们的记忆中。经过岁月的磨砺之后，这部图文并茂的大许村脱贫档案，也许就会像其他许多留存下来的案例一样，成为一块追忆、解读中国扶贫脱贫历史的"活化石"。从这个意义上，草河湾的故事不仅是西湖、颍州的，也是阜阳、安徽的，更是中国的。

（作者系中共党史学会副会长、中共中央党史研究室原副主任、第十二届全国政协委员）

目 录

序言　一份鲜活的贫困村脱贫档案／李忠杰 001

序曲／001

第一章　天下乡亲　亲如爹娘／006
一　谁说老朱"头难剃"／006
二　"大许一号"／026
三　大路朝阳／044

第二章　面朝大许　春暖花开／065
一　麦浪滚滚闪金光／065
二　每天都和家人视频的队友／107

第三章　命运转机悄然而至／111
一　"一把手"／111
二　跟老婆"谝钱"的男人／122
三　抱媳妇打转的老嘎子／130
四　小院里的枣子熟了／134
五　大干及一群难兄难弟／141

第四章　开渠引水的追梦人 / 158

一　老抠 / 158

二　外来女能人 / 167

三　宋氏两兄弟 / 170

四　姚杰夫妻的风雨打拼路 / 175

五　复垦土地创业热 / 179

六　佳豪旗帜别样红 / 184

第五章　驻村日志　实情在线 / 188

一　巡察组入户走访"功夫深" / 188

二　三百处老房子几天不见了 / 192

三　从此无须再报岗 / 206

四　差点让子女背黑锅的老人 / 207

五　让我后悔的一碗面条 / 212

六　爱听她喊我大兄弟 / 215

七　掌声回响贫困村 / 219

八　"福"到草河湾 / 222

九　名嘴来到大许村 / 224

第六章　扶贫大考今生难忘 / 226

一　2017 年首次亲历省第三方监测评估——
　　我诚惶诚恐、胆战心惊 / 226

二　2018 年第二次亲历省第三方监测评估——
　　清晨六点齐刷刷地盯着微信群 / 247

三　2019 年第三次亲历省第三方监测评估——
　　精益求精　淡定从容 / 261

四　2020年第四次亲历省第三方监测评估——
　　胜券在握　完美收官／262

后记　**魂牵梦萦草河湾**／264

序　　曲

天下西湖三十六,最著名的有杭州西湖、颍州西湖、惠州西湖"三大西湖"之说,有宋朝诗人杨万里的诗句"三处西湖一色秋,钱塘颍水及罗浮"为证,但包括扬州瘦西湖在内的"四大西湖"之说似乎更为世所公认。有人曾这样品评"四大西湖":如果把颍州西湖与杭州西湖、惠州西湖、扬州瘦西湖相比,杭州西湖像一个雍容丰满的大家闺秀,惠州西湖可能像一个娇柔文静的小家碧玉,扬州瘦西湖像是一位待字闺中的大家才女,而颍州西湖恰似一位未经尘染的纯情少女,原始又质朴,清秀又单纯。

为什么中国的"三大西湖"或"四大西湖"之说都少不了颍州西湖?历史上的颍州西湖确实有过非同寻常的影响力。颍州西湖兴于唐,盛于宋。《大清一统志》称:"颍州西湖闻名天下,亭台之胜,觞咏之繁,可与杭州西湖媲美。"有关史志曾描述颍州西湖的盛景:"湖中有岛,岛中有潭;菱荷飘香,绿柳盈岸;芳菲夹道,林苑烂漫;曲径通幽,斜桥泽群;画舫朱艇,碧波潋滟;楼台亭榭,错落其间。"晏殊、欧阳修、苏东坡均担任过颍州太守,常宴游西湖,多有题咏。欧阳修在任颍州太守时,对西湖进行了大规模治理与开发,在湖上广种瑞莲,湖畔栽以黄杨,常与同僚泛舟湖上,写下了"轻舟短棹""画船载酒""群芳过后"等大量赞美西湖胜景的诗词,曾感叹"都将二十四桥月,换得西湖十顷秋",认为此处水甘人厚风气和,最终选择这里作为退休安身托付的养老之地。

安徽阜阳古称颍州,地处淮河流域,曾是北宋朝廷京畿之地。《正德颍州志》言:"襟带长淮,控扼陈蔡,东连三吴,南引荆汝,梁宋吴楚之冲,齐鲁汴洛之道。"北宋时期,颍州有着不可替代的政治经济地位,晏殊、苏东坡为官颍州时,非常喜爱颍州西湖风光,常游赏其中,饮宴会友,赋诗著文,有时连处理公务亦在湖上,在颍州西湖留下了很多佳作和胜迹。苏东坡自颍州奉调扬州,此后调赴杭州太守赞美杭州西湖时曾写道"欲把西湖比西子,浓妆淡抹总相宜",写颍州西湖时曾感慨"西湖虽小亦西子,萦流作态清而丰",望着眼前的杭州西湖,他情不自禁地咏出了"大千起灭一尘里,未觉杭颍谁雌雄"的名句。在苏东坡眼里,杭州西湖和颍州西湖实在难分高低。

历史上的颍州西湖虽因黄河泛滥西移十几公里,但美景依旧,后人围绕颍州西湖写下了数不尽的美文。近些年围绕欧阳修、苏东坡在颍州西湖的千年往事,在当地掀起的地方历史文化研究热方兴未艾,知名文史学者李兴武、陆志成先后出版的《欧阳修与颍州》《苏东坡与颍州》,让颍州西湖厚重的历史文化底蕴广为人知。

我之所以开篇就讲颍州西湖的前世今生,是因为本书讲述的故事就发生在紧邻颍州西湖的草河湾。

颍州西湖除颍河、清河、小汝河、白龙沟四水汇流外,还有条长数十公里的草河从西南方一路朝颍州西湖逶迤而来,犹如一条绿色的翡翠飘逸在颍州西湖国家湿地公园。

数百年流淌不息的草河是阜阳市颍州区西湖镇和阜南县新村镇的天然分界线,从颍州西湖西南角的草河入湖口往上游行走,沿途映入眼帘的全是原生态自然景观。草河两边植被茂盛,远离河心的堤坡下多为水杉、刺槐和白杨。水杉树干挺拔,像挺直胸膛的哨兵守护着草河的堤坝;翁郁葱茏的槐树枝叶婆娑,满树的槐花散发着诱人的清香;白杨树茂密的枝叶遮挡着盛夏暴烈的阳光。

人间最美四月天,最美不过草河边。春天是草河两岸最美的季节,沿河两岸的村民手脚勤快,见不得一点空闲的土地,尤其喜欢在沟头河滩栽种油菜。浅滩上盛开的油菜花成为草河两岸最美的景观。那些或大或小的土丘散落在宽阔的滩涂上,每个土丘犹如一个小小的孤岛,孤岛上盛开的油菜花倒映在水面上,如镜花水月,惹得人醉眼蒙眬。泛舟其中,如入迷宫,浓郁的花香沁人心脾。水中孤岛与河坡上的油菜花融为一体,从远处登高望去,蜿蜒起伏的油菜地犹如云南元阳梯田,一层连着一层,河坡滩涂上的金黄色花海让人不由得想起知名旅游景点新安江画廊。一望无际的油菜花散发的缕缕清香引来了忙碌的蜜蜂,从远处赶来的养蜂人每年都会早早驻扎在这里,带着收获的数百桶蜂蜜眉开眼笑地离去。

在五里村和大许村交界处的草河北岸,二十多年前烧窑挖土留下的几个大深坑如今已成了水质清澈的大鱼塘,塘边的芦苇野树和蓝天白云倒映在塘面上,令人赏心悦目。这些与草河连为一体的大鱼塘,从多年前开始每年都会被放入大量鱼苗,年年逮鱼却从未逮完过,鱼塘里至今仍有长了十多年的大鱼。水清鱼肥空气好,引来阜阳城区钓鱼爱好者垂钓于此。草河往西进入大许村之后,两岸及宽阔的滩涂上植被繁茂,河水中野菱丛生,鱼虾成群,几公里外泉河老湾寨成群的白鹭不时飞到这里觅食。旭日东升,草河彩霞万道,映照在水面上绚丽斑斓、姹紫嫣红,成为大许村一道特有的景观。

草河往西至大许村王竹园变得更加开阔,高低起伏的河滩上野草越发旺盛,深浅不一的河水中不时有三五成群的野鸭出没。从王竹园往西六百米,草河一分为二,发了两个河汊,两条支流,一条朝西南方向,一条朝西北方向。朝西北方向的草河就像顽童在这里甩了一个牛尾巴弯,把大许村近 6000 亩黄土地揽入怀中,草河湾由此得名。方圆二三十里都知道,西湖镇有个草河滩,大许村就在草河湾。

祖祖辈辈在这里繁衍生息的村民,向来以生长在草河湾为荣,和外界交往,有时唯恐对方记不清自己是哪里人,讲过"大许村"三个字之后,往往还要加上一句"俺是草河湾的"。时间久了,草河湾自然就成了大许村的代名词。

草河湾虽在方圆二三十里名声不小,但在几年前,我对草河湾还一无所知,甚至从未听说过这个地名,更不会想到此生居然能跟这个从未听说过的地方结下不解之缘。

和草河湾结缘始于2017年4月26日接到的一个短信。

那天上午10点,我突然接到时任共青团安徽省委青少年发展和权益维护部副部长陈永刚发来的短信:"团省委已研究决定:你是第七批选派帮扶工作队成员,今天下午3点团省委党组找帮扶工作队全体成员谈话,地点:滨湖政务中心2号楼团省委组织部部长单强办公室。"

接到信息,感觉太突然,确实没有足够的心理准备。

安徽青年报社社长汪小雅昨天和我谈话时坦言:"我把报社的人员排来排去,没有比你更合适的选派帮扶工作队人选,已经把你的名字报上了,至于什么时候出发,还要等待团省委通知。"

小雅社长清楚,我是一名拥有30多年党龄的党员,把我的名字报上了,毫无疑问我要无条件服从组织决定。

时任组织部部长单强开门见山:"团省委党组委托我和你们谈话,你们三人作为团省委第七批选派帮扶工作队成员,由陈永刚任队长,杨益军为副队长,许明为扶贫专干。"他边说边给每人一份省委组织部、省扶贫开发领导小组办公室《关于进一步加强省直和中央驻皖单位选派帮扶干部工作的通知》的文件,"看看这份文件,你们就会知道这是一项十分严肃的政治任务,省委组织部要求省直各单位准确把握选派要求,切实做到'硬选人、选硬人'。根据'单位帮扶、干部驻村、整村包保'的文件精神,阜阳市颍州区西湖镇大许村被确定为团省委的脱贫包保村。你们未来几年和原单位工作脱钩,明天出发,全力以赴从事脱贫攻坚。"

毕竟我如热爱生命一样热爱我喜欢的记者职业,从明天开始记者生活骤然按下暂停键,整天在贫困村和贫困户泡在一起,我一时陷入了困惑。

更让我纳闷的是,年过八旬的小舅得知我要去贫困村扶贫,十分关切地给我打来电话:"外甥,你是不是犯啥错误,给贬到农村了?"

尽管我跟最疼我的小舅解释了很长时间,可还是没能全部打消他的疑虑。小舅末了说的那句话让我半天答不上来："只听机关干部去扶贫，哪听说有记者去扶贫的？"

挂掉小舅的电话，我随后接到另一个电话，心态立马发生了一百八十度大转弯。

这个电话是已经退休的安徽青年报社老社长韩阳打来的。他在电话中跟我说："益军，出成果的时候到了，几年的贫困村生活，对你来讲，与其说扶贫，不如说你天天都在采访，到时候如果不抱个'金娃娃'回来，这些年记者你就白干了。"

老社长的话很简洁，他没和我多说什么，就挂断了电话。

彼时，作为全世界反贫困斗争的重要组成部分，波澜壮阔的脱贫攻坚时代大潮正席卷中国大地，党中央面向全世界发出的2020年中华民族彻底摆脱绝对贫困的承诺掷地有声，也令全球为之瞩目！脱贫攻坚的时代大业责无旁贷地落在了我们这代人的肩头，伴随响彻中华的扶贫号角，全国数以万计的扶贫工作队正奔赴一个又一个急需摆脱贫困的村落。

但不是所有人都有机会全天候融入脱贫攻坚的主战场，更不是所有记者都像我一样有缘亲历并现场记录脱贫攻坚的时代景象。对我来说，投身扶贫，个人价值的实现有缘和国家、民族的命运紧密相连，自身的梦想能由此与国家、民族的梦想融为一体，这是打着灯笼难找的好事呀！

想到这，我禁不住热血沸腾，恨不能一步来到大许村。

2017年4月27日，我和陈永刚、许明随团省委分管副书记赶赴两百多公里外的大许村报到。正是麦子抽穗、扬花的时节，沿途车窗外万顷麦海在微风里泛着绿色的波浪。两个半小时之后，乘坐的车子到达颍州西湖，继续往西穿行在被绿色麦浪拥抱的乡村公路上，一支烟工夫便来到了大许村低矮的村部。等候在此的镇、村干部和先期驻扎在这里的市、区扶贫干部路璐、邓蕾蕾随即为我们举行了简短的欢迎仪式，当天我们即在离村部不远的外出务工农民许辉家安营扎寨，买来了草帽雨鞋，添置了锅碗瓢盆，在草河湾和贫困户朝夕相处的日子就这样开始了。

第一章　天下乡亲　亲如爹娘

一　谁说老朱"头难剃"

"头难剃"是大许村干群对八里庄朱勤民共同的看法。这个年过半百的"老愤青"喜欢发牢骚、说怪话,总认为这世道好人不多。草河湾里的村干部在老朱看来大都吃拿卡要,没几个形象光彩的,时间长了,村干部对他大都避而远之。

但对我和大许村妇联主席陈继芬来说,老朱是我们无法躲避的一个难缠户。

老朱难缠,我们绕着走不就行了?为啥说无法躲避?

几年前老朱的弟弟朱勤兵在舟山某渔场打工时落海遇难,弟媳失踪,杳无音信,老母亲崔凤云和老朱的侄子、侄女一家三口成了八里庄的贫困户。老朱是未成年孤儿朱健康、朱文悦的实际监护人,年近九旬的崔凤云有时神志不清,涉及扶贫的事,作为崔凤云、朱健康的脱贫包保责任人和八里庄包片村干部,我和陈继芬必须和老朱打交道。

（一）

2017年9月12日下午,陈继芬一不小心和老朱发生了激烈的正面冲突。

9月的草河湾,秋老虎仍在发威,村头的水泥路面被火辣辣的太阳晒得烫热,树上的知了也在高一声低一声地嘶叫着。

当天下午 3 点多,天气格外燥热,陈继芬和西湖镇包村干部刘克芳早早来到八里庄村民陈爱国家的庭院里,等待相约前来评议脱贫户的村民代表。不大会儿,八里庄村民陆陆续续来到这里,老朱和后面尾随的那只小黄狗也来到了会场,各人找个板凳在院子里坐下等待开会。

主持评议会的陈继芬满面笑容,她开宗明义地告诉大家:今天请大家共同评议八里庄贫困户明秀英、陈朝贺、崔凤云三家是否符合脱贫户条件。

陈继芬首先介绍了三个贫困户的家庭收入,然后请参会村民代表举手表决。在场村民纷纷举手表决通过了对明秀英、陈朝贺的脱贫评议,评议会到此进行得很顺利。

当陈继芬手持崔凤云的扶贫手册,介绍过崔凤云和孙子、孙女人均 8000 多元年收入后,大家正要举手表决时,脸色难看的老朱突然发话:"我不同意他们脱贫!"

"你老母亲和朱健康、朱文悦三口人,人均年收入 8000 元以上,这个收入核算表你可是签过字的,你有什么理由不同意脱贫?"陈继芬边说边把收入核算表拿了出来。

没想到老朱并不示弱,反而显得理直气壮:"健康盖房子外面还欠好几万呢!"

"超标准建房欠账是你自家的事,不能和脱贫联系在一起!"

老朱听不进陈继芬的话,立马站起来指着陈继芬大声叫嚷:"你不该欺负健康这个孤儿!"

两人话撵话,老朱越说越激动,情急之下没注意说了句粗话,年过五十的陈继芬当即被惹恼了,她忍不住当着众人的面大声斥责老朱不讲理。两人声嘶力竭地在陈爱国家的院子里大吵起来,会场顿时乱作一团。老朱的那只小黄狗可能是出于狗护主人的本性,在老朱的身边也拉开架势朝陈继芬不停地狂叫。

刘克芳上前劝说,老朱来了句:"你们官官相护,一个鼻孔出气。"

第一章　天下乡亲　亲如爹娘

在众人力劝之下,吵架的声音方才由高变低。两人的争吵熄火后,小黄狗也停止了狂叫,口吐长舌,趴在了地上。

陈继芬当众告诉大家:"健康是孤儿,固然要同情他,但今天必须通过对他的脱贫评议。"

话未说完,老朱又嗖地站了起来,大声表示反对,紧跟着说了一通难听的话,两人的争吵再次升级,小黄狗又跟着狂叫了起来。评议会因"头难剃"作梗,不欢而散。

下午天气反常地燥热,果然在天黑时就来了一场大雨。当了多少年村妇联主席,陈继芬很少遇到今天这样难堪的场面,她满腹烦恼地回到家。窗外电闪雷鸣,夜空中不时响起让人不寒而栗的雷声,陈继芬禁不住打了个激灵。此刻她坐自家堂屋里,想想自己一次次到有关部门帮助朱健康、朱文悦办理孤儿救助手续,想想自己和工作队千方百计为健康脱贫增收付出的心血,如今好心被当成驴肝肺,"头难剃"不仅没一句感恩的话,反倒说她欺负孤儿健康,她越想越难过,禁不住流下了委屈的泪水。

远在美国奥斯汀大学读博的二儿子和儿媳经常在晚上和陈继芬视频通话,恰在这时,陈继芬的手机响了,原来是二儿媳的视频通话提示。陈继芬没来得及擦干眼泪,便和二儿媳面对面叙起了家常。二儿媳在视频中发现婆婆今天表情反常,随口问声妈妈怎么了。

这一问,陈继芬忍不住把刚刚发生的事向二儿媳倾诉了一番。二儿媳安慰了几句,最后态度坚定地对婆婆说:"受气的村干部从明天起咱不干了,几个月前你来美国,说了多少遍不让你走,你偏偏舍不得那个受气的村干部,这下干脆到美国给我们带孩子得了。"

刚刚发生的一切被陈继芬二十多岁的大儿子全部看在了眼里,他一句话没说,悄然消失在雨夜之中。

当晚9点多,我正在写"扶贫日志",突然接到老朱打来的电话:"老杨,不好了,怕要出事了。"

"什么事?快讲!"

"陈继芬的儿子刚才到我家门口叫嚷着要找我算账,我念他是个晚辈没接他的茬,他说明天还要来找我。"

放下电话,我立即拨通了陈继芬的手机,陈继芬告诉我,她真的不知道儿子到老朱家这回事。我说:"你不仅是村干部,还是一名老党员,无论如何都要把事态控制住。"

陈继芬一边接我的电话一边打着雨伞往老朱家跑,没跑多远,果然见浑身淋透的儿子正从老朱家往回走。

二儿媳的话一下子击中了陈继芬柔软的内心,当天夜里她翻来覆去睡不着,一会儿下定了去美国带孙子的决心,一会儿又觉得眼下八里庄的脱贫攻坚离不开自己,作为一名老党员,如果就这样走了,不活脱脱是一个逃兵吗?

思想斗争了一夜,陈继芬最终打消了去美国的念头。

(二)

中等身材的老朱,高鼻梁,浓眉毛,相貌堂堂,双眉间呈"川"字状,说话时容易激动,性格耿直,认老理,拧劲头。母亲和侄子、侄女一家被评为贫困户,他不仅不说一句感恩的话,反而觉得天经地义,还时常怀疑应该享受的扶贫政策会不会被镇村干部给缺斤少两。

老朱虽然"头难剃",但他对母亲的孝行左邻右舍都很佩服。弟弟遇难后,母亲和侄子、侄女居住在一处破旧的瓦房内,老朱担心刮风下雨祖孙三个在老屋内安全得不到保障,就把他们都接到了自己的楼房里一起生活。

2017年5月,工作队进驻大许村不久,就听说老朱"头难剃"。按常规每个工作队员要包保帮扶四个以上的贫困户,陈永刚队长不容置疑地对我说:"老朱就交给你了,他本人虽不是贫困户,但搞定老朱,比帮扶几个贫困户脱贫更有意义。"

崔风云被指定为我包保脱贫的贫困户,当即就有村干部告诉我,往后我少不了要和"搅毛"的老朱打交道。我明白"搅毛"在当地就是难缠的意思,尚未见到老朱,就听到不少这位"头难剃"的传说。

2017年5月20日,我和陈继芬第一次到老朱家走访崔风云,老远就发现老朱的楼房门口两边各有一个贴着紫红色瓷砖的方柱直达二楼上方,迥异于大许村其他村民的楼房。我隐约感到楼房的主人可能是一位很有个性的农民,用当地人的话来讲,老朱就是比其他人能屈抬。

刚进院子,一只小黄狗迎上来不停地狂吠。一位头发花白的老太太从屋里出来,一边用拐棍把狗往屋里撵,一边热情地和我们打着招呼。不用介绍,眼前的这个老太太就是贫困户崔风云。老太太告诉我们,大孙女朱文悦几个月前就给她姑看小孩去了,孙子健康在学校上课,几天回来一趟。

刚坐下,老朱从地里干活回来了,陈继芬随即向老朱介绍:"这是团省委驻村扶贫工作队副队长杨益军,作为你老母亲和朱健康、朱文悦的包保脱贫责任人,今天前来走访。"

这位脸色黑中透红的庄稼汉不冷不热地抱怨道:"两个孩子是孤儿,享受政策总不能不如其他贫困户。"

"作为孤儿,无疑要享受国家对孤儿的救助政策。作为贫困户,国家的相关政策咱也要不折不扣地享受。"我接过话茬对老朱说,"从今往后,你管我叫老杨,老人和健康生活上有什么困难,我们会尽力帮助解决。"

我随即用手机拨通了老朱的号码,请他把我打去的这个号码存下来,以后有什么需要可以随时打我的手机。

我注意到老朱对保存我的手机号码没什么兴趣,他连看都没看手机上的号码,只是面无表情地朝我点点头。我感觉眼前的老朱,对我这个副队长向他做出的承诺压根没有当回事。

说话间,院子里一只硕大的红公鸡突然伸长脖子长鸣一声,抖抖红色的羽毛,高傲地从我面前走过。

在工作队进驻大许村之前,村里就为朱健康履行了危房改造申报手续,眼下破旧的砖瓦房已经被拆除,老朱正着手在离他居住地不远的地方为侄子兴建新房。

作为他们的包保脱贫责任人,我要精准帮扶这祖孙三人。除了危房改造,对崔风云和朱健康来说,帮扶的重点无疑是认真落实健康扶贫和教育扶贫政策,解决老人的慢性病花费报销和朱健康读书的后顾之忧。

我和陈继芬着手通过村卫生室及西湖镇中学申报了崔风云老人的慢性病报销及朱健康的"两免一补"手续。村卫生室王英很快为老人送来了"慢性病就诊卡",根据颍州区的"351"和"180"健康扶贫政策,有了这张卡,看病的花费基本上都能得到报销。

(三)

半个月之后,我第二次来到老朱家,和老朱一边拉家常,一边讨论采取哪些措施才能更好地为崔风云、朱健康找到脱贫增收的切入点。和第一次见面时相比,老朱明显客气了许多,他热情地打开一瓶罐装饮料,硬塞到我手里。

临别时,他问我:"老杨,你们工作队真能在大许村干几年吗?你们不是到咱农村做个样子走个过场吧?"

我拍了拍他的肩膀,告诉他我们在大许村来日方长。

第三次来到老朱家,老远他就热情地和我打招呼,刚刚坐下,他就满口怨言地对我说:"健康的危房改造补助3万元,明显比其他村的危房改造补助少了一截子,听说旁边村有的补助都5万多,咱村咋补助这么少?"

他的话外音是,要么村干部没尽力,要么村干部从中做了手脚。我当即问他:"你这个小道消息从哪来的?旁边村那个贫困户如果和咱人口一样多也享受了5万多补助,你能否告诉我是哪个村哪一户?我去取取经,看能不能把咱的补上来。"但他又说不出个所以然来。我随即告诉他:"危房改造是一项政策性很强的扶贫工程,村干部肯定是按照规定执行的。至于你说的那个和你家人口一样多的贫困户危害改造补助5万多,我可以十分负责地告诉你,这是没有根据的道听途说,只要是在颍州区范围之内,绝对都是一样的补助标准,他们村如果真的给他补助了5万多,我看那里的村干部没有这个胆!因为每户的危房改造补助都要经过公示等一系列程序,包括公示及验收在内的各类表格材料就有十几张,每个危房改造户都有一套完备的档案放在村里随时备查。"

但老朱对我的话将信将疑,言谈之中我感觉到他对村干部的成见太深,甚至缺乏起码的信任,只要一提起村干部,他似乎就气不打一处来。

村里人说老朱"头难剃",我的体会越来越深。几天后在村头遇见老朱,他又说起补助款的事,仍坚持说别的村都是5万多,但就是说不出是哪一户得到了5万多。我觉得有必要帮他解开这个心结,否则他总是对村干部存在着误解。

大许村建立了一整套规范的危房改造档案,新建或修缮住房的贫困户危房改造档案包括《农户申请表》《村委会评议记录》《村公示栏内照片及公示复印件》《审核审批表》《农户危房改造协议书》《乡镇公示复印件》及照片、农户身份证、户口簿、"五保"证、低保证、残疾证、一卡通等相关证件复印件,区民政部门、扶贫部门、残联、市场监督等部门出具的相关证明,竣工验收表、农户补助资金打卡发放的有关凭单复印件、《农村危房改造农户纸质档案表》《网上信息录入登记表》《农村危房改造施工协议》《颍州区农村危房改造工程质量安全检查记录表》等档案资料。为说服老朱,那天中午趁他在家吃饭的时候,我带着《颍州区2018年危房改造实施方案》(以下简称《方案》)和大许村危房改造档案来到了他家,把《方案》中的具体规定一条一条地指给他看,念给他听。《方案》明确规定了危房改造补助标准:1至3人户原则上房屋建筑面积控制在10至60平方米,每平方米补助500元。我随即告诉他:按照这个规定,从朱健康已经得到的3万元补助看,实际上他们三口人已经享受了最高补助标准。随后我又不厌其烦地把大许村危房改造档案一页页拿给他看,最后我问他:"今天你到底搞清楚了没有?"

老朱终于点头表示搞清楚了。

紧接着我明知故问:"你母亲和健康的各类补助是怎么发放给他们的?是不是村干部用现金交给他们的?"老朱当即回答:"村干部没经手一分钱,都是通过一卡通直接发放的。"

"所有资金都是打卡发放,村干部不经手一分一厘,他们即便想做手脚也不会有任何机会。况且现在上面对扶贫工作的各项资金都有严格的管控措施,不仅从制度上堵死了各级干部多吃多占的漏洞,而且任何村干部也不敢多吃多占,谁多吃多占了,群众的眼睛是雪亮的不说,国家的法律法规可是铁面无情的。"

这时我问老朱:"今天你到底听懂没有?到底有没有搞清建房补助款你们并没有吃亏的道理?"老朱一言不发,但不住地点头表示认可。

我接着对老朱说:"村头的连云饭店和你家相距不过百米,你现在是否还能看到村干部或工作队经常到那里去吃饭喝酒?给健康补助3万元建房款,有没有村干部向你提出要好处费?"

老朱连声说:"没有!没有!村干部从没要过好处费。"

老朱接着告诉我他最近正在忙着的事情:"这些天我正在联系买砖头、沙子、水泥,尽快帮健康把房子盖上。健康比我儿子小三岁,现在手头有两个钱,如不抓紧帮他把房子盖上,过两年和我儿子撵在一起,同时娶媳妇,我要着大急呀!"

在大许村人们都有一个攀比心理,家中男孩子大了,虽没到成家年龄,但负责任的父母宁肯欠账也要早早盖好二层楼房。如果谁家男孩子十几岁了家中仍没盖好现成的楼房,当父母的心中多少会有个心结,甚至担心会影响孩子说媳妇。

按理说,疼爱侄子的老朱用3万元为侄子盖两间瓦房也算尽到了责任,但他对侄子比对儿子还好,偏偏要按照对儿子的标准为健康盖两层楼房,他自找麻烦,免不了举债建房。

"你张罗着给健康建房确实要着急费心,你在健康的建房补助上反复计较,我不仅不责怪你,反而还觉得你老朱为人重情重义。你弟弟不在了,你对侄子甚至比对你儿子还上心,我打心眼里佩服你朱勤民的为人。"听了我说出的内心话,老朱满脸乐开了花。

(四)

老朱的父亲在八里庄曾担任过多年生产队长,就是一心一意带领大家干活,没什么私心杂念,更谈不上多吃多占。受父亲的影响,老朱骨子里有着刚烈如火不卑不亢的性格。

老朱见了我,总挂在嘴边的一句话是:"俺健康是没爹没娘的孤儿,享受的政策总不能不如其他贫困户。"

老朱对某些村干部根深蒂固的偏见一时很难消除,不时发生不应有的误会。那天镇农经站组织农业专家前来讲授科学种植知识,并规定凡是参加培训的贫困户每人奖励一袋化肥。年近九十的崔风云老人不可能去参加培训,健康在学校上课也不可能旷课去接受培训,老朱本人不是贫困户又不能去参加培训。当老朱得知许多贫困户从村里领到了一袋化肥时,他就误解包片干部陈继芬有意把他漏掉了。他只看到很多贫困户领到了一袋化肥,但不知道领化肥的贫困户都参加了培训,心里便生出一个结。

几天后,陈继芬到八里庄召开村民小组会议评议脱贫户,老朱因心中带着不快前来开会,就故意和陈继芬唱反调,于是就有了文章开头出现的场面。

村"两委"干部对老朱和陈继芬吵架都感到很恼火,想起没日没夜的付出,大家都觉得如今的村干部太窝囊了,一股消极情绪在村"两委"干部中弥漫着。

陈继芬虽未下决心去美国,但工作情绪一时萎靡不振。

那天下午永刚来到老朱家,首先对他不顾大局造成不良影响提出了严肃批评。老朱可能已经后悔自己的举动,对永刚提出的批评点头认可。

晚上,我又来到老朱家,动情地对他说,一定要理解村干部工作的难处,眼下脱贫攻坚任务繁重,每个村干部都有很大的工作压力,他们不分白天黑夜,加班加点,唯恐工作中出现差错。但让他们感到无法忍受的是,他们为贫困户脱贫做了大量艰苦细致的工作,不仅得不到理解和感谢,反而还受到白眼和怨恨。紧接着我向老朱讲述了村干部不被理解屡受委屈的真实故事:

年轻的村委会女干部梁艳费了不少心血包保一位贫困户,那天她心中惦念着这位贫困户医疗费报销问题,给这位贫困户打电话询问其医疗费是否报销,谁知话音刚落,这位贫困户突然破口大骂:"刚才给我打电话的是他妈的××。"他以为给他打电话的小梁挂掉了电话,不会听到他当着身边人骂小梁的话,哪想到,小梁还有话没说完,并没挂掉电话,清清楚楚地听到了他刚才对自己的叫骂声。小梁来到村部向工作队和几个村干部说起自己的遭遇,委屈得泪水直流。

还有村总支书记马若付不分白天黑夜地为脱贫攻坚操碎了心,但有位被帮扶的贫困户不仅没有一句感恩的话,还做出匪夷所思的举动。这位年过八旬的贫困户居住在远离村庄的偏僻一隅,每到雨雪天气,百余米泥泞的土路让出行极为艰难。2017年下半年,颍州区对贫困户实施人居环境改造,包保责任人马若付帮助这位贫困户申报了出行道路硬化项目,并为其补助1万元资金,但上面规定必须先把这笔资金打入贫困户账上,然后取出来交施工单位。建筑队为其硬化道路后,马若付督促贫困户拿出存折把这笔资金取出来当面付给建筑队老板。没想到这位贫困户年纪大了犯糊涂,在村里遇人就说马书记把他积攒了多年的存款给取走了,弄得马若付哭笑不得。

老朱听了之后立即跟着说:"小梁我不了解,但马书记我了解,我从内心深处佩服他。这个贫困户得了便宜还卖乖,实在不应该!"

我趁热打铁对他说:"小梁和马书记帮扶贫困户不容易,陈继芬当八里庄的包片干部容易吗?"老朱是个聪明人,他立马听懂了我的话音,当即对我说:"陈继芬当村干部也不容易,真得请她多宽容点。"

临别时,我语重心长地对老朱说:"你爱人许桂兰和陈继芬丈夫老许都是大许村姓许的大户,你是姓许的女婿,论辈分陈继芬是你三嫂子,你儿子和健康还得喊陈继芬舅妈哩,你们多少还沾些亲戚呢。"老朱说是沾些亲戚。

我接下来继续对老朱说:"你即便把我得罪了也没有任何关系,因为我再过两年或三年就会离开大许村,而你和陈继芬住得相距百米,你们是永远搬不走的邻居,抬头不见低头见,而你如果和陈继芬他们搞不好关系,一辈子都会感到别扭。你老朱不是糊涂人,想想看,是不是这个理?"

老朱头点得像鸡吃米。

几天后,我和陈继芬到大许村东北角的凌庄去,途经八里庄老朱家门口,正好和老朱两口子相遇。老朱爱人许桂兰老远就热情地喊着陈继芬三嫂子,要她到屋里吃西瓜。走在陈继芬后面的我当即向老朱使了个眼色,老朱满面笑容也跟着喊三嫂子到屋里吃西瓜。那意思是说:三嫂子你别再生我气。

这两声三嫂子,让陈继芬心中几天来积聚的怨气顿时烟消云散。

(五)

在镇、村干部和驻村工作队中流行一句话:"扶贫工作不怕累不怕苦,就怕考评时某些贫困户说话不靠谱。"

2017年底,省第三方监测评估组赴大许村验收评估38个脱贫户,崔凤云和朱健康作为2017年大许村脱贫户之一,是必须接受评估组调查的脱贫户。村干部很担心老朱当着评估人员发泄不满,他如果表达了不满,肯定会影响大许村整体评估得分;而大许村如果失了分,势必会连累西湖镇;西湖镇受连累,颍州区也难脱干系。

老朱要是胡乱说,后果将会很严重。评估人员到来的头天晚上,我有点不太放心,夜色中我再次来到老朱家,拿出收入核算表请他确认人均

8000多元年收入的数字,并提醒他,省评估组来调查时一定要实话实说。

"老杨,你放心,这是我签过字的表格,无论谁来我都不会昧着良心说瞎话。"老朱拍着胸脯对我说,"工作队和村干部多次上门帮扶,为俺操了不少心,我不可能心中一点数都没有。"

从评估组调查后反馈的情况看,老朱从内心深处认可了工作队和村干部的帮扶工作。

此后市、区相继组织了脱贫攻坚巡察和"回头看"专项工作,在入户调查时,朱勤民均对工作队和村干部的帮扶工作表示赞许。

从那以后,老朱不再把我当外人,无论大事小事,都喜欢给我打电话。那天他在电话中问我:"村里其他人的农业补贴都发了,老母亲和文悦、健康的怎么没发?"我说:"如果其他人的都发了,他们的肯定不会少。据我所知,西湖镇所有给贫困户的款项,凡是没有到账的,镇里都会自动显示,肯定会通知村里提供正确的账号。"我当即让村扶贫专干申振拉出他们的各类到账明细表,到账的374元农业补贴有着清楚的记录。老朱十分客气地回应我:"谢谢老杨,到账了就好。"

(六)

大家都说老朱"头难剃",可能还有一个原因:老朱大男子主义思想严重,许多时候他和妻子许桂兰一言不合就动手,妻子曾为此伤心流泪。不少人多次劝他不该如此,但性格固执的老朱很难听进去。

陈继芬作为老朱爱人许桂兰的娘家人,一直念着许家出嫁的这个姑娘过上和美幸福的日子。那天陈继芬突然对我说:"你是省里来的扶贫干部,你劝他保不准有效果。"

那天晚上我到老朱家聊天,话题转移到他的家庭生活上来,我感叹老朱找了个贤惠的媳妇,我说:"老朱你是烧了八辈子高香才找到了这么个好媳妇,地球上几十亿人口,你算算,一辈子能见到一面的又有多少人?几十亿人中能和你结为夫妻的仅仅有一人,为什么偏偏是你们两个同床共枕生儿育女？这难道不是天大的缘分？你媳妇为你朱家生下了一儿一女，你现在儿女双全，睡梦中都应感谢她给你朱家带来的兴旺人丁。况且她知书达理，孝敬婆婆，在村里是出了名的。这个世界上对你最亲最好的女人，除了你母亲大概就是你媳妇，而你不但不珍惜她对你的爱、对你的好，反而动辄拳头相向，这岂不是薄情寡义吗？"接下来我继续对他说，"中国有句老话，家和万事兴，从今往后你如果和媳妇相敬如宾，和和美美，你的财运和家运都会越来越好。"坐在一旁的老太太，平时耳朵都很背，跟她说话都要大声讲，这会儿不知怎么她听得特清楚，当即插话道："儿呀，听到了吗？省里来的老杨都说了，不打媳妇的话，财运和家运会越来越好。"老朱没说话，只是不住地点头。

说到这里，我转过头看着许桂兰："你也应该珍惜上天对你的恩赐，老朱在大许村也算是一表人才的男子汉，他降生到这个世上就是为迎接你而来，他除了从现在起将要改掉的家暴坏毛病，可谓是百里挑一的好男人。为了让全家人过上幸福的日子，他起早贪黑不惜出力流汗，日子虽然宽裕了，但吃喝嫖赌一样不沾，多么有责任感的好男人！所以从今天起你更要用心去爱他疼他，别忘了每天干活回来你第一句就跟他说：'老公，我回来了！'离开家的时候，别忘了招呼一声：'老公，我走了！'每天坚持这样喊下去，看他还好意思对你动手不！"

她每天有没有这样说，我倒是不清楚，但那次聊天之后，老朱再也没舍得对媳妇动过手，夫妻俩的感情越来越好，两口子齐心合力，小日子越过越红火！

2018年底的一天，我在村头遇见老朱，问他最近在忙什么。他说今年虽说辛苦点，但收入明显比往年高，在建筑工地扎钢筋，一天260块，媳妇在离家不远的许明珍小麦收购点帮忙，一天100元，照这样干下去，健康盖房欠的钱很快就能还清。我拍着他的肩膀对他说："听我的话没错吧！你不打媳妇，财运是不是比以前更好了？"

老朱嘴一咧笑了。

（七）

老朱干庄稼活是个好把式。为增加贫困户收入,工作队和村干部动员贫困户参与到户产业扶贫项目种南瓜,老朱主动为母亲和朱健康申报了三亩地的种南瓜扶贫项目,责无旁贷地揽下了所有的活计。他老早就把收过玉米的三亩地深耕细作,并且上足了肥料。南瓜开花的时候,老朱特意给我打电话,要我去看看他的南瓜秧如何。我赶到他的南瓜地田头,烈日下,老朱正挥汗如雨地在南瓜地里除草,他地里的南瓜秧明显比相邻田地里的南瓜秧茂盛得多。见我夸他南瓜种得好,老朱很是得意。南瓜刚刚成熟的时候,他摘了几个金黄的南瓜送到了工作队驻地,说要让我们先尝尝他的南瓜甜不甜。中午做饭的时候我们煮了半锅南瓜,果然又甜又面,吃到嘴里,甜到心里。

老朱的南瓜喜获丰收,但接下来他发了愁——南瓜在附近几个集镇上降到3毛钱一斤也卖不掉。

这时我想起了多年的老朋友——阜阳市人大常委、阜阳商厦董事长张志锋,前些天他随阜阳市人大常委会主任胡明莹前来大许村蔬菜大棚基地调研时,曾主动向永刚表示:阜阳商厦旗下的中新高科连锁超市愿意为大许村农产品销售大开绿灯。我当即打电话给张志锋。中新高科连锁超市负责蔬菜采购的孙经理当天下午就来到了老朱的南瓜地,看过之后带走了两个南瓜,第二天给老朱打来电话:"果然像你所说的又甜又面,请你尽快把南瓜送到中新高科超市,5毛钱一斤,大许村种植的南瓜凡是有这个品种的,有多少要多少。"

老朱和孙经理相约第二天早上5点之前把南瓜送到超市。老朱在凌晨起来,早早把南瓜送到超市,天亮后揣着800块现金又回到了家。三亩地南瓜,老朱卖了将近4000元,连同按规定奖补的资金,和全村其他种南瓜的相比他的收入是最高的。

转眼到了2019年春天,大许村查摆形式主义在脱贫攻坚中的表现时，认为原先的"贫困户产业扶贫覆盖率百分之百"存在着形式主义，随即做出规定：贫困户本人因年老体弱或其他原因不能亲自种南瓜者，一律不能再由亲友代种。这个政策的出台，意味着崔风云和朱健康即便种植的南瓜丰收了，也没资格再享受产业扶贫的补贴。这对刚尝到种南瓜甜头的老朱来说无疑是一个让他沮丧的消息，并且他早已经向村里的一个种植大户预订了优品南瓜苗，但现在通知他今年不能继续种南瓜了，陈继芬担心老朱"头难剃"，别又误会是她从中作梗，要我把他不能种南瓜的消息告知他。

我当即来到老朱家。老朱正在宰杀一对买来的乳鸽，说是给近日食欲不好的老母亲做人参鸽子汤，我随口夸赞了他和媳妇对老母亲的孝行。接下来我和老朱一五一十地说了他今年不能种南瓜的原因。老朱虽感到遗憾，但没有发出一丝埋怨。这件事如果在以前，他肯定会火冒三丈，会认为村干部有意对付他，然后说一堆难听的牢骚怪话，甚至可能要找包片村干部理论一番。但此时老朱异常平静地说："既然有规定，咱不会说半句难听的，俺得听村里的安排，不为难村干部，不让种咱就不种呗。"

离开老朱家，我心情格外舒畅，感觉老朱的性格越来越温和。

（八）

老朱虽然在大家看来"头难剃"，但他在村里绝对算得上一个大孝子。每当我夸他孝顺的时候，他总是说孝敬老人不能等。十多年前老朱父亲去世后，他突然间意识到如今爹走了，做儿女的即便满心想孝敬爹也永远没有机会了，发誓要加倍对娘好，让娘去享爹再也无法享到的福。老朱专门为母亲在一楼的房间安装了空调，饮食起居照顾得无微不至，变着法儿给娘做好吃的。娘喜欢喝牛奶，他就到超市搬来最好的牛奶。每年冬天在交九那天他都会雷打不动地把炖好的老母鸡汤端到母亲面前。

有人介绍老朱到沿海建筑工地扎钢筋，收入比在家多一倍，没想到他干了不到一个月就心急火燎地回家了，宁可在离家十几公里外的地方早出晚归扎钢筋,即便累些钱少挣些,他也感到非常满足。原因是他每天可以在出工之前看着老母亲一口一口吃完他亲手做的蒸鸡蛋,每天晚上回到家可以和年近九旬的老母亲说说话,可以端一盆热水给老母亲洗洗脚。老朱说挣钱固然重要,但和孝敬老人相比,挣再多的钱都没有意义,毕竟娘是快九十的老人了,在娘活着的时候,作为儿子一定要尽最大努力让她每一天都感到幸福快乐。

性格耿直的老朱最看不起不孝敬父母的人,他曾质问一个让老人住破房的村民:"你不孝敬父母,你还养育孩子干吗?你今天这样对你的爹娘,将来你的儿女就会这样对你。"一席话说得这个村民面红耳赤。

他老母亲喜欢穿漂亮的衣服,他和爱人每次进城总不忘到商场去逛逛,每个季节都要给他娘添置新衣。一个阳光灿烂的午后,我和陈继芬到老朱家去填写扶贫手册,老远就看见院子里晾晒着不少衣服,走近一看,全是他母亲在春天、秋天和冬天穿的羊毛衫、毛线衣和各种不同花色面料的棉袄、棉裤,林林总总的至少有20件,一个农村老人能有这么多衣服还真的不多见。我当即把这些正在晾晒的衣服拍下来发到大许村微信群,大家看到我发在群里的图片,纷纷为老朱点赞。

老朱从不用微信,我拿着手机把陈继芬等村干部点赞的截屏指给老朱看,老朱很是得意!

老朱对侄子朱健康可谓操碎了心。那天填写完《扶贫手册》,老朱突然征求我的意见:"健康小学就要毕业,他喜欢运动和武术,我想让他到奥运冠军邓琳琳上过的市体校读书,如何?"

我说只要健康乐意去就行,要尊重健康的意见。老朱说:"健康也很想到这个学校去学习,体校毕业后让他到部队去锻炼,争取将来在部队入党,有更大的出息,也能报答国家对他的帮扶。"

老朱希望侄子将来到部队入党有出息,且提到了报答国家对他的帮扶,我听后很是欣喜。

这话说过一个月之后,秋季开学时,老朱就把健康送到了市体校。到市体校刚报过名,老朱就给我打来电话:"过几年健康报名参军时你可要给我操心帮忙。"我说:"有空我到市体校去和他的老师取得联系,要防止这孩子沾染上网玩游戏的毛病。只要品学兼优,身体好,又有保家卫国的愿望,到时候当兵应该没问题,我也打心眼里喜欢健康这孩子,即便我那时离开了大许村,你也能随时打电话找到我。"

2018年10月初,由包片村干部推荐候选人,表彰全村孝老爱亲模范,陈继芬首先想到了老朱。经过民主评议并公示后,老朱榜上有名。在10月17日第五个全国扶贫日这天,工作队和村"两委"精心筹备的大许村脱贫攻坚表彰大会在大许村群众文化广场隆重举行。召开这样的表彰大会在大许村是开天辟地头一次,全村20多个自然庄所有在家的村民潮水般涌向群众文化广场。精彩的文艺会演为颁奖活动增添了喜庆的氛围,一批孝老爱亲模范、脱贫攻坚贡献奖、自主脱贫标兵、清洁文明户身披大红色绶带走上领奖台,接受奖品和证书。

在颁奖现场我注意到这么一个细节:颁奖活动即将开始,村干部为每个获奖者披上红色绶带,老朱由于临时有事,未能及时赶到,由许桂兰代替他披上了绶带。颁奖活动开始时,老朱匆匆忙忙满头大汗地赶到颁奖现场,把妻子身上的绶带取下来披在自己的身上,和其他九人一道满面春风地走上领奖台,接受西湖镇党委书记李俊山颁发的证书和奖品,这个细节说明老朱很看重获得的这个荣誉。

猪年春节就要到了,西湖镇下发通知:评比全镇的"身边好人"。陈继芬看到通知后,当即提出申报老朱的事迹。

"老朱不仅孝敬母亲是大家的榜样,而且对待侄子比对亲儿子还好,其大爱之举,值得弘扬,这样的典型还应该推荐参评'颍州好人'。"在场的永刚队长表示,"在大许村不少家庭对老人住破房儿子住楼房习以为常,要让更多的人学习老朱这样的好人。"

我当天就写好了老朱参评西湖镇"身边好人"和"颍州好人"的申报材料,用微信发给了负责此项工作的镇党委委员陈亚婷。

腊月二十八这天,离过年还有两天,西湖镇举行文艺会演暨"身边好人"典型表彰大会。虽然头天已经通知了老朱参加表彰会,但我仍担心他有事到不了场。一大早,副镇长、表彰会主持人孟静给我发来微信,叮嘱一定让老朱9点之前赶到表彰大会现场。我立即给老朱打电话,老朱说:"在建筑工地干了很长时间的活,老板通知我今天上午10点到二十公里外的地方领工钱,虽然时间上有冲突,但我知道哪头轻哪头重,钱不拿也要去参加表彰会。"

上午10点多,大许村带队干部梁艳就把表彰大会的现场图片发到了村微信群,老朱在领奖台上身披红色绶带满面红光的图片,获众人点赞。

(九)

猪年腊月二十九,大许村在外工作者大都回来和家人团聚了。在几天前召开的迎新春茶话会上,我虽然结识了一批在外有为青年,但尚未全部到场,今天这个时候该回来的应该回来了,这是一个和大许村在外有为人士见面交流的绝佳机会。我专程返回大许村,在拜访了几位在外有为青年并添加微信后,最后一站来到老朱家。

刚进老朱家院子,那只小黄狗跑出来绕着我摇头摆尾地示好。我一边向老朱表示祝贺,一边请老朱拿出昨天刚刚领回的西湖镇"身边好人"证书,让健康穿上老朱花290元专门从城里为他买来的时尚棉袄,让老太太站在中间,给祖孙三代拍了张纪念照。

拍完照后我随即叮咛他:"你现在是受到表彰的西湖镇'身边好人',并且有可能成为受到表彰的'颍州好人',你是咱大许村往上推荐的第一个'颍州好人',今后说话做事绝不能再像以前那样'头难剃'了,要让大家感到你确实是他们学习的榜样。"

老朱没有言语,头点个不停。

不久,老朱的名字出现在颍州区精神文明建设指导委员会网站上,"颍州好人"公示栏上赫然写着老朱的好人事迹:

朱勤民，男，1966年4月生，颍州区西湖镇大许村八里庄村民。朱勤民在左邻右舍和众多知情人心目中是一个名副其实的孝老爱亲模范，他竭尽所能孝敬年近九旬老母的质朴言行，他对孤儿侄子比儿子还亲的大爱之举，淋漓尽致地诠释了中华民族的传统美德。现拟推荐朱勤民为孝老爱亲"颍州好人"。

2019年10月28日，西湖镇召开表彰大会，集中表彰西湖镇近年来涌现的"颍州好人"，为朱勤民和大许村荣获"颍州好人"的宋金芳等人颁发证书和奖金。老朱身披写有"西湖镇颍州好人"字样的红色绶带走上领奖台，从西湖镇党委书记李俊山手中接过了"颍州好人"1000元奖金。我举起手机，为老朱定格了上台领奖的瞬间。

我曾有幸整理了他们参评"颍州好人"的事迹材料，发现并见证了他们被评为"颍州好人"的全过程。分管此项工作的副镇长孟静说，这两人被评为"颍州好人"是团省委帮扶村大许村的光荣，于是特意安排我上台宣讲了老朱和宋金芳的"颍州好人"事迹，我也十分高兴和大家分享他们的好人故事。

我满怀激情地以《孝老爱亲是他最大的快乐》为题，真实地讲述了老朱孝敬母亲和疼爱侄子的动人情节，台下不时响起热烈的掌声。坐在台下头排的老朱听罢我对他的事迹介绍，满面红光。

在从镇政府回大许村的路上，我拍着老朱的肩膀说："今天你成了西湖镇尽人皆知的'颍州好人'，往后你必须得有个好人的样子，可不能再像以前那样说话不打草稿了。你这个好人如果没有好人的样子，我的名声可要跟着受连累。"

还别说，老朱真是不折不扣的"颍州好人"，从那以后，一言一行越来越有好人的风范，思想境界也跟着上去了。对侄子健康上学的事，老朱十分上心，不仅每过十天半月到学校给他送钱送好吃的，每次见了我还总不忘跟我说健康将来当兵的事。

2020年1月5日，还有不到20天就要过年了。这天上午，陈继芬突然跟我说，很长时间没有见到健康了，市妇联为贫困家庭孩子送过节大礼包，已给他争取了一个。我说下午不如咱们一块到市体校看看他，顺便把大礼包给他带去。当天下午，我开车和陈继芬一同来到奥运冠军邓琳琳的母校阜阳市体育学校。健康见长得很，几个月不见，明显长高了不少，看上去和我1.75米的个头差不多，健康很机灵，很讨人喜欢，见了我们他老远就笑着喊舅妈好、杨叔叔好，陈继芬问健康："在这训练苦不苦？生活可习惯？平时有没有去网吧？"健康说："苦是苦点，不苦哪能学到真本领？从没到网吧上过网，学校管得严，即便想上网，也出不了学校大门。"正说话间，市体校教务科负责人李跃过来了，曾和我一直通过微信联系的李跃告诉我们："健康这孩子很听话，品学兼优，身高体健，将来一定会很有出息。"听到夸奖，健康有些不好意思地笑了。

老朱后来听健康说陈继芬曾不止一次到学校来看他，很后悔当初不该说陈继芬欺负健康那样的话。

如今，老朱的脾气越来越好，见了村干部老远就热情地打着招呼，对党和政府已充满感恩之心，在村里说话做事也是充满着正能量！从甘肃退休后回大许村居住的新乡贤许明铎那天在村头遇见我和永刚，聊起大许村的变化，年过六十的许明铎感慨万千："工作队进驻快三年了，变化最大的是村民的精气神，比如以前村干部见了都绕着走的朱勤民，现在整个人全变了，公开场合牢骚怪话听不到了，对村干部的偏见也没有了，参加村里号召的活动也格外积极了，是个名副其实的'颍州好人'。"

一轮朝阳从东方喷薄而出，草河湾上空顿时霞光万道，朝阳下，珍珠似的露珠如娃娃一样调皮地在绿叶上滚动，大许村的日出永远那么迷人，永远那么变幻无穷，永远那么让我陶醉！拍摄大许日出是我几年扶贫岁月中难忘的快乐时光。不知多少个清晨我手持相机，在村头和早起的老朱相遇，每每遇见，一种无法言说的快乐就会情不自禁地充盈心头。

太阳还是那个太阳,草河湾还是那个草河湾,但老朱早已不是当初的那个老朱。

问问如今的草河湾,谁还说老朱"头难剃"?

二 "大许一号"

这是一个不太正常的贫困户家庭,工作队进驻草河湾,四年多来,我们去得最多的是这个家庭,操心最多的也是这个家庭,最大限度考验工作队耐心的还是这个家庭,大家无奈地把这个特殊的贫困户称为"大许一号"。

久拖不决的"大许一号",在脱贫攻坚的收官之年,差点拖了大许村乃至颍州区的后腿,说起这个曾拎着菜刀追赶我们的贫困户,工作队真的是百味杂陈。

(一)

"大许一号"位于大许村最为偏僻的申湖庄最西头,往南二百米是与阜南新村镇交界的草河,往西几十米是西湖镇和马寨乡交界的水沟。

这是一个令人心酸的家庭。年近七十的刘荣是这个家庭的户主。村里人跟我说,刘荣年轻时容貌出众,当大姑娘时,曾是英姿飒爽的民兵连长,前后十里八村的不少俊男帅哥曾暗恋过这个美人坯子。如今岁月虽在她脸上刻下了道道皱纹,但从她秀雅的面庞仍能想象出年轻时的俊俏,如不听她说话,乍一看还有点城里退休干部的气质。

没想到命运和这个红颜美人开了个残酷的玩笑:父母为让她找不到老婆的哥哥娶上媳妇,硬是逼着她"两换亲",从程集镇嫁到了十几里外的大许村申湖,哥哥娶妻生子倒是过上了差强人意的日子,但刘荣嫁到申湖后,终日以泪洗面,郁郁寡欢,从此患上了间歇性精神病。

一家人几十年来极少和村里人来往,几年前刘荣丈夫去世后,家境每况愈下,快四十岁的儿子十多年前因一次强烈刺激导致精神失常,间歇性精神病久治不愈。女儿申美花年过四十仍未出嫁。一家三口,两个间歇性精神病患者,只有申美花一个看上去像个正常人。但要命的是,申美花时而正常,时而不正常:正常的时候,说话头头是道,严丝合缝,甚至是滴水不漏,有时说话水平之高会让人惊讶得接不上话;但在她不正常的时候,认定的事就是八头牛也难以拉回。

没见到申美花时,曾听到不少令人匪夷所思的传说。前几年区民政局领导到她家慰问,送上一笔慰问金,但她就是死活不收,并且说了一大堆冠冕堂皇的话:家里不缺吃穿,不能给政府添麻烦,这个钱说八个样都不能收。民政局领导当时左右为难,给她吧,她坚决不收,不给她吧,这笔钱是按名单取出来专程送来必须给她的。最终她还是没收这笔钱,民政局领导无奈地摇头离去。

村里有次为申美花送去800元大户带动收益金,因这笔钱不是直接划到账户上,必须自己去领或通过帮扶责任人发放,村委会主任、当时的帮扶责任人周学宏去她家送款时,申美花反复强调:"感谢政府对俺的关心,这个钱不能要,把这钱给比俺还困难的人吧。"最后周学宏磨破了嘴皮,总算把这笔钱送掉了。周学宏感叹:"多亏各项扶贫补助金都是通过账户直接划拨过去,如果是发现金,真能把人难为死。"

2017年5月12日,我们工作队一行三人随周学宏第一次到申湖走访刘荣,远远看去申湖最西头有个离群索居的孤零零的人家,三间破旧的砖瓦房大门紧锁,左右邻居早已搬入村头新盖的楼房,东边邻居的房屋已退耕还田种上了庄稼,眼下是一大片正在抽穗扬花的小麦,西边的邻居搬走后,破旧的老屋仍未扒掉,屋门上挂着生锈的铁锁,荒草丛生的院子里有两只野猫在跑动着。

走近刘荣家总觉得有种说不上来的别扭,院子最前方有一棵呈45度角的歪脖子槐树正对着大门,老槐树附近几棵不太粗的杂树,不是往东倒就是向西斜,咋看咋不舒服,树下用塑料布盖着一大堆去年收下的玉米棒，旁边是一个临时搭起的鸡窝，正在树下到处找食的十多只小鸡和院子前面水沟里两只黑色鸳鸯算是为这个很少人光顾的老宅添了一丝生机。

院子里两棵枯死的泡桐树，看上去非常碍眼，从树皮脱落的迹象看，这两棵碗口粗的泡桐已经枯死几年了。刮风时落下的泡桐树枯枝砸烂了门西旁两间厨房上的瓦片，烂了瓦的厨房因此而漏雨。门东旁有一处低矮的残垣断壁，两米高的土坯墙上面盖着几张石棉瓦和牛毛毡，两扇被油烟熏黑的小门上的一团蜘蛛网显示这两间老屋已很久没人进去了。周学宏介绍，这两间老屋早在多年前就已成为危房，被大风刮断的树头砸在了房顶上，根本无法进屋，村干部曾多次要把这两间老屋推倒，但刘荣一家对这两间曾世代居住的老屋似乎有着难以割舍的情结，日复一日，年复一年，一直舍不得扒掉，为防止她家人进出这两间老屋有什么危险，周学宏买来铁锁把老屋门锁上后，才算少了桩心事。

正听周学宏说着申家的这些往事，刘荣一家三口从附近地里干活回来了。周学宏跟他们说："这三位是省里驻咱村的工作队，从今往后有什么困难他们都会帮助解决的。"刘荣和儿子就像没看到我们一样，面无表情，径直进屋后立即关上了房门。申美花则十分礼貌地对我们说："各位领导你们好，欢迎到俺家来。"永刚队长问她家里有没有什么困难要解决，申美花接过话茬："没什么困难，不给国家找麻烦，再说了，还有很多困难的贫困户都等着国家帮助呢。"

第一次见申美花，给我们的印象她是知书达礼、善解人意的农家女子。她说了一大堆感谢工作队感谢政府的话，我一时被她的思想境界所感动。

永刚指着院里的枯树对申美花说："这两棵死树为什么还留在这而不把它们锯掉？"申美花说："买树的人来了几次价钱没谈好，后来就不见来了。"永刚说："从改善你们的庭院环境入手，由周学宏主任牵头，这几天先把那堆陈年玉米棒卖了，再把这两棵枯树、前面几棵东倒西斜的杂树处理掉，然后把门东旁的这处老屋推平，工作队再帮着申报费用，拉个院墙，装上大门,你们不仅住着舒服,还会更加安全。"

申美花低头不语,像有什么心事,过了好长一会儿,才勉强地点了点头。

离开申美花家,我们到南边的草河滩转了一圈,半小时后返回途经她家附近的路口时,发现申美花一个人正站在院子里伤心地哭泣着,我心中猜测莫非刚才说好的事情会有什么变数。

(二)

周学宏没过几天就找人把那堆玉米棒买走了,接下来处理枯树、杂树的事果然不是那么顺利。为锯掉院中的两棵枯树,周学宏先后带着两个不同的买树人到她家,第一次因价格谈不好买树人扭头就走,第二次是申美花说啥都不卖了。

两天之后,我和永刚请村里的建筑队工头许治传和我们一道,去的时候,我们和许治传说好,无论贵贱,今天你都要把这树买下,亏的钱由村里另行解决。申美花见我们为两棵枯树而来,坚持这两棵树不卖了,就让它们永远留在院子里。永刚就向她强调这两棵枯树的危害:刮风下雨枯树枝不仅会砸坏厨房上的瓦,而且还可能砸伤人,再说这两棵枯树在院子里也有碍观瞻呀!前几年这两棵树刚死的时候,还会有人买走派上用场,现在这枯树已经开始腐朽了,买树的人也越来越没兴趣。

我在一旁趁热帮腔:"我们第一次到你家的时候,听你一开口说话就知道你是个有境界的明白人,从心里就很佩服你,没想到这么简单的小事,就把你难住了。再说了,哪天枯树枝掉下来碰巧砸着你的脸,你天生这么漂亮,脸要是被砸烂了,你说划算不划算?"申美花听我夸她漂亮,也不禁跟着我们笑了,笑过之后就不再坚持不卖了。

但申美花坚持低于 400 块不卖,许治传说这连 100 块都不值,既不能当房梁,又不能做家具,废柴一堆,弄回去还嫌碍事。永刚把他拉到一边,耳语了几句,最后 400 块成交,当天把两棵枯树连同前边的杂树给处理了,站在院子里朝前望去,明显清朗了许多。

紧接着扒她院中老屋,没想到一件简单的事又起风波,村里人说,这间老屋经历了百年风雨,申美花的爷爷曾经吊死在这老屋里。许治传带人开始清理里面的杂物,干到一顿饭工夫,申美花大声叫嚷着要他们停下,说不能再动这老屋了,本来头不疼,现在他们一动这老屋,她的头就痛得厉害。她母亲刘荣这时也跑了出来,一边大声叫着,一边端出一盆水朝干活的人泼去。没办法只好停工。

老屋扒得半半拉拉,不能老是这样拖下去。一个夜深人静的夜晚,永刚安排许治传带着几人悄悄来到刘荣院里,像做贼一样,一番紧张忙碌后,把老屋的破砖旧物全部给清理走了。

第二天早上,我们悄悄到现场一看,整个院子清清爽爽,我们如欣赏战利品一样,心情格外畅快。

老屋扒掉了还要接着拉墙头、装大门。根据人居环境改善工程的管理规定,给她家拉墙头装大门的费用必须先划到贫困户账户上,在人居环境完工验收后,由户主把费用交给施工方。见专项经费划到了自家的账户上,申美花提出由自己施工,但又没有施工队愿意干这个活,最后经和她多次协商,她勉强同意把钱取出后,由村委会安排人施工。鉴于她家特殊情况,最后实在没人愿意接这个活,拉墙头和装大门的事就这样拖了下来。为确保资金安全,除去从她家门口到村头水泥路的硬化路面费用,剩余的资金被打到了村账户,村委会为此专门形成了一个书面说明存档。

(三)

根据刘荣的家庭情况,工作队精准施策,为其实施了社会保障性扶贫措施,除了刘荣已经享受的社会保障政策外,还为申美花和她的弟弟办理了低保救助手续,加上享受的帮扶扶贫等政策,每年人均收入已达到脱贫标准,整个家庭的"两不愁三保障"得到了有效解决。

申美花曾经拒收民政部门送来的慰问金,甚至拒绝送来的扶贫资金,她挂在嘴上的还是那句话:"我们不需要政府救济了,我们有钱花,不想给政府找麻烦了。"有人说她是作秀好面子,在我看来,不排除她已经满足了有饭吃、有衣穿、有房住的生活,对现有的生活很知足,对政府的扶贫政策她应该是心存感恩的。

那次村里对贫困户普遍实施金融扶贫政策,要求贫困户带着身份证到村部办理小额贷款手续,然后享受入股分红待遇,通知了申美花几次,她都没去办理,最后问她为什么不去办贷款手续,她说不想给政府添麻烦了。永刚当即对她说:"这是你应该享受的扶贫政策,不存在麻烦不麻烦的问题。"随后又催她好几次,但最终她仍没去办理手续,等于是自动放弃了应该享受的金融扶贫待遇。好在她家的总体综合收入并不低,这让工作队在遗憾之余心中仍感到踏实。

申美花中等身材,相貌端庄,留着齐肩长发,时而扎着独辫子,穿衣打扮朴实大方,像申美花这样40多岁仍未出嫁的在城里司空见惯,但在农村这么大姑娘未出嫁实为罕见。村里人跟我说:"申美花一家与外界几乎没任何交往,父亲生前性格倔强,与村人不太合群,导致没人愿为她提亲说媒,尽管早已到了成家的年龄,但她仍然是剩女一个。"

距申美花几百米远的王竹园住着一个带着孩子的单身男人,这个男人是村里的贫困户王子标,几年前媳妇在京打工跟别的男人跑了后,他就带着几岁的儿子和八旬老母亲生活在一起,因老母亲无法自理,所以他无法外出打工,渐渐成了村里的贫困户。工作队到来后,王子标格外珍惜扶贫政策带来的机遇,这位喜欢绣十字绣的男人精气神十足,心劲越来越大,一心想着快些挣钱把新房盖上再找个媳妇。我把他的励志故事以《贫困户小院的枣子熟了》为题,刊登在《安徽青年报》上,一时被多家网站和"今日头条"转载。

那天从申美花家出来,我突发奇想:如果申美花能和王子标结合在一起,岂不是两全其美?一桩婚姻恰好解决了两个贫困户家庭的共同问题。我当即就跟永刚说:"他们两个年龄相仿,住得又近,成家之后更方便照顾她母亲和弟弟。"永刚也觉得这个想法不错,第二天就跟村"两委"说起这个事,请他们帮着撮合,但大家都表示,没人能和申美花讲上话。我悄悄地跟王子标说起申美花,王子标当时脸就红了,他虽满心欢喜,但不善交际、性格内向、腼腆,我给王子标出主意:主动和她接触,甚至可以去帮她家干些农活。但王子标羞羞答答,一直不好意思主动和申美花接触。无奈之下,我和永刚赤膊上阵,来到申美花家里直接跟她说起了王子标,并把刊登王子标的励志故事的报纸送给了申美花,我特意指着报纸上王子标的照片对她说:"大许村有个人的事迹都上了省里的报纸了,这个人住得离你家不远。"永刚也在一旁趁热打铁:"王子标很会过日子,是个完全值得托付的有出息的男人。"

但男女之间的事,往往靠缘分,双方不主动,仅靠中间的媒人努力,使再大的劲也是白搭。我本以为申美花应该会动心的,但没想到申美花一点兴趣也没有。

后来才知道,申美花那时已经和相距几里地远的一个光棍悄悄好上了,我和永刚还蒙在鼓里毫不知情。这光棍儿名叫王志扶,住在草河对岸的阜南县新村镇张茅庄,也是当地有名的贫困户。

俗话说,脸皮厚吃块肉,脸皮薄吃不着。王志扶这人五短身材,虽看上去实在不出眼,但他不像王子标那样脸皮薄,并且善于动脑筋,他以和申美花弟弟玩为掩护,时而出入在这个需要温暖的家庭,主动帮申家干些农活。有两次在申美花家遇见这伙计,他主动告诉我们他和申美花家是远亲,申美花弟弟喜欢和他玩,他是专门过来和她弟弟玩的,我也就没有多想。

为讨申美花欢心,王志扶是下了功夫的,他自掏腰包把申美花家院子的围墙拉上了,并且安装了一个两米多高的不锈钢大门,从此之后,一家人整天大门紧闭,除王志扶更加方便出入外,"大许一号"基本断绝了和村人的往来。工作队和村干部走访她家时,十次有九次见不到她家人,住在申湖的村委会委员、现帮扶责任人申振对我说:"以前没拉院墙没装大门的时候,到她家还能和申美花说说话,沟通一些信息,但现在装上了高高的院墙和大门,就很难再见到她家人。"申振多次来敲门都得不到回应,疫情防控期间,按照工作队安排,给贫困户家庭每人发放几个口罩,申振先后五次到她家都没能敲开大门。最后一次他灵机一动,踮起脚尖,把手机高举到不锈钢大门的上方,将摄像头对准院内,从手机屏幕上清楚地看到了院内的情况,虽然刘荣和儿子这时都站在院子里,但任你怎么敲门怎么呼喊,他们都像没听见一样。

工作队知道了举手机这一招,此后每次来到门口都是由个子最高的许明举起手机,通过屏幕观察院子里的情况,但我们每次敲门,即便敲得震天响,也不见人出来开大门。

功夫不负有心人。2019年秋天,草河对岸的光棍儿王志扶梦想成真。那天上午,申湖最西头突然出现了几辆接申美花成亲的小车子,他就这样光明正大地把申美花娶走了。

听到这个消息后,我虽然为王子标感到遗憾,但看到申美花毕竟嫁了出去,有了人生的归宿,我们还是乐观其成,发自内心地祝福她。

(四)

转眼到了2020年脱贫攻坚收官之年,刘荣是大许村最后一批脱贫的贫困户。2020年春节后工作队着手为包括刘荣在内的10个未脱贫户制订"一户一案",对所有未脱贫户进行了认真排查。在排查过程中,发现刘荣的三间瓦房内墙出现了能塞进鸡蛋的裂纹,但不是D类危房,尽管一家人住在里面暂时没什么危险,但贫困户住房系"两不愁三保障"范围,在脱贫验收时属于不可触碰的高压线,工作队和村"两委"觉得此事非同小可。

2020年3月12日,在永刚主持召开的村"两委"会上,大家一致认为解决刘荣住房的安全隐患问题刻不容缓,要尽快把现有的老房子扒掉,在原址上重建新房。

申美花和王志扶成家后,一直没办理结婚证,她时而居住在娘家,时而和王志扶居住在张茅庄。为刘荣建房必须得申美花的配合才行,但工作队和村干部很难见到申美花,打申美花的手机十次有九次打不通,即便打通了,也是两句话不说就挂断电话,我和永刚都为见不到申美花而发愁。

3月15日早上7点多,申振突然接到申美花打来的电话,由于她多年未换身份证,其户口已被派出所冻结,可能是因为办理结婚证需要身份证,办理身份证又必须由行政村出具证明及相关材料。正巧这几天正愁找不到申美花的影子,申振接到电话后立即高兴地告诉永刚队长:"申美花上午八点到村部盖章,正好趁这个机会跟她商谈房子的事。"我和永刚立即朝村部赶去,八点之前就在村部办公室等她了,但快九点了,左等右等仍不见申美花到来。这时周学宏打来电话,说有人在刘寨村头看见申美花和一个男人骑着电动三轮车往西去。我和永刚立即朝刘寨方向奔去,但刘寨东西几个路口找遍了仍未见到她的影子。接着又有人说刚刚在马小庄见到过申美花,我们又折回头朝马小庄赶去。既然有人在刘寨、马小庄见过她,就说明她确实出来了,最后我和永刚决定由我在申湖刘荣家门口等她,永刚在大许村通往新村镇的王竹园大桥上等她。上午十点半永刚终于在王竹园大桥这个必经之地等到了申美花,申美花说她本来准备去村部盖章的,临时有事改变了方向,大家辛辛苦苦忙活了两个多小时,直到上午十点半才见到了她。我们随即和她一起到村里盖好公章,然后陪她和王志扶前往镇派出所办理户口解冻手续。一路上永刚只要和她提及建房的事,她就一言不发。

上午十一点半,我们离开镇派出所和申美花、王志扶一同来到申湖最西头。刘荣见有人进来,自言自语着一些我们听不懂的话,申美花的弟弟呆呆地看着我们。我和永刚、周学宏及闻声赶来的村支书马若付随申美花进屋后,指着内墙几处较宽的裂纹,以不容置疑的口气告诉申美花:"为避免大风大雨等恶劣天气带来的安全事故,你必须配合我们把住房推倒重建。"

申美花两口子听后一言不发,不说同意,也不说不同意。又跟他们说了几遍,仍然不吱声,两口子抱着葫芦不开瓢。我们无奈地离开了"大许一号"。

下午我和永刚、许明到申湖继续攻心,老远就看见申美花和母亲、弟弟在离家不远的菜园里拔草。

永刚说,今天下午啥事都不要干了,跟他们一块拔草。申美花见我们跟着拔草,笑着和我们打招呼,我们和申美花有说有笑。我拔掉的是柒柒芽,故意问她这是什么草,永刚拔掉的是苦菜,也装着不知是什么菜,故意问她是什么菜,许明拔掉的是荠菜,故意问申美花:"你看这到底是不是荠菜?"申美花很快找到了农村人的感觉,说:"多少年前有两个上海知青到申湖,就像你们一样连小麦苗和韭菜都分不清。"我说:"是呀,不到农村生活就不会知道农村的事。"我们越说气氛越融洽,永刚说:"申美花你虽然没上过高中和大学,但给我们的感觉是你文化修养特别好。"我们想着法子和申美花套近乎,她越听越高兴,永刚这时抛出了为她母亲建房的话题,永刚说:"建新房不要你家花一分钱,只要配合我们工作就行了。"申美花问大概要花多少钱,永刚说应该要3万块吧。申美花听说建新房要花3万块,随即坚持把3万块钱先交到她手上,才能拆老房建新房,等房子建好了,3万块钱再由她交给建筑队。永刚知道3万块钱如果交到她手上,还不知猴年马月才能建好房子,当即告诉申美花:"3万块钱先交给你这根本做不到的,首先现在手上不可能有3万块钱现金,所有的危房改造都是先建好之后,验收合格再由政府办理建房补助,况且你家西厢房已经享受过危房改造,根据你家的特殊情况,这次建房费用我们还在千方百计地想办法筹集。"申美花仍坚持如不把钱交给她,老房子无论说啥都不能扒掉。

西边的太阳还有一树梢高就要落下了,我们把这片地里大大小小的草都拔光了,事情还没有谈好。

申美花挎着一篮子荠菜要回家,我们就跟着她回家。走到家门口,她把大门打开让母亲和弟弟进去后,把大门一关,不让我们进院,我们就在大门外继续和她聊天。申美花背靠围墙蹲着,永刚坐在门口的紫红色石磙上继续和她聊。

为申家建新房对申美花来说本应是一桩求之不得的好事,但不知申美花中了哪门子邪,固执己见,永刚坐在紫红色石磙上香烟一根接一根地抽,不急不慢地和她商量着:"我们是真心实意让你母亲住上新房,如果不建新房,刮大风或下大雨大雪的,房子倒了把你母亲和弟弟砸在里边了,你良心上能过去吗?你一辈子都会后悔的。现在我们歪着头和你商量,你死活不同意,到时再后悔恐怕来不及了。"

申美花说:"老母亲70多岁了,她不会让你们扒房子的,扒她住了多年的房子,她要是精神病发作了该咋弄?"

永刚说趁着天气好,建筑队多上些人,一个星期就能把新房盖好搬进去。这几天你母亲和弟弟没地方住,我们可以把老村部腾出来让他们暂时住进去,工作队安排专人给他们送饭。

站在一旁的申湖村民组的七旬老生产队长插话道:"不要你花一分钱,就能住上新房子,这样的好事到哪找去?"

我站在一旁,腿都站得发酸了,就劝申美花别再为难工作队了。

天色渐渐黑了下来,永刚说:"明天一早把你母亲和弟弟接到老村部安顿好,等会我和建筑队老板说好明天上午七点开始动工拆房子,然后由工作队担保先赊些沙子水泥砖头,房子建好后不管花多少钱不要你负担一分。"

千说万说,最后申美花总算点头同意了。

(五)

离开"大许一号",永刚立即给建筑队工头许治传打电话,请他明天一早带人过来拆房子,有了上次半夜"做贼"的经历,许治传一听是给申美花家建房子,连声说给他再多钱,也不干她家活,她家人他惹不起。

村里有五支建筑队,永刚先后给三个工头打电话,一听是给她家建房,二话不说都拒绝了,跟着就是一句:"陈队长,真的对不起了,惹不起咱躲得起。"无奈之下,永刚继续给建筑队工头打电话,当第四个电话打给工头明学军时,明学军说:"我明知道她家的情况,但念及你陈队长面子,我就接下这个烫手的山芋吧。"

当天晚上九点多,西湖镇党委书记李俊山接到永刚电话,得知明天动工解决刘荣危房的事,当即安排镇相关部门配合。

第二天早上,我和永刚、许明六点多就起床,每人喝了碗米粥匆匆忙忙往申湖赶,在开车前往申湖的路上,因行人较少,车速稍快,一条大黑狗这时突然蹿到路面上,险些被铃木车给撞上。六点四十分,宋金军等几位公益性岗位人员到了,他们是按照永刚的安排负责把申美花母亲和弟弟接到老村部。七点不到,明学军等十多人带着施工的钢架等工具来了,七点半不到,西湖镇副镇长谭学标、孟静来了,镇民政办主任王思文来了,刘荣的镇包保责任人王永花来了,负责录像的城管执法人员也来了,挖掘机也跟着开过来了。

但八点多钟了,她家大门仍然紧闭着,搞不清申美花昨晚是住在这里还是回到了张茅庄,打她的电话,一直关机,联系不到。

我们正为见不到申美花焦急时,王志扶开着电动三轮车和申美花从张茅庄赶来了,看到院子门口站了这么多人等待着拆房子,王志扶出人意料地对大家说:"不先把3万块钱拿来,房子谁也不能动。"原先以为王志扶会积极配合拆房建房工作的,没想到他当着众人的面冒出了这句话。

"这个钱不仅要给,而且还要交给我。"王志扶接着说,"当初我给她家彩礼也花了不少钱,现在结婚证还没办,所以这3万块钱必须先交给我。"

王志扶此言纯属无稽之谈,这个无理要求让人听上去简直就是一个笑话。我大声警告王志扶:"如果因你的无理要求而搅黄了建房的事,将来哪天因恶劣天气房子倒了砸伤了人,你是要承担责任的。"听过这话,他立即像霜打的茄子蔫了下去。接着永刚把他拉到一边小声对他说:"你自以为是个聪明人,但你实际上做的事情很傻,就像猴子虽然很精但就是不知道解扣,你想想你提出的这个无理要求能得到满足吗?把你岳母的房子盖好,你不是少了一个心事吗?为尽快施工,今天所有该来的人都来了,今天所有过来的人也不是天天没事干,请你珍惜今天的这个机会,否则后悔都来不及。"永刚接下来对他说,"眼下申美花身份证办不好,你就不能办结婚证,结婚证一天办不好,你心里就一天不踏实。你如果配合我们工作,我们再督促一下,尽早把她的身份证办好,你的心不就可以放进肚里了吗?"王志扶听了这话,就不再坚持3万块钱的事了。

王永花作为镇帮扶责任人很善于做群众工作,此刻她赔着笑脸,歪着头和申美花商量:"这可是很多人求之不得的好事呀,你可不能继续犯糊涂。"但申美花死活坚持必须把3万块钱先交到她手里,否则天王老子来说也不行。

最后永刚严肃地对申美花说:"今天来了这么多人,所有该讲的道理我们也都给你们讲了,今天的现场情况我们也进行了录像,把你们不同意建房的情况也留存了证据。"

有个围观的村民说:"如今好事都让她家占完了,政府不花她家一分钱帮她建房,等于天上掉下个馅饼,你们工作队真是好心落了个驴肝肺,不盖就是了,你们工作队也是仁至义尽了。"

一个小时过去了,大家也渐渐失去了耐心,申美花仍然坚持自己的想法,马若付严肃地告诉她:"给你三天时间考虑,如果再这样无理坚持,危房得不到重建,后果全由你自负。"

就在这时,大铁门突然打开了,披头散发的刘荣端着一盆水朝站在门口的我们泼了过来,边泼水边骂着我们听不懂的脏话,幸亏我们反应快,否则被她弄成落汤鸡。

将近二十人在刘荣家门口折腾到上午十点多,最后无果而终返回了。

当天下午,永刚在村部主持召开村"两委"会议。永刚说申美花虽然和王志扶已举办结婚仪式,但户口仍未迁出,没有办理结婚证,她一家三口人,如果都是精神病人,我们可以采取强制性措施把他们安置到一个放心的地方,但现在难就难在申美花是具有正常民事行为能力的人,她是这个家庭的监护人,她执意拒绝我们建房的好意,如果强行拆危建新,从法律上说也站不住,眼下我们还真拿她没什么办法。

永刚请大家发表看法,看有没有更好的办法来解决这个问题。正说话间,会议室的门被推开了一道缝,前来大许督导扶贫工作的颍州区扶贫局副局长许大禹和西湖镇镇长刘勇进来了。

许大禹经常来草河湾,大家和他也是老相识。坐下之后,永刚说正愁着贫困户刘荣家房子的事,正好你来了,也帮着出个主意。许大禹了解情况后感叹,如果申美花坚持不让拆还真的不能硬来,随后建议先松松她的劲,过几天再找她商量。说不定她在看到建房无望,3万元也得不到时,最后会配合我们的。

冷却几天之后,我们托人带话给申美花:要珍惜政府给她的建房机会,如果现在愿意配合还来得及。但申美花仍不答应拆旧建新。

(六)

李俊山书记也在为"大许一号"的事久拖不决而闹心。

2020年3月24日,永刚接到李俊山打来的电话,说打听到西湖镇路庄村干部陈国广是张茅庄王志扶的表哥,陈国广是个明白人,一听这事就表示愿意帮忙做工作。当天下午我和永刚开车来到路庄接着陈国广一同来到了张茅庄。王志扶在居住的三间瓦房最西头建了个小门楼,里面有个不小的院子,门楼下的红色铁门紧锁着。给王志扶打了电话,他说他和申美花正在新村集办事,一会就过来。我们边等边和王志扶的邻居聊天,邻居说,王志扶穷得出了名,在村里没什么亲人,没有叔叔和近门的兄弟,没想到王志扶快五十了,走了桃花运,娶了媳妇之后,两口子整天关门不出屋,和村里人没任何接触。正说话间,王志扶和申美花骑着电动三轮车回来了。打开院门之后,一条老母狗和一窝生下没几天的小狗娃跑得满院子都是,申美花赶紧把老母狗和狗娃撵到屋里去,随后关上了房门。申美花见我们和陈国广登门,客气了许多,先是用电水壶烧了开水,给我们每人杯子添了些水,然后从口袋里掏出几张皱巴巴的钞票,塞到王志扶的手里,要他到附近买包烟散给我们抽。王志扶正要出门,被我一把拉了回来,我说:"不必了,你有这个心意我们就很高兴了。"

我们坐在几个小板凳上叙开了。陈国广开门见山:"这两位省里下派的工作队领导今天专门为建房的事情而来,请你们一定要配合工作。"申美花说要先把3万块钱拿来才行,陈国广说:"我在路庄村当村干部,从未听说房子还没建就可以先领钱的。就我所知,像你家这个情况,工作队对你们可是仁至义尽,如果是在我们村,你坚持不让建也不会有人再给你建,过了这个村,就真的不会再有这个店了。"

陈国广接着对王志扶说:"工作队真心实意帮你岳母解决危房问题,他们为你们的事没少操心。"王志扶说:"那如果他们把房子拆了之后不给盖新房,我们咋办?"陈国广当即表态:"我可以给你们做担保,绝对把新房给盖好,如果房子不给你盖好,你找我就是了。"王志扶说:"那房子的标准能保证吗?"陈国广说:"新房盖好后有关部门还要验收呢,建房标准不需要你操心。"见表哥担保能把房子盖好,王志扶当即表示配合建房,但坐在他对面的申美花仍死活不同意,一会说母亲和弟弟精神有问题,建房期间没地方住,一会说她母亲不会同意把住了几十年的老房子拆掉,说她母亲到时候会拼命的。我拍着王志扶的肩膀对他说:"你今天终于算醒过来了,新房子建好了,你以后也少了块心病。"王志扶说:"我是同意配合建房,但她不同意我也没办法。"

左说右劝,申美花仍是不同意,我们只好无奈地返回。在送陈国广回去的路上,陈国广表示,近日再打电话给王志扶,督促他一下,让他再做做申美花的工作。陈国广接着说,很佩服大许村工作队有这么大的耐心。

永刚说:"村'两委'干部们早已对她家失去了耐心,纷纷表示放弃给她家建房,但对这样的弱势群体我们必须保持最大的耐心,如果我们和她家人一般见识,那我们就和她家人一样也变得不正常了。"

当天晚上,永刚主持召开村"两委"会,大家一致认为:申家房子总体结构很坚固,把重建改为修缮不仅可以节约费用,还可以节约时间。遂把原先决定的重建新房改为修缮加固,在房屋后墙外再砌几个墙垛子,用混凝土把室内裂纹抹平后,加一道山墙,再全部粉刷内墙。即便是这样,没有申美花的配合也难以实施。

(七)

永刚因病无法再坚守在大许村履职,2020 年 4 月 20 日,团省委办公室副主任汪文斌赴大许村任第一书记、工作队队长。永刚即将离开大许的时候,抱着一线希望喊我开车带他和文斌、许明再去"大许一号",说是碰碰运气,如果能见到申美花,说不定她会回心转意。

夕阳西下,残阳如血。天边那一轮夕阳,慢慢失去了耀眼的光芒,把它最后的光亮洒向了草河湾大地。我们四人来到"大许一号",大门依然紧紧关闭着,四人中个头最高的许明掏出手机,踮起脚尖,把摄像头对准院内,从手机屏幕上看到申美花常开的那辆电动三轮车停在院子的正中央,也不知这会儿申美花到底在不在家。永刚边敲门边喊着申美花的名字,连着喊了几遍院子里没有回音,永刚接着继续喊:"申美花,我是工作队陈永刚。"

喊着喊着,许明说:"别喊了,我们快跑!"

只见手机屏幕上刘荣和她的儿子,一个提着菜刀,一个拿着半截棍子,正快步朝大门口走来。

我们赶紧朝前边的草河方向跑去,大门外不远处正巧有位路过此地的村民,为防止村民被误伤,我一把拉住他跟着我们朝前跑,村民莫名其妙地跟着我们跑了几十米,回头一看,刘荣和她儿子正站在门口朝我们吼叫着,也听不懂她娘俩吼的是什么,我们也不再理会他们,过了一会儿,远远地看着他们又关上了大门。

此时此刻,夕阳耗尽的余晖消失了,草河湾顿时暗淡了下来。我们来到草河北岸的堤坝,河坡上摇曳的芦苇丛在我们眼前晃动着,滩涂上传来的阵阵蛙鸣提醒我们,工作队到草河湾的第四个夏天即将开始了。

永刚动情地说:"参加工作这么多年,还没有什么能难倒我的,偏偏就在草河湾被'大许一号'给难住了。"我问永刚:"村干部都被你应对'大许一号'的耐心所折服,到底是什么让你从始至终保持着这么大的耐心?"

永刚说:"不管咋讲,他们是大许人,如果我们和他们一般见识,去生他们的气,那我们活该被气死。仔细想想,他们一家三口,村里没有比他们更可怜的了。如果我们自己的母亲落到刘荣这步田地,自己的姐姐和弟弟也像申美花和她弟弟这个样子,我们肯定永远对他们不离不弃,权当他们就是咱娘、咱姐和咱弟弟吧。"

(八)

2020年是脱贫攻坚的收官之年,在年底之前接受省第三方监测评估,9月20日还有一项脱贫攻坚大普查,这意味着大普查到来之前,"大许一号"的危房问题必须彻底解决,否则后果将会很严重,不仅大许村整个脱贫攻坚工作无法交卷,西湖镇乃至颍州区都要跟着受连累。

永刚带着"大许一号"未能解决的难题,十分遗憾地离开了草河湾。文斌接任第一书记后,我和他多次到"大许一号"寻找解决问题的突破口。我们多次和李俊山探讨如何解决"大许一号"的危房问题,我曾提出是否可以采取强制措施,李俊山笑而不答,因为他知道,作为镇党委书记,维稳压倒一切。他担心在强制拆房时操作稍有不慎,有可能出现意想不到的次生问题,如果有好事者在微信圈发几张强制拆房的图片,就有可能引发舆情事件。

2020年5月8日上午,我和文斌、李俊山再次来到"大许一号",这次一同前来的还有李俊山特意请来的镇派出所所长张玉坤。恰巧申美花、王志扶这时从张茅庄过来刚到大门口,张玉坤和申美花两口子详谈一番后,我们离开了"大许一号",张玉坤在回来的路上跟我们建议:现在讲究依法办案,暂时还不宜采取强制性措施。

2020年6月20日,许大禹和镇党委副书记张青松一道,带领十余人来到大许村督查未脱贫户"一户一案"实施进展。得知"大许一号"问题仍未解决,他们当即随我和文斌来到了"大许一号"。每次来到"大许一号"都是个头最高的举起手机,用摄像头观察院内情况。许大禹一米八几的个头,他站在前头把手机高高举起,发现刘荣正在院子里洗衣服,于是边敲门边喊她开门,许大禹大声告诉她:"我们是颍州区扶贫局的,有没有什么困难要我们帮助解决的?"刘荣今天的心情还不错,她当即回答两个字:"没有!"接下来就不再搭理我们了。

文斌说:"我们到张茅庄看看,如果能找到申美花和王志扶,说不定他们现在改变主意了呢!"离开"大许一号",十多分钟后,我们一行四人开车来到了张茅庄,王志扶家的大门没有上锁,从门缝中可以看到那窝小狗子和两个月前相比已明显长大了不少,怕那群小狗往外跑,王志扶开个门缝出来后,立即关上了大门,这次他明显没有上次热情,连院门也没让我们进。我们站在门外问他:"申美花在家吗?"王志扶张嘴就说:"申美花到杭州打工了,走了一个多月了,她家建房子的事,找我不管用。"

住在申湖的申振跟我们说,申美花成家后,三天两头到申湖给母亲和弟弟送些生活必需品,每次都是天快黑时过来,有时晚上回张茅庄,有时就住在这里。他前天还和前来送东西的申美花打招呼呢,她怎么可能到杭州一个多月了呢?

我们明知王志扶说的是瞎话,也拿他没招。如今申美花连面也不跟我们见了,不知她葫芦里到底卖的什么药。

转眼到了6月下旬,距离9月10日的脱贫攻坚大普查越来越近,留给我们解决"大许一号"问题的时间越来越少。

文斌知道我有五点钟起床的习惯。2020年6月26日早上四点五十分，东方刚泛鱼肚白，天还没有亮透，我正要起床，文斌敲开我的门，笑呵呵地说，对面桃园里的公鸡叫头遍的时候，他就睡不着了，翻来覆去考虑如何解决"大许一号"的问题。文斌说他突然想到这么一个办法，让我看看怎样。我说："有办法快讲。"文斌说："我们是不是考虑先告诉申美花：按照上面的统一要求，凡是贫困户家庭的精神病患者，近期一律到专门治疗精神病的市第三人民医院接受身体复查，所有精神病患者要十天时间住院接受观察治疗。申美花的弟弟通过在医院检查结合心理疏导说不定还有治好的希望呢。申美花很可能会接受方案，趁这几天时间抓紧施工，问题不是解决了吗？"

这果然是个有点智慧含量的好点子。

李俊山书记也觉得这是个不错的主意，亲自安排派出所和卫生院全力配合。我们查了下天气预报，7月初有几天晴好天气，7月6日，由市第三人民医院开来的120救护车把刘荣和她儿子顺利接到了精神病院。

明学军的施工队抓紧施工，六天就把房屋修缮一新，困扰了我们很久的难题终于迎刃而解。

文斌第一时间给永刚打了电话，得知消息后，永刚如释重负，长长地舒了一口气。（刘荣、申美花、王志扶系化名）

三　大路朝阳

从西湖镇华佗集到大许村的华天路，沿途几公里路边的农户，每天都能看到一个身材瘦高、蓬头垢面的老头，不急不缓地行走在这条大路上。这个每天不止一次往返于华佗集和大许村之间的智障老人，就是大许村"五保"贫困户陈朝阳。

但大许村很少有人喊他陈朝阳，都是直呼他"站柱"，在草河湾如果你打听陈朝阳是谁，恐怕没几人知道，但只要一说站柱，就无人不晓。

"站柱"到底是哪两个字,谁也说不清,也有说叫"赞助"的,凭我的感觉应该叫站柱更靠谱。70年前的那个年代,家里添了个男丁,想让他如站柱一样撑起这个家庭的未来,可能更符合那个时代乡村人的愿景,况且在皖北农村人们夸谁有出息,就说谁是家里的大站柱。至于"赞助"这个词,在那个年代可能还不时兴。

(一)

工作队刚在大许村安营扎寨,我就见到了站柱。那天刚下过雨,村部附近一段低洼的水泥路上存了一些积水,一位看上去70来岁的老人蹲下来,竟然用双手捧着地上浑浊的积水往脸上抹,这让我很是惊讶。细看这位老人,秃顶稀发,脸似乎好久没有洗过,满脸的皱纹里藏着黑色的渍垢,看上去像从小煤窑刚出井的民工,上身的中山装褂子和下身卷着的裤腿脏兮兮的很难看到布纹,一双破旧的布鞋,已很难看清是什么颜色。见我在不远处关注他,他很快起身离开,不紧不慢地朝前走去。

此后我每天都见他在村头的大路上游荡,从大许村西头的马小庄到东头的寨外,从南部的王竹园到北部的八里庄。不过,从三公里外的华佗集到大许村村部是他走得最多的路线,只要不是大雨天、大雪天,不管烈日当头还是寒风袭人,他都是不紧不慢地行走在这几段固定的路线上。他似乎永远不知疲倦,好像有不停行走的强迫症,很少看到他坐在哪个地方休息过。

我们刚到大许村的时候,村干部认为我们是省里派驻的工作队,不愿和我们多说站柱的事,有两次我主动说起站柱,大家似乎讳莫如深。

站柱很少跟村里人说话,但这并不影响大家对他的怜悯,中午或晚上赶在吃饭的时候,他往谁家门口一站,谁也不会让这个可怜的老头饿着。村里人下地干活,很少有锁门的,他不管你家中有没有人,常常是推门而入,不管白天还是晚上。他有个习惯,先找着电灯开关拉亮电灯,然后寻找馍罩头(皖北方言:盛馍的篮子),看看馍罩头里有没有剩馍,如果有剩馍,他就站在屋里或院子里,先吃饱再说,村民回家如果发现大白天屋里仍亮着灯,或馍罩头里的馍明显少了,一般会判断:可能是站柱又到家里来了。

工作队房东许辉的母亲李秀英告诉我,有天晚上,突然停电,全村漆黑一片,她在堂屋点了蜡烛,刚转身一个黑影出现在面前,把她吓了一跳,原来是站柱来到了家里,她赶紧盛了热饭,让他吃好。

站柱的衣服总是破旧不堪,他拒绝别人给他提供的新衣服,据说有几次村民给他送来合体的新衣,都被他扔在门外。眼下他穿的这身衣服,是在初夏时的一天,待他脱下棉衣睡着后,村民把单衣放在床头,悄悄地把他的棉衣抱走,第二天醒来后,他无可奈何才穿上的。2018年初那场大雪的时候,站柱穿的那双单鞋被雪水浸透,他被冻得直打哆嗦,包片干部、村妇联主席陈继芬把给他买的棉鞋让他换上,但他无论如何也不换,见几个人围着他要强行给他换鞋,没想到站柱居然"智慧"了一把:指着附近的厕所,表示要去解手。众人信以为真。没想到他趁这个机会,立马不见了踪影。没办法,只好等他晚上睡觉的时候悄悄地把棉鞋放在他床头,把那双湿透的布鞋拿走,第二天才见站柱穿上那双新棉鞋。

站柱是个无儿无女的"五保"户,70岁了,按理说他完全符合入住西湖镇敬老院的条件。设施齐全的敬老院,吃住无忧,本应是他最好的归宿,但他因神志不清,整天游走在村头的大路上,毫无规律的生活和独来独往的习性,使他无法到敬老院去安享晚年。

作为无法集中供养的"五保"老人,站柱被列为大许村首批建档立卡贫困户。工作队进驻大许村后,站柱成为我包保的四个贫困户之一。

站柱从不和任何人交流,加上他随心所欲的习性,对他实施帮扶有不小的难度。从确定包保站柱的那天起,我就在琢磨:怎样才能和这样一个非正常贫困户拉近感情,进而让他恢复应有的尊严?

站柱喜欢抽烟,但他身上从不带烟,也从不带火,总是无事不登三宝殿,烟瘾上来的时候喜欢到村部转悠,只要往村部门口一站,不用说,就是烟瘾来了,递根烟,帮他点着火,他立马转身走人。有时工作队和村"两委"正在关着门开会,但这不影响站柱推门而入,他不管你开不开会,给他递根烟,打着火之后,他立刻告辞。

站柱不贪心,他每次只要一根烟,连两根烟都不要。那次我往他耳朵上夹一根,转身他就把耳朵上的那根烟给扔了。据说如果给他一盒烟,他接过来走不多远就会把这盒烟揉碎。

我曾尝试和站柱接近,但每次和他打招呼总是热脸贴着冷屁股,不管你怎么热情地和他套近乎,他从来都是面无表情。

为拉近和他的距离,我专门准备了一包"双喜"烟,我们工作队几人不管是谁每次见他都是先掏一根烟,点着火,然后说些是否吃饭了之类的话。他从不接话,语言金贵得很,有时忘了给他点火,他偶尔会说一个字:"火"。我不抽烟,没有带打火机的习惯,但站柱在接过烟之后必须要给他点着,否则等于你没有给烟,从此我养成了带打火机给他点火的习惯。每次给他点火之后,他都是面无表情,一言不发,扭头就走。有几次站柱途经工作队小院门口,正是吃饭的时候,给他递烟点火后,让他到屋里吃饭,他像没听到一样转身就走。可能他觉得我们工作队是外来人,不像村里人那样是知己,或许在他看来还要在我们面前保持着起码的自尊。

(二)

我几次想去站柱住的地方看看,村里人说他居无定所,不愿说出他住的地方。正是玉米拔节的时候,那天我和永刚队长决定,无论如何都要去他住的地方看看。在八里庄村民组组长、建筑队老板陈子国妻子的引领下,我们沿着村部东边的水泥路往北走没多远,再往西走不到一百米,看到了一座三层楼房,楼房的两边是玉米地,她把我们往楼房东边的玉米地里领。我感觉奇怪,怎么把我们往玉米地领呢?往里走不远,看到楼房后面好像有一个厕所在那,远看像厕所,快走到跟前看着还像一个厕所,走到门口一看才发现不是厕所,居然是站柱的家。这个不到五平方米的小屋,高不过两米,没有门,没有水,也没有电,里面只有一片麦草铺成的地铺,站柱的整个家当就是麦草旁边那两件冬天穿的破衣服。村民告诉我们:站柱不是天天回来住,他成天打游击,有时走到哪就住在哪。

大许村的夜晚漆黑一片,但满天的繁星好像比城市夜空中的星星更亮、更近,似乎触手可及,这在城里是无法体验的。窗外草丛里的虫鸣和远处偶尔传来的狗叫声,不时打破大许村的静谧。夜已经很深了,我仍然无法入睡,眼前一幕幕回放着那个几平方米大的小屋。

他为什么会住在环境那么恶劣的小房里?我一时无法想通。

几天后,我渐渐想通了:由于他不把自己当回事,别人更不把他当回事。前几年村里一时找不到合适的建房地点,就选在这座三层楼后面给他盖了座几平方米的小屋,他住在这里,时间长了,村民和村干部也就渐渐习以为常了。

一连几天,一有空我就到站柱的小房子去看看,想搞清他是不是每天都回来。但站柱小房子前面那家三层楼房的主人喂有一条大黄狗,令我毛骨悚然。拴在门口树上的这条大黄狗,每次见到我,总是跳起来对着我拼命地狂叫。其实这条狗被主人牢牢地拴在了树上,但我总担心拴狗的绳子会被挣断,自己无缘无故被它咬着了,岂不是太不值了?多年前我曾差点被一条大狼狗咬着,对体型稍大的狗有着说不上来的恐惧,所以每次去站柱的小房子,如果是两个人一块去,有个壮胆的,我心里还不怕,如果是我自己去,干脆舍近求远,从村部附近沿着于沟东岸往北走二百米,再向东拐,迂回之后才能到达站柱的小房子。

设身处地地想想,村里人对他如此作践自己变得习以为常,责怪他们也冤枉。别说是他们,就是我们工作队在几天之后,心态也渐渐恢复了平静。

作为站柱的包保责任人,我能为他做些什么呢?有几个夜晚我想这个问题想得我失眠。我和永刚曾设想让他长期在村里的某个村民家吃饭,再给供饭吃的村民补贴,但他游荡不定,不可能固定在某个村民家吃饭。

有时深更半夜我会突然想起站柱来,他毕竟是70岁的老人了,这个时候他是睡在那间小房里还是蜷缩在哪个偏僻的角落?他如果得了个什么病在那间小房里发生了意外,一时半会可能不会被人发现。

那天早上,我突然感觉好像有两天没见到站柱了,就问住在一起的工作队扶贫专干许明:"这两天你有没有见到站柱?"许明说:"这两天好像没见到他。"

我立即想到,站柱不会出什么事吧?我一边这样想着,一边打算到他住的地方去看看。好像有什么心灵感应,说曹操,曹操就到,我们开门正要往外走,站柱从门外的水泥路正向工作队小院走来。我照例是递上一支烟,点上火之后,他一言未发,转身离去,继续行走在村头的水泥路上。

或许上天对每个人都是公平的。站柱不停地行走,说不定正是这种不停的运动给他带来了生命的活力,让他一直无病无灾。他没有苦恼也没有忧愁,也许他的快乐就是抽一根香烟或吃一顿饱饭。他也许已经习惯了冬天的严寒和夏天的炎热,对所有的寒冷和酷热可能早已经麻木。

"站柱不把自己当回事,但我们村干部和工作队绝不能不把他当回事!他住与不住是他的问题,但我们必须给予站柱起码的生活自尊!"那天下午,永刚队长在村"两委"会议上表情严肃地如是说。村总支书记马若付随即表示,尽快协调找个盖房的地方为站柱盖两间新房。

几天后,西湖镇党委书记李俊山来大许了解迎接市扶贫督查的准备情况,永刚由于身兼颍州区扶贫开发领导小组副组长,那天下午他在区里开会。我在工作队驻地和李俊山海阔天空地聊着有关大许村扶贫的话题,他突然问我:"来到大许村这么长时间,哪个贫困户给你的印象最深?"

我不假思索地告诉他:"村里的站柱太可怜了,真没想到这个贫困户会住在那么个地方。"

话刚出口我就后悔了,站柱的住房村里已经在着手解决了,我在镇书记面前说这事不是在告村里干部的状吗?

但话已出口，李俊山执意要我带他到现场看看，我不太情愿地带着他向那间小房走去。那条拴着的大黄狗一边往前扑，一边狂叫着。我们小心翼翼地绕过那条大黄狗，来到那间小房前。李俊山看过之后脸色铁青，好久没说一句话。

我怕他在马上将要召开的村"两委"班子会议上，可能就这事发火，就赶紧提醒他，村里发现这个问题后，已着手为站柱盖房找地方。

会议开始了，李俊山一直紧绷着脸，最终还是忍不住就站柱的住房对村干部大发雷霆："让贫困户住在那个地方，你们的良心哪去了？是不是喂狗了？"会议室里除了李俊山讲话的声音，静得掉根针都能听见。镇党委书记把村干部这么严厉地训斥了一顿，我一时感到很内疚，觉得对不起总支书记马若付和村委会主任周学宏，他们白天黑夜为贫困户做了那么多艰苦细致的工作，却被镇一把手劈头盖脸地训了一通，我这不是把他们给出卖了吗？

一连几天，见到村干部总觉得对不起他们，我也曾想就这件事给他们解释一下，但话到嘴边又停住了。镇党委书记的训斥毕竟加快了给站柱盖房的速度，想到这里，我心里又觉得少了点愧疚。

（三）

给站柱盖房立即被摆上了村干部和工作队的日程，但村里一时又找不到合适的建房地点，建房的选址还涉及一些手续，加上那段时间脱贫攻坚检查一个接着一个，给站柱建房的事因此又耽误了一段时间。眼看冬天就要到了，给站柱建房的事不能再耽误了。那几天为给他建房的事，我心里很急，在即将到来的这个冬天，如果因天寒地冻他有个三长两短，作为他的包保责任人，我不仅负有不可推卸的责任，而且良心上也无法交代。

经马若付协调，在距离站柱小房子北面二百米的地方，村民组组长陈子国主动提供了为站柱盖房子的地点。村里为站柱申报了危房改造工程,但按照规定危房改造的费用要等到 2018 年 7 月全村的危改工程全部竣工验收后,才能统一领到,如此一来,意味着要等几个月以后才能报销站柱的新房建设费用。

无论如何都要把站柱的新房在 2017 年冬天到来前建好。没有钱,怎么办?因涉及建房的贫困户较多,又不能动用村集体资金,我先拿 1 万元预付站柱的建房款。

好事多磨。预付款交给陈子国之后,不到一个星期,站柱的两间新房就建成了。

白墙、灰瓦、蓝天、白云,新房周围是一望无际的麦田,一条平坦的水泥路直通站柱的新房。虽然站柱并不知道欣赏他的新居,但此时此刻我们如释重负,心情真是好极了,这是我进驻大许村以来心里最快乐的一天。

为庆祝站柱的新房建成,那天晚上,永刚队长特意多烧了两个菜,我们工作队三人,端起酒杯,每人干了两杯。想到站柱将要告别那个令人寒心的地方,我的心中多了些快慰。

马若付很快让人为站柱的新居接了电,装上了自来水及无公害厕所,在他的新居内摆放了木床、被褥,随后他开着电动三轮车,给站柱搬来了老村部不用的条桌。新居看上去俨然有了正常人家的烟火气。

新居看上去像模像样,但接下来让站柱搬进新居又成了一个问题。

据说当年让站柱搬到小房子里就曾费了不少事。有句老话:金窝银窝不如自己的草窝。站柱和正常人一样故土难舍,那间小房子虽然寒酸到不能再寒酸,但在站柱心中那里就是他的家、他的魂,那里藏着他难以割舍的情感。新房子虽好,但在他看来似乎还是现在的小房子更好。

果然如大家预料的那样,站柱迟迟不愿搬进新房。陈子国几次强领着他到新房去,到地方之后,他扭头就走。

陈子国知道他不肯住新房,是因为恋着老房子,干脆把那间老房子扒了,断了他的老房子情结。

那天晚上,站柱回到老房子门口,发现房子被人扒了,他一屁股坐在废墟前,无助地大哭起来。正伤心地哭着,陈子国来到他面前,要领他去新房子,他对着陈子国大声叫喊了一阵子,陈子国告诉我:"他叫喊的什么我听不清,肯定是骂谁扒掉了他的小房子。我也不敢说是我扒的,我只能告诉他是政府来人给扒的,他听了之后,不再叫骂,乖乖地跟着我来到了新房子睡觉。"

欲爱不能,欲帮不成,站柱的这种生存状态是怎么形成的呢?他是天生智障,还是后天得病所致?我一直想搞清楚这位帮扶对象的身世。

(四)

那是一个阳光灿烂的上午,我从大许村凌庄步行返回工作队驻地时,有意选择了一条从未走过的麦地边田埂,尽情享受着乡村野地的新鲜空气。行至一处沟塘边,一对年过七旬的老人正在沟坡上用铁扎口翻地,我上前打了招呼,方知是八里庄70岁村民陈朝宣和大他2岁的老伴许爱华。

我问他:"你叫陈朝宣,和村里叫站柱的陈朝阳是不是近门兄弟?"许爱华得知我是包保站柱的工作队副队长,这个慈眉善目的老人打开了话匣子,向我讲述了许多关于站柱的陈年旧事。

陈朝宣和站柱是同龄人,不是近门的兄弟,但小时候两家曾经住前后院,从小光屁股在一起长大的。

站柱生来命苦。1960年,站柱的父母去世后,十来岁的站柱和大他6岁的姐姐成了村里的孤儿,从此,姐弟俩相依为命。姐姐出嫁后,他随姐姐生活了几年,这大概是站柱童年里最幸福的几年。但好景不长,姐姐因病去世后,站柱的生活从此没了着落。

不久,同村一位叫郑兰贵的剃头师傅收下站柱当徒弟,跟随郑师傅学剃头,多少也有一个养家糊口的手艺。站柱手脚勤快,深得师傅喜爱。16岁那年,见长的站柱身高已赶上了成年人,随着剃头手艺的长进,站柱对未来生活充满了美好向往。

五十多年前,那个杨柳吐绿的春天,有天上午,村里几位和站柱年龄差不多的半拉橛子(皖北方言:未成年小伙)前来剃头,和站柱有说有笑,其中一个说:

"站柱,我们给你找个媳妇,行不?"

站柱还有点不好意思,当成玩笑话,也没有直接回答。

"我们给你说媳妇,说成了,以后找你剃头不收钱就行了。"

几个半拉橛子说得有鼻子有眼,让站柱感觉很靠谱。

不久,这几个半拉橛子再次前来剃头时,旧话重提:

"前庄那个比你大几岁的闺女叫枣花,娘两个相依为命,很想找个上门女婿。"其中一个说得活灵活现,"我们已经帮你说好了,母女俩很满意,哪天你到她家门口放挂鞭炮,就算成亲了。"

他们说的这个前庄闺女枣花,和站柱南北两庄,站柱早就认识她,但从未敢想过娶她当媳妇。站柱越想心跳越快,初夏的夜晚,大许村的田间地头,蛙声如潮,16岁的站柱长这么大第一次失眠了,天快亮时他做了一个梦:和前庄的枣花放炮之后成亲了。

站柱和师傅说了前村枣花的事,话刚出口,就感觉不好意思。但师傅立刻接过了话茬,倒认为这门亲事不错,徒弟将来成了家,又有剃头的手艺,小两口未来过得肯定不会差。

实诚的站柱怀着对新婚生活的期待,换了身新衣服,带着一长挂鞭炮,一个人高高兴兴地到前庄成亲去了。

当站柱来到枣花门前点燃鞭炮时,母女俩一头雾水,因为她们压根没听说过站柱是谁,也没听谁说过提亲的事。全庄的人听到鞭炮声都跑来看热闹,满地的炮纸,一院子村里人,当人们弄清这个来放炮的小伙子的来意后,觉得眼前的这个毛头小伙像个二百五,又觉得他这样做分明是欺负母女俩没人。大家越想越气,怎能受一个外庄人送上门来的窝囊气?村民们纷纷上前,你一拳,我一脚,把站柱痛打了一顿。

许爱华回忆道:那天天气很好,我们都听说站柱带着鞭炮到南庄成亲去了,都认为是真的。当天晚上也没见站柱回来。第二天见到他,问他昨晚到哪睡的,他说是到大队牛屋里睡的。站柱闷闷不乐,不说一句话,几天后见他把剃头的工具放到石头窑里用石锤给砸碎了,村人才知道,站柱是被人恶作剧戏弄得神经错乱了。

站柱从那以后就变傻了。他整天在村头游来逛去,一年四季两套衣服,冬天、春天一身破棉袄,夏天、秋天一件厚褂子、破裤子。

站柱仍和他的师傅住在一起,师傅去世后,站柱和师娘继续生活在一起,师娘像对自己儿子一样疼他。几年前师娘去世后,站柱又成了孤家寡人,不会做饭、不知饥饱的站柱从此终日游荡在村头的大路上。

许爱华告诉我,她40多岁的儿子陈振国小时候最喜欢和站柱一起玩,有事没事就会跑到前院站柱门前的那片空地玩。近些年陈振国跑运输给人拉砖,平时很少在家,每次回来总要问站柱的情况。站柱认识他开的运货车,每次他开车回来在村头的饭店吃饭,站柱都能及时发现,一同酒足饭饱之后,站柱的脸色像紫红的猪肝,心满意足地离去。

(五)

像站柱这样的非正常贫困户,工作队平时对他自然是特别关照。我们对他好,不会引起其他贫困户妒忌,因为没有谁比他更可怜,没有谁会和他攀比。

2017冬天,贼冷贼冷的,皖北地区气温几次下降到零下十几摄氏度。大许村滴水成冰,寒风刺骨。2018年1月的那场大雪之后,大许村大大小小的河塘都结了厚厚的冰,村里许多人告诉我:"多少年河里都没结冰了,也不知今年为啥这么冷。"工作队驻地室内室外的水龙头都被冻得连续多日无法出水,那几天我们只好不断地到镇政府食堂去蹭饭。或许是我很多年没在乡村生活了,那年冬天是我这么多年来感到最寒冷的,从未穿过大衣的我,每天清早晚上,总是把那件黄色军棉大衣裹在身上。

早在冬天到来之前,工作队每人就添了两床军被和一件军用黄大衣,站柱和我们享受了一样的待遇。

根据村民们以往的经历,我揣摩着把被子和大衣给站柱送去,弄不好他可能还要把被子和大衣给扔出去。不过这次站柱很给面子,没有把我们送去的东西往外扔。

2018年1月3日,大许村天气突变,寒风劲吹,鹅毛大雪从昏暗的天空中纷纷扬扬地飘落下来,整个大许村银装素裹。晚上十点多,我和许明说起站柱的事,有点不太放心,就踏着厚厚的积雪,前往站柱的住处。可能是见雪下得大,站柱早早就回来睡觉了,他把用了多年的破被子给自己盖得严严实实,却把我们送来的棉被和大衣扔在了墙角。见他睡得香甜,我们悄无声息地把棉被和大衣给他盖上后,迎着飞舞的雪花放心地离开了。

刚回到工作队宿舍,接到永刚从西藏昌都察雅县打来的电话,在几千公里外的永刚仍放心不下站柱的安全。2016年,永刚曾随安徽省脱贫攻坚考评团到湖北参加过省际互查,这几天正随安徽省脱贫攻坚异地考评团赴西藏执行省际互查任务。到达西藏后,他高原反应厉害,强撑着在察雅县执行脱贫攻坚考评任务,每天晚上无论多晚他都会给我打电话,询问大许村迎接省际互查的准备情况。在他先后打来的十多次电话中,有三次提到站柱。永刚叮嘱道:"天气预报说近日还有大雪,除了凌庄贫困户凌文刚、程庄贫困户李贺勤的危房外,一定要勤到站柱住的地方看看。"

第二天早晨,天空中仍飘着大雪,我和许明穿着深筒胶鞋,带着饭菜来到站柱的住处。站柱仍躺在床上,虽然他已经醒了,但我们和他说了很多话,他一句也没理俺俩,我们把饭菜放在他的床头离开了。

回来的路上,接到李俊山书记打来的电话,他也在牵挂着站柱的安全,生怕他在这罕见大雪天有什么意外。在得知我们刚刚离开站柱的住处时,他告诉我民政部门昨天运来了一批棉被用于救济部分特困户,虽然站柱有被子盖,但今年天气特别冷,再给他两床也不多。

第三天,推土机清理路面积雪后,大许村到镇里的水泥路勉强可以行车,许明开着永刚的那辆铃木车,我们到八公里外的西湖镇政府大院领回了棉被。

几天后,天空放晴,阳光普照,积雪慢慢融化,背阳的屋顶上仍留有残雪,站柱一如既往地开始了在村头水泥路上的行走。

(六)

草河湾土地肥沃,民风淳朴。祖祖辈辈生活在这片土地上的大许村人有着乐善好施的传统美德。

人都有同情弱者的本能,站柱在村里是一个地地道道的弱者,虽然许多时候脑子糊涂不清,但村里的老少爷们都觉得站柱为人实诚,住在路边的村民们,都曾给在吃饭时光顾的站柱盛过热饭,拿过热馍。不管他到谁家,家里有没有人,哪怕是满桌子放的都是钱,站柱也从不拿一分一毛,他不会花钱买东西,也没人见他花钱买过东西。所以不管他什么时候到谁家,大家对他从不设防,相反倒觉得如能让他吃一顿饱饭,倒是一件令人很快慰的事。

每当看到村里有人在路边摆桌子大办酒席的时候,我最先想到的就是,站柱和大干今天又要改善生活了。他和村里另一个智障贫困户大干对全村的这类信息格外灵通,谁家有红白喜事,他俩往往会在第一时间捕捉到信息。

草河湾村民办红白事有在院子里摆宴席的习惯,家底厚实的还会请来几十公里外的河南戏剧班子唱一台大戏。每当这个时候,站柱和大干就会不请自到,他俩往往随便找一个酒桌早早地坐下来,等待享用端上的十碟八碗。

站柱喜欢喝酒,且有些酒量,村里有位给娇儿剃辫的有钱人,那天请河南戏班子唱了两天,把宴席从门口摆到了大路边。我从那路过时,见站柱和大干在同一个酒桌上,站柱拿起打开的啤酒瓶子,仰起脖子一饮而尽,同桌喝酒的一群人见站柱喝酒如此痛快,齐声叫好。站柱往往经不住这种场合的好酒好菜,据说在这样的场合,他曾不止一次喝得烂醉如泥。

村里一些富裕户,不差钱,办酒席讲面子,许多时候就图个人多、热闹、有排场。站柱和大干准时到场也算是捧了个人场,所以不管谁家摆酒席,只要站柱和大干到了,主人就会满脸赔笑。

不过也有例外的时候。那天村里有户人家儿子结婚,在院子里摆喜宴,站柱和大干自然是不请自到。开席的时候,有几位外地来喝喜酒的年轻人不认识站柱和大干,看他俩脏兮兮的衣服和凌乱的头发,判断他俩可能是前来蹭饭的流浪汉,不愿和他俩同桌,于是起身离开他俩所在的酒桌。大干可能感觉很没面子,酒过三巡,他气愤地把啤酒瓶子摔碎在地,然后扬长而去。而站柱则不像大干,他该吃吃、该喝喝,吃饱喝足之后,不知啥时酒劲还把他大脑给搞清醒了,他居然在摆宴席的主人面前"雷锋"了一回,不声不响地把大干摔碎的啤酒瓶子给清扫了。

(七)

站柱也有脑子清醒的时候,大许村人谁对他好,他都心中有数。和我共同包保站柱的村妇联主席陈继芬时常说:"站柱也不是那种傻得透气的人。"

农忙时节,站柱在谁家吃过饭之后,会帮助做些脸面前的杂活。住在村部附近的村民张玉萍是个热心肠,看见站柱从门口经过常常喊他进屋吃饭。2017年中秋节之后的第二天下午,我见站柱坐在张玉萍门口帮着剥玉米棒,就上前和站柱搭话,站柱只管一个劲地剥他的玉米棒,也不接我的话茬。张玉萍告诉我:"站柱喜欢到我家来,每次来我们都像自家人一样,俺吃啥他吃啥。今天吃过午饭后,见我们在剥玉米棒,他也就跟着干了起来。"

有次在村民李殿英家门口,我看见站柱正弯腰帮李殿英刨地。我上前和年过六旬的李殿英聊天,这位善良的村民对我说:"站柱可怜,我见了他就对他说,饿了没饭吃就到我家来。每次经过我家门口,他不说话我都要问他吃饭没有。我对他热情他心里有数,这不,我说门口这片地要刨过后种些蔬菜,站柱二话没说就帮着干了起来。"

住在李殿英家对门的"颍州好人"朱勤民告诉我:李殿英丈夫陈朝善活着的时候是八里庄生产队长,陈朝善之前就对站柱不赖,他去世后李殿英一直对站柱好得很,站柱每次到她家,不管什么时候,哪怕已经吃过饭了,她也会单独给站柱做饭吃。

长期以来,百家饭让站柱这个不知道忧愁的流浪汉生存了下来,村民们对站柱的同情和善举弥足珍贵。如何让站柱的生活得到更有效、更长期的保障?如何让他活得有起码的尊严?这是工作队一直在思考的问题。

永刚队长着力探索的能人巧匠心连心结对帮扶贫困户活动,为大许村一批像站柱这样的贫困户送来了及时雨。

2018年春末夏初,进入关键阶段的颍州区危房改造工程,时间紧,任务重,要求高。大许村五支建筑队肩负着全村50多家贫困户的危房重建和修缮任务,为给五支建筑队鼓劲加压,那天晚上,永刚自带了两瓶金种子白酒,破例把五支建筑队老板请到了远离村头的农家乐。这是永刚到大许之后第一次拿出白酒请客。

席间,永刚就危房改造的进度和质量提出具体要求后,话锋一转:"俗话说,'亲帮亲、邻帮邻',咱们作为大许村各个建筑施工队的一方诸侯,凭智慧和汗水在大许村较早地走上了富裕之路,眼下大许村的脱贫攻坚需要你们,大许村的一批贫困户更需要你们伸出援手,拜托你们每人至少帮扶一位住处离你们最近、最需要得到帮扶的贫困户。"

话音刚落,在座的几位纷纷表示乐意接受这一光荣任务,每个人都当场报出了结对帮扶贫困户的姓名。距离站柱最近的建筑队工头、村民组组长陈子国欣然承诺,尽最大努力给站柱生活上以帮助。

事实上,多年来,陈子国就一直对站柱关爱有加,不仅曾经无数次给站柱提供热饭热菜,还为站柱买来换季的衣服,是大许村对站柱操心极多的人之一。如今有了结对帮扶这种仪式感,陈子国深感肩负的责任更重了,完成任务的光荣感和成就感油然而生。

从此以后,陈子国一家每天密切关注着站柱的行踪,经常到站柱的住处看他是否在家,如果没出去游荡而是睡在家里,会喊着站柱一同去他家里吃饭。

工作队在大许村通过表彰陈子国等曾经给站柱以温暖的大许村好人,放大他们曾经对站柱等人的善举,形成了人人以乐善好施为荣的浓厚氛围。如今在大许村,村民们相互比着帮扶站柱这样的弱势群体,个个都想在帮扶弱势群体中有所表现。

(八)

在皖北农村,如果对一位几十岁的成年人仍喊着他的小名,则意味着缺少尊重。在大许村虽然人们长期以来都是很习惯地喊他站柱,但我们工作队每次见他依然喊他陈朝阳,从未叫过他站柱。记得我第一次喊他陈朝阳的时候,他眼睛好像闪着亮光,朝我看了一眼。他似乎从中感受到了一丝做人的尊严,觉得工作队的几位外来人并没嫌弃他。

让我感到欣慰的是,随着时间的推移,站柱和我们工作队之间的感情越来越深,他到工作队驻地的频率越来越高。每当他路过工作队门口想抽烟的时候,他总是习惯性地走进我们屋里,递上烟帮他点着后,他一言不发径自离去。有一次他见桌子上有个白酒瓶,拿过来晃了晃,发现还有剩余的酒底,于是打开瓶盖,瓶底朝天对着嘴,把余下的酒喝个精光,看上去他似乎感觉很过瘾。见他对白酒那么贪婪的神情,我真想到附近超市里买一瓶让他喝个够,但转念一想,一个70岁的老人,如果因喝酒出了事,岂不事与愿违?

2018年9月的一天,天气格外炎热,太阳把村头的水泥路烤得发烫。村民给工作队送来几个西瓜,在路上走个不停的站柱满身大汗地进来了,我们一边热情地让他坐下,一边拿刀把西瓜切开,站柱也不客气,坐在电扇下面,接连吃了好几块。见他那副吃西瓜的痛快样,我们真的感到很开心。

吃过西瓜,站柱自己从桌上拿了根烟,帮他点着后,一句话没说,出了屋。尽管外面骄阳似火,但并不影响他继续行走在村头的大路上。

我发现站柱似乎比以前讲究了一些,2018 年 12 月,我连续多次在站柱的住处有了惊喜的发现:站柱的黄色军被虽不像正常人那样叠起来,但每天都会平整地铺在床上。这个曾经睡在草窝里的流浪汉,如今居然把被子收拾得平平整整。我高兴地拍下站柱整齐的床铺,发到了大许村微信群,不少人看到后跟着点赞。

每年为站柱换棉衣或单衣是工作队的一道固定程序。前两年每次给他换棉衣或单衣,他要么拒绝,要么找机会跑掉,每次换衣服总是很费劲。但随着我们之间的接触越来越多,站柱似乎对我们不再设防,换衣服终于得到了他的配合。2020 年 1 月 15 日中午,我和永刚、许明在从镇政府食堂回大许的路上,说起下午将要开始的新一轮雨雪天气,永刚立即想起了站柱,说咱们现在开始沿路找,一定要在雨雪到来之前让他穿上暖和的衣服。没走多远,见站柱从寒风中迎面走来,永刚立即把车速降下,待他和车辆平行时,我下车二话不说把他拉上了前边的副驾驶座,强行把他拉到了工作队宿舍,为防止他跑掉,我们立即把大铁门反锁上。奇怪的是,站柱并没有跑的意思,他顺从地随我们来到屋里坐下。永刚拿出自己的黑色羽绒袄和羊绒裤让他换上,站柱看上去心情好,也很给面子,十分配合地穿上衬衣和棉袄并脱下鞋把绒裤换上。他脱鞋的时候,我们看到了他那冻烂的脚后跟,永刚说:"你俩看住他,我现在就开车去华佗集给他买双新棉鞋。"站柱坐在那里点点头,表示自己不会跑。许明上楼为他找出自己的棉袜给他穿上,半个小时后永刚买来了内胆带绒的皮棉鞋,因是穿新鞋,站柱穿上去很吃力,永刚和许明蹲下来帮他提鞋后帮。新鞋穿上后,站柱一言不发,继续行走在那条他每天都在重复的大路上。

一个小时后,雪花纷纷扬扬地飘落在草河湾,望着白茫茫的华天路,永刚说今天给他穿上了暖和的棉衣,也算少了一桩心事!

　　鼠年春节比往年春节提前了不少,腊月二十九这天,我让儿子开车和我一道去大许村,我拿着一个大大的"福"字,去给站柱贴春联。在通往站柱家的路口,恰巧遇到了站柱,我热情地和他打着招呼,大声告诉他,去他家贴春联,让我惊讶的是,站柱的脸上此时此刻显现出罕有的笑容,这个从没表情的老人破天荒地跟着我来到了他家,这在以往是不可想象的:30多个月以来,我不知多少次主动和他说话,不知多少次给他拿烟点火,哪怕是一个字、一个表情,也从未得到过他的回应。看到站柱脸上闪过的笑容,我兴奋异常。

　　如果一位长期面无表情的植物人突然间开口说话了,家人会是什么样的心情?

　　当我看到站柱脸上一闪而过的笑容时,心情和看到植物人会说话没什么两样。我把"福"字贴好后,站柱高兴地配合我在门口合影留念。

　　离开站柱的新房,在路口遇到了陈子国,没等我发话,老陈就主动表示:"你放心回家过年吧,年三十和年初一我一定让站柱吃上热腾腾的饺子。"

　　和站柱相距不是太远的"颍州好人"朱勤民,见我从站柱家出来,老远就和我热情地打着招呼:"老杨你放心,过年了俺们绝对不会让站柱饿着。"

　　我说:"刚才陈子国说他年三十和年初一让站柱吃上饺子,你就负责他年初二到年初五这几天吃饭的事。"

　　年初五晚上,我给朱勤民打电话了解他侄子朱健康上学的事,话要说完的时候,老朱告诉我:"你交代的事我们没有忘,站柱这个年过得滋润着呢,不光是我和陈子国、李殿英,八里庄的其他村民们都疼着站柱哩。"

（九）

  或许因为站柱的年龄越来越大，或许是大家对他的关爱渐渐融化了他那颗冰封的心，我发现站柱的脾气越来越温顺，见了我们他好像越来越平和。2020 年冬天的那场新冠疫情暴发后，村头的华天路再也不像往年春节那样熙熙攘攘，村民们都待在家里，闭门不出，冷冷清清的华天路上，唯有站柱仍然雷打不动地出现在那里，只是他的步伐不再如前两年那样有劲了。那天晚上，永刚、许明我们三个从疫情卡点回到住处，话题围绕站柱商谈了许久。永刚说，岁月不饶人，站柱的年龄越来越大，前两年他在村头路边大小便还知道避人，最近发现他大小便也不知道避人了。老是这样在村头游荡，也不是个办法，如果把他送到镇敬老院，将是一个很好的归宿。待华佗集南头的华乐浴池在新冠疫情退去开业后，给站柱理理发、洗洗澡，拍个照片，再着手给他办理到敬老院的手续。

  第二天在村头遇见站柱，我试探着对他说："村里打算过些日子把你送到敬老院，可以吗？"三年来站柱每次见了我，目光大都游移不定，很少会用眼睛直视我，此时此刻他双眼直视着我，我们的目光居然交汇在了一起，这种少有的表情告诉我，他对到敬老院可能并不拒绝。我接下来继续对他说："在敬老院吃的穿的睡的都很好，许多老人在那里都感觉很安全很幸福。你年纪越来越大，在那里你肯定会生活得开开心心，烟瘾上来了，我会安排人给你拿烟抽。"

  2020 年 4 月，随着新冠疫情的缓解，我们着手给站柱理发洗澡，把他送往敬老院。4 月 2 日上午八点多，我和许明带站柱来到华佗集给站柱理发，理发店师傅先让站柱坐在椅子上，继而用热水为他洗头，站柱自始至终十分配合理发师的动作，不大会儿工夫，站柱鬈曲的头发被修剪得有模有样，脸上的胡子被刮掉后明显精神了许多。理好发之后，我们带他来到华乐浴池，先让他在热水池里泡一会儿，继而给他搓背冲洗后，换了一套前一天特意为他买来的新袜子、新鞋和新褂子、新裤子。站柱穿这些新衣时看上去很高兴,在澡堂门口的镜子前端详了一下自己的形象,紧接着我们到附近照相馆为站柱拍了一张正面照。在拍照时,站柱坐在凳子上,拍照人提示他朝左朝右调整坐姿和高低,得到了站柱的精准配合,他对左右分得那么清楚出乎我意料。走出照相馆的站柱红光满面,看上去比原先明显年轻了许多。我把站柱精神焕发的照片发在大许村微信群,大家纷纷为站柱点赞,陈继芬在群里表示:"多少年来从没见站柱像今天这么年轻这么精神过。"

在照相馆隔壁的重庆小面餐馆,我为每个人都要了一大碗重庆小面。站柱吃得津津有味。我坐在站柱的对面,和他边吃边叙,我说:"往后你会生活得越来越好,过几天把你送到敬老院,时间长了,你肯定不愿意再离开那里。"站柱只管吃他的,不管我说什么他都不搭腔,但他不时抬头注视着我,我隐约感到接下来他会越来越听从我们的安排。

为进一步唤起站柱做人的尊严,我特意把站柱的照片放大后洗了一张摆放在他床头的桌子上。第二天我去看他的时候,见他正坐在床头专注地望着这张放大的照片。我期待他每天望着这张照片,渐渐找回自信。

因疫情防控尚未完全解除,镇敬老院仍需一段时间才能正式接他入住。换上新衣服之后的第二天,我在村头遇见站柱,突然发现昨天给他穿上的新褂子新裤子不见了,取而代之的仍是前天的那套旧衣服。我担心他把那套新衣服扔掉了,当即问他:"昨天给你穿上的新衣服哪去了?"

话音刚落,站柱立即回应道:"放在家里了。"

此时此刻,望着这位在村头游荡多年的老人,我真的是感慨万千。这是我和站柱接触三年来第一次听他说这么完整的一句话,此前我为他拿烟忘记为他点火时,最多听他说过一个字"火",这次他居然把五个字说得清清楚楚。

2020年5月18日上午,作为集中供养的"五保"老人,站柱被我们送进了西湖镇敬老院。我担心他烟瘾上来在敬老院待不住,特意拿了两包烟交给工作人员,请他们每天别忘了给他递根烟,工作人员也表示对站柱多多关注。

站柱住进了敬老院,工作队和所有村干部都如释重负。

但让我们倍感沮丧的是,当天下午,我们接到了敬老院打来的电话:站柱翻墙头跑了。大家在摇头叹息之后,对这个任性的老人一时感到无语。

当天晚上十点多,我来到站柱的住处,发现他睡得十分香甜。

第二天,站柱仍一如既往、不知疲倦地行走在村头的华天路上。

第二章　面朝大许　春暖花开

一　麦浪滚滚闪金光

被派驻到大许村之前,陈永刚在大别山区有过两年的挂职经历,曾两次参与省际交叉考核,对扶贫工作有不少独到的思考,在团省委机关素有"扶贫通"之称。这为颍州区慧眼识珠埋下了伏笔。

刚到村担任第一书记,他就加了副担子:颍州区扶贫开发工作领导小组副组长。据说,村第一书记有这么个兼职,在阜阳市可能也是三亩竹园出棵笋——独一无二。

永刚一腔热情奔赴大许,发誓要干出成绩来。但不管你永刚有多大的抱负,也不管颍州区怎么高看你,这里的群众似乎不怎么买账。

村里人五花八门说啥的都有:

"还不是趁年轻到这镀金,捞个下乡的资本就打道回府?"

"这倒不一定,说不准是在单位得罪了领导,被报复,下到农村吃吃苦!"

"团省委又不是实权单位,一没权,二没钱,只能怪俺们村运气差,摊上了帮扶我们的是穷单位。"

到村的第二天傍晚,我和永刚走访贫困户归来,前脚刚迈进村部,后脚就有几个贫困户跟了进来,嚷嚷着要领米面和救济款什么的。经询问得知,他们听人说省里工作队来了,带来了好多大米、面粉和资金,凡是贫困户人人有份。这让我们和在场的其他村干部一头雾水,压根没有的事呀,我和永刚就耐着性子劝他们回家。他们半信半疑,临走时嘟囔着大米、面粉、救济款肯定被村干部私分了。

原来,村里有人想给工作队下马威,故意搞了这么个恶作剧,放风让贫困户去村部领东西。贫困户被劝走时嘟囔的那句话,永刚听出了话外音:贫困户对村干部缺乏起码的信任,认为初来乍到的工作队不怎么样。

破旧的村部办公室,褪了色的紫红色木门上,锁舌头失去了弹性,每次关门需反复用力才能关上。天气越来越热,低矮的办公室闷热得透不过气来。那台老掉牙的空调吹出的微弱的凉风比没开空调时好不了多少,嗡嗡作响的噪音令人心烦。永刚打开后窗想使室内沉闷的空气流动一下,没想到窗户刚打开,窗外垃圾上的绿头苍蝇立即飞了过来,他赶紧关上窗户,用扇子把进来了的苍蝇撵走。院子里那个窄小的旱厕因无人清扫,脏兮兮的,进去后都无从下脚。

不用说,这里和滨湖政务中心2号楼绝对是天壤之别。

(一)下次车子再卡这,肯定不会帮忙了

入山问樵,遇水问渔。我和许明随永刚马不停蹄地深入农户灶前炕头,遍访贫困户,有时步行,有时骑电瓶车,但更多的时候是永刚开着那辆已经行驶10万公里的铃木车。这款铃木车,车身不长,看上去小巧玲珑,似乎更适合跑乡村狭窄的小路。但那天我们到凌庄走访时,铃木车卡在了路上。

凌庄位于大许村东北部,无论是从村部出发还是从工作队宿舍出发,到凌庄去都绕不过那段高低不平的烂路,凌庄人每到下雨下雪最头痛的就是出行必须走这段烂路。这段几百米的路面前些年在"一事一议"时,因人心不齐,错过了铺设水泥路的良机,成了凌庄人多年来的遗憾。

路面上半尺多深的洼坑此起彼伏,那天我们开车途经这里去凌庄,永刚虽自信技术过硬,但一不小心,车子还是卡在了两个深坑之间,换挡加速,前后轮飞转,车子仍原地不动。我和许明下车往前推,使出吃奶的劲,

仍没能推动。正在这时,村民老凌夫妇路过此地,永刚连忙掏烟递上,说了些请他们帮忙的客气话。我们四个人共同使劲抬起车子的后半部,方才驶离洼坑。

"要是不帮着把这路修好,下次车子再卡这,肯定不会帮忙了。"老凌说出的这句话令永刚心里咯噔一下,当天夜里想起这话他就合不上眼。

几天之后的一个早上,永刚从工作队宿舍刚出门,就被来自刘寨的十几个村民围住了:连续多日的阴雨天,通往村头的一段土路,因地势低洼,积水较深,居住在刘寨的村民出行极为困难。

面对村民渴望的眼神,我和永刚当即随他们来到积水较深的现场。只见两位送孩子上学的村民途经这里,脱掉了鞋子,把裤子卷到膝盖上方,正扛着自行车小心翼翼地蹚着没膝的凉水朝前走,把车子扛过来之后,又回头把孩子背过来。背孩子的村民对永刚说,这段时间每天上午和下午,来来回回接送孩子至少要四次背孩子、扛车子,才能越过这段洼坑路段。

一位头发花白的妇女得知我们是省里来的工作队,当场对永刚央求道:"能不能把俺庄的路修好啊?一到下雨下雪天,俺们就出不去。俺家老二都说了两次亲了,人家一来,看俺庄连路都没有,两次都没说成,儿子都二十好几了,这该咋弄啊?"

永刚迅速安排包片村干部买来十几块水泥板架在上面,但这只能临时缓解村民的出行难题。

村民的心声对永刚触动较大,村民遇到困难首先想到了工作队,这说明他们对工作队既充分信任又满怀期待。

大许村基础设施陈旧,断头路、脏水沟、臭水塘随处可见。永刚带领村"两委"干部,认真勘察各自然庄的出行道路、沟河塘及生态环境。全村星罗棋布的沟、河、塘有30余处,岸边长满了野草杂树,水面上漂浮着各类生活杂物,多年来积污纳垢,淤泥深厚,污水恶臭,蚊蝇滋生。这些几十年都没有清淤疏浚过的沟河塘,严重污染了周边群众的生存环境。

头痛医头脚痛医脚肯定不行,必须通盘考虑。首先要修通大许村所有自然庄往外的出行道路,并对沟河塘进行全面治理。

但要办成这些事,没有真金白银,等于嘴上抹石灰——白说。

西湖镇党委书记李俊山和永刚经过几次长谈和奔波,很快让资金的事有了眉目。李俊山是连做梦都在想着为群众办好事的党委书记,喜欢进庄入户了解民情,大许村每条路、每条沟多长,在哪个地方拐弯,甚至哪块耕地什么形状他都了如指掌。共同的情怀和目标,让两人首次见面就相见恨晚,此后三天不见,彼此就要电话联系。那天永刚约李俊山一同跑遍了大许村所有的断头路,两人思维碰撞后,经过共同发力,大许村修路及水利工程所需的资金,被列入颍州区相关部门的实施项目,复杂的难题立刻得到了解决。

永刚带领村"两委"干部密切配合施工单位,日夜坚守在施工现场。凌庄、罗坡、程庄等7个自然庄通往主干道的泥水路很快变成了水泥路,村民们多年盼望的事情没想到这么快就被工作队给干成了。曾帮着推铃木车的村民老凌在村头见了永刚,满脸堆笑道:"那天我说话难听点,陈队长你可别往心里去。"

"感谢还来不及呢,没有那句话,那烂路不一定修得这么快。"永刚言毕,大家都十分开心地笑了。

但此时不是所有的村民都能笑得这么开心。修路愿望最迫切的刘寨自然庄村民,本以为很快就能修好这段路,没想到因道路拓宽画线引发了宅基地纠纷,盼了多年的好事有可能因此而泡了汤。看着其他庄的出行道路相继竣工,刘寨的村民们纷纷把焦急的目光投向了第一书记。

(二)村里事不难搞,还要工作队干啥

修路的机械本来已经开到了刘寨,但宅基地纠纷像一团乱麻,扯不断还越理越乱,家族之间长期累积的矛盾一触即发。

那天下午,我随永刚到刘寨找当事双方调解,不大会儿就有很多挂念

修路的村民围了过来。大家对修路的事各说各话，互不相让，声音越说越大，说着说着就充满了火药味。

村民老刘叫嚷："不按我的要求画线修路，我就睡在施工机械前，看机子敢不敢从我身上轧过去！"

村民老张则指着老刘大吼："你说的算个啥？不按我的要求来，这个路永远也别想修！"

老刘回应道："我什么都不怕，有本事咱走着瞧，让老少爷们看看到底谁能硬过谁！"

双方的家人紧跟着帮腔掺和，话撵话越说越难听，一时吵得难分难解，站在中间的永刚费了好大劲才算平息了震耳的吵闹声。

刘寨修路的事一时陷入了僵局。

但永刚并不灰心。为化解矛盾，我随他一次又一次前往刘寨，每次到刘寨他都习惯性地掏出未开封的香烟，散完烟之后再说话。经过几番苦口婆心的调解后，两个家庭的男主人明明当着永刚的面达成了协议，但转眼又被不甘示弱的家人给搅黄了。

三寸舌头是软的，为了自己的小九九，两家横说横有理，竖说竖有理。但细究起来，你又不能说横的竖的一点没道理，前五百年后五百年的陈谷子烂芝麻都给抖了出来，双方越吵矛盾越多，刘寨修路的事成了烫手山芋。

面对烫手山芋，永刚不急不躁，展现了异乎寻常的耐心和定力。在第九次去刘寨的路上，我心烦意乱地对永刚说："这次如果再解决不了，是不是可以请俊山书记协调执法部门强行施工？"

永刚当即打了个否定的手势：好事多磨。紧跟着又说了那句他常说的话："村里事不难搞，还要咱工作队干啥！"

接下来永刚通过"两委"干部和村民组组长很快摸清了双方的亲友和相处最近的人脉关系，随后登门拜访德高望重的老生产队长梁俊杰，发动他们劝说当事双方换位思考，以大局为重，换来全村人的尊重。

永刚一次次到刘寨化解矛盾,为拉近关系至少倒贴了一条黄山烟。我开玩笑地对永刚说:"刘寨人巴不得你多到那里去,你一去,他们就有免费的香烟抽。"

精诚所至,金石为开。我们第十二次到刘寨的时候,当事人老刘见永刚掏烟,连忙按住永刚的手,把特意准备的一包红双喜拆开散给现场所有会抽烟的人。当着老生产队长的面,他说出了肺腑之言:"我昨天一夜没睡着,考虑来考虑去,最后觉得我必须做出让步。这么好的修路机会,如果毁在了我手里,俺一家岂不是成了全庄人的罪人?"

话音刚落,老张当即表态:"我肯定也得让步,绝不能因为修不成路让全庄人指着我后背骂。路如果修不好,最让我不安的是,良心上对不起工作队。这两天我就在想,人家陈队长为修路的事,一趟趟过来,嘴皮子都快磨破了,人家到底图个啥?俺要是再打小九九,就没脸再面对陈队长!"

半个月之后,刘寨人期盼多年的出行道路终于如愿修通了,这标志着大许村所有自然庄出行道路全部竣工。竣工的那天晚上,我和疲惫不堪的永刚、许明如释重负。晚饭后我提议去华佗集南头的华乐浴池洗澡。几分钟后我们开车来到了浴池门口,巧合的是,我们刚进去,遇见老刘和老张洗完澡结账,两人正争着付钱。见我们进来洗澡,两人都争先恐后地为我们预付洗澡钱。和我们熟识的浴池老板是个聪明人,说话干脆利索:"你俩都不要争了,30块钱,你们一人一半,正好都表达了共同的心情。"

紧接着开始硬化农户连接自然庄的路面。永刚特别注重发挥村民组组长的作用。村民组组长在土地到户前统称生产队长,当年的生产队长权力不小,当兵、上学政审和结婚登记甚至外出开证明都需要生产队长点头,才能盖生产队的大红公章。现在的村民组组长,手下已没有记分员、保管员、小队长,权力远远没有那时的生产队长大,不知从啥时起,村民组组长渐渐成了可有可无的角色。永刚觉得村民组组长虽只是微不足道的"芝麻官",但绝对是一支可以依靠的重要力量,于是乎又是提高他们的待遇,又是让他们和党员一道外出接受革命传统教育,一下子让失落了很长时间的村民组组长找到了感觉。工作队手下有20多个村民组组长忙前跑后，村"两委"也明显轻松了不少。永刚召开村民组组长会议，要他们告知村民，凡是院子和自然庄新修路面没有硬化接通的，主动配合砸砖碴，谁家用砸好的砖碴先铺好了路基，就先给谁家门口铺上水泥路面。家家户户没有不积极配合的，全村连庄入户道路短时间内全部得到了硬化。许多农户在硬化路面的两侧种上了花花草草，看上去清爽怡人。

（三）好事一件接着一件办

适逢颍州区大力实施人居环境改造工程，永刚抓住机遇，结合沟河塘治理水利工程，在草河湾拉开了一场前所未有的旧村庄改造的序幕。

2018年春节刚过，二十多台挖掘机、推土机相继开到草河湾，大许村车水马龙，摆开了机械化作战的阵势。如此规模的机械化施工在大许村是开天辟地头一回。整个大许村就是一个硕大的工地，到处都能看到机械化施工的场面。沟坡上那棵歪脖子老柳树，被挖掘机像老鹰抓小鸡一样连根拔起，机械化施工的威力在这里得到了尽情展现。挖掘机所到之处，沟河塘沿岸的杂树和垃圾迅即被清理得一干二净。

在大许村中心地带有一处被围沟环绕的洲子，洲子里是几户无人居住的老宅破烂不堪，一棵长了几十年的老枣树周围杂草丛生。在这里出入的野猫，夜间寻春时发出的阵阵叫声惹人心烦。住在周边的村民时常提醒孩子们不要到那里捉迷藏，唯恐濒临倒塌的墙头和随时掉落的烂瓦伤着孩子。

永刚带领施工人员首先对环绕洲子的围沟实施清淤，经过连续奋战，迅速把长期淤积的脏泥和垃圾从这里清理出来，围沟两岸野长多年的一丛丛杂树被彻底铲除，高低不平的沟边通过护坡修整后整齐划一。围沟内除了那棵老枣树之外，所有的烂宅和垃圾被清理一空，随之被永刚精心设计的群众文化大舞台、健身广场及亭台景点、健身器材、绿色植被所取代。

眼看就要大功告成,意想不到的事情发生了:有人居然在夜间把砌好的一段花墙给推倒了。

原来是一位长期在外的村民因多年未住的烂屋被推平,疑心和他有芥蒂的人从中做了手脚,向村干部提出无理要求被拒绝后,趁着黑夜发泄了心中的不满,并扬言如在这里继续施工,将拼个鱼死网破。

永刚很快弄清了事情的起因。这位村民虽然行为过激,但客观上也有触发这件事情的导火索。按理说完全可以通过派出所直接对他采取措施,但永刚认为村民长期生活在一起,仍须以和谐为重,不宜采取刚性措施。

工作队窗外树林里的鸟永远不知疲倦地欢叫着,每天早上天色尚未大亮,我就被这些鸟一如既往的歌唱喊醒,一大早我就伴随着鸟叫起床了。那天早上我心情大好,走出工作队小院去拍摄草河湾朝霞,没走多远,在村头遇见了每天喜欢早起的许明铎。许明铎是从甘肃酒泉退休后回大许村居住的新乡贤,他曾是酒泉市金塔县中学的思想品德名师,20世纪80年代看了金塔县在《光明日报》上刊登的招考信息,前往考试后,和同样是民办教师的妻子从此成为金塔县的公办教师。许明铎教学有方,在金塔县中学教过的学生不少人考入北大、清华,在金塔县坊间曾有"要想考大学,跟着许明铎"的传说。他的儿子许鹏飞从军事院校毕业后成了海南某部的团级干部。许明铎退休返乡,在村里有较高威望。谈及施工受阻的事,他立即表示:工作队为大许村办了那么多好事,村民从心底对陈队长带领的工作队感激不尽,发生这样的事实属不该。

当天上午许明铎就找到这位村民,严肃指出其行为触犯法律产生的后果,进而告诉他:"工作队一心一意为我们办好事,咱们感恩都来不及,你却和工作队对着干,明摆着让全庄人怨恨你。但工作队出于对你的关心和保护,没报案采取措施,如继续无理取闹,到时候谁也帮不了你。"

这位村民明白了利害得失,当即后悔不该做过激的事。

趁着晴好天气,永刚带领大家抓紧施工。那些日子里,永刚连续二十多天没有离开大许村,妻子这时赴德国进修医学,上幼儿园的女儿只能托付给老人看护。每当女儿哭着要见爸爸时,父女俩只能在手机视频中见面。他和村总支书记马若付、村委会主任周学宏白天黑夜地坚守在施工现场,脸晒黑了,皮肤变粗糙了,但沟河塘的水面变清了,大许村的景色越来越美了,村"两委"成员和大许村群众的感情越来越深了。

永刚脑袋灵光,思路新颖,他善于利用现有的自然资源因地制宜地规划大许蓝图,许多想法往往和李俊山一拍即合,个人的思路因此得到镇党委、政府的强力支持。大许村的围沟和水塘的淤泥被挖掘机清理出来,运到不远处,恰好填平了废弃的烂塘,由此增添了一处800多平方米的绿化区。在绿化区显要位置——工作队房东许辉大哥许文涛的三层楼的山墙上,请专业人员三易图纸,绘制了实施乡村振兴战略的巨幅文化墙,把"产业兴旺、生态宜居、乡风文明、治理有效、生活富裕、制度保障"的乡村振兴总要求,图文并茂地展现在这个最醒目的地方。这个生动的图案后来被许多前来参观者拍照后复制到省内很多地方。通过挖大塘填小塘,打通互不相连的老沟,原先的一潭死水变成了缓缓流动的活水,昔日的黑色污水如今清澈见底,蓝天白云映照在水面上,赏心悦目。

大许村一个又一个曾经的卫生死角,就这样华丽转身,变成令村民流连忘返的景点。十余处大小不一的休闲活动场所成为宜居大许的点睛之笔。挺立在文化广场中心的那棵老枣树,成为最引人注目的标志性景点。仲春时节,混杂在树叶中的金黄色花骨朵挤满枝头,微风吹来,阵阵浓郁的香味向四处弥漫,闻香而来的蜜蜂和蝴蝶在老枣树间翩翩起舞。

那天我和永刚、李俊山在群众文化广场遇见在这里锻炼身体的许明铎,李俊山问他是否打算长期居住在大许村。他当即告诉我们,退休后他本来和大儿子一块居住在海南,现在回大许村一看,房前屋后的环境这么好,和老伴商量后打算今后长期居住在这里。他随后感叹道:"怎么也没想到,这个无人居住的荒凉老宅,被陈队长用神来之笔变成大许村的美丽景点。"

与人居环境整治工程同步推进的沟河塘水利治理工程,在大许村进行得如火如荼。几十年从未清淤的沟河塘,在清淤疏浚后,河坡上种上了黄花菜,堤坝上栽了垂柳、樱花树,水里放养了大量鱼苗。与草河相连的于沟里曾经是臭不可闻的一潭死水,如今水面波光粼粼,偶尔会有一群群水鸟紧贴水面掠过,荡起层层涟漪。春天到了,于沟显得更加美丽,两岸的红花绿柳倒映在河面上,宛如绚丽多彩的绸缎。于沟桥西岸老村部的围墙上富有诗情画意的文化墙图案和于沟的自然美景相映成趣,图案上赫然入目的"勤劳是船,奋斗是帆,美丽大许是港湾"15个红色大字引发村民共鸣。站在高标准修建的于沟桥上,举目望去,逶迤清亮的于沟美不胜收,不少回家过年的青年纷纷到这里取景拍照。

2018年秋天,老枣树上挂满了红通通的枣子,颍州区四大班子主要领导率"十大工程"实施单位主要负责人、各乡镇街道党政主要负责人及全区30个"后进村"村支部书记前往大许村观摩,他们对大许村村容村貌短时间内发生的巨变感到惊讶。有参会者当即把手机拍出的画面发到了朋友圈,引来当地媒体的跟踪报道,继而受到一批书画名家的关注。由阜阳市青年美术家协会、青年书法家协会组织的"扎根人民"主题采风活动走进大许村,带队的市美术家协会常务副主席兼秘书长李浩宇感叹:"我们实地参观后对大许村的脱贫攻坚成果有了更加鲜活的感知,大许村短时间内发生如此巨变,采风团在感动之余,创作激情油然而生。"他和任辉、肖伯红、苏海东等11位青年书画家在大许村联袂创作的大幅国画及书法精品,装裱后悬挂在党群服务中心会议室,成为大许村一道别致的文化风景。

美好大许、生态大许建设在永刚的精心谋划下持续推进,建设生态宜居的美丽乡村,好事一件接着一件办,一锤接着一锤敲,努力让村民拥有更多的获得感、幸福感。

大许村东西、南北两条主干道的四米宽水泥路,因年久失修,路面逐渐老化。当年铺设这些路面时,只要"村村修通了水泥路",就是最大的胜利。当时修建的村道标准低、路面窄,开车时如遇对面来车,必须老远就减速,生怕发生意外。连庄入户的道路修通后,永刚和李俊山形影不离,积极争取道路建设项目资金,很快把穿越大许村境内的东西、南北六公里主干道列入了西湖镇南环线改造工程。随着千万元道路项目资金的落实,筑路机械如期开进了大许村。永刚和村"两委"干部日夜督战,在现场随时化解因拓宽占地引发的纠纷,有效确保了筑路工人施工零障碍。

不到三个月,大许村境内的六公里主干道全部由原来的四米多拓宽为七米,并高标准铺设了沥青路面。

2019年深秋,高标准沥青路面竣工后,村民行走在宽阔的路面上,笑逐颜开。沥青路面的两侧随后安装了二百多个造型别致的太阳能路灯,夜幕降临,华灯齐放,俨然一派社会主义新农村气象。大许村主干道从此告别漆黑的夜晚,祖祖辈辈和黄坷垃打交道的草河湾百姓终于可以在路灯下悠闲漫步。

2020年春节就要到了,一些在外务工开车返乡的村民行驶在村头的沥青路面上,不禁感叹:做梦也没想到家门口的道路会修得这么排场!房东许辉未来的儿媳春节前从外地过来,开车驶离高速公路后,从阜阳市区半小时就到达了大许村,她直夸大许村比她的家乡更漂亮。许辉见准儿媳夸大许村漂亮,高兴得合不拢嘴。他和几位从舟山渔场一同回来过年的村民,在百味农庄预订了最大的包间,拟在此设宴答谢工作队。这番真情实意被永刚婉拒后,为表达心情,一些村民在永刚开车回家过年时,硬往他的铃木车后备厢塞了不少从舟山渔场带回的各类海鲜。

(四)好戏从神情不安开场

进驻大许村的当天,永刚就和我产生了同感:这是一个失去生机和活力的村庄。夜幕降临后,我们行走在村头,无论是从南到北,还是从东到西,沿途两旁的房屋,十有七八黑灯瞎火,亮灯的农户,除了村"两委"干部和村小的老师,大部分是无法外出的老弱病残以及村里的贫困户。

草河湾宁静的夜晚,时常被狗叫声打破。常常是一只狗从远处发出零星的叫声后,接下来会有一群狗紧跟着一起狂叫,连成一片的狗叫声,时常把我和永刚从睡梦中吵醒。

那天夜里,永刚被吵醒之后无法入眠,想起这两天发生的事,他就感觉心里堵得慌。

如何为贫困户找到脱贫增收的切入点,如何加快全村贫困户脱贫增收的步伐,是永刚时刻都在思考的问题。在永刚看来,对有劳动能力的贫困户,为他们提供在家门口的就业机会,是最直接、最有效的一项造血式扶贫举措。近几个月来他付出大量心血扶植的一批种植大户陆续在大许村投资兴业,最主要的目的就是为大批贫困户在流转土地上提供就业机会。原以为有劳动能力的贫困户肯定会觉得这是雪中送炭,争先恐后到流转土地上务工,没想到落花有意,流水无情,永刚费尽千辛万苦营造的就业机会,许多贫困户并不买账。尽管让贫困户优先就业的规定叫得震天响,但是到流转土地上务工的贫困户并不多,不少贫困户甘于贫困,不愿干吃苦流汗的体力活,甚至以贫困为荣,把贫困当成伸手要钱的资本。更有甚者,村里有个贫困户到集上的超市买东西,没钱付账,居然掏出《扶贫手册》做抵押,闹出了让人啼笑皆非的笑话。

社会各界传统的扶贫思路仍停留在给贫困户送钱送物上,于是在许多地方传统的输血方式开始了,然而采用这种救济式扶贫的结果是:输血不治本,穷根依旧在。尤其是不讲方式方法的送钱送物,会不知不觉把贫困户"等靠要"的期望值越"送"越高,甚至把他们"送"成了孤家寡人。

邻县有位扶贫工作队员是我和永刚的老友,那天他顺道过来叙旧话新,在交流扶贫感受时他讲述的扶贫经历让我和永刚听后五味杂陈。

这位队员帮扶的贫困村经常会迎来帮扶贫困户的车队,车队来自定点帮扶该村的某市直单位。每过两三个月就会有一辆装满各类生活物资的大巴车和几辆小车停在村头,下车后一二十人每人提着各自准备的大包小包前往各自帮扶的贫困户家中,随行的摄像人员忙得不亦乐乎,惹得村民们交头接耳。

有的说:"当贫困户真好,什么东西都有干部往家里送。"

有人立即接腔:"谁叫你不是贫困户呢?你要是贫困户,不也有人给你送吗?"

还有的说:"这些有胳膊有腿的贫困户真是上辈子烧了高香了。"远处围观的村民话语中充满了酸味,言下之意,如果真正躺在床上不能动,送吃送喝,大家都无话可说。

一些家境接近贫困户的边缘户,每到这时心中像打翻了五味瓶,说什么的都有。车队连着来了几次,村里的非贫困户和领导经常送钱送物的贫困户之间渐渐起了一道鸿沟,因此产生了不少矛盾,个别贫困户居然因此成了村民疏离的对象。更有甚者,贫困户相互之间也在交流哪个帮扶他的城里人舍得,哪个帮扶他的城里人抠门。

这样的帮扶故事像长了腿一样传到了相邻的村庄,因为不是所有的贫困户都有人经常送钱送物,邻村的贫困户听说他这个村的贫困户不时有人送钱送物,甚至抱怨自己运气不好,摊上了小气的帮扶单位。

可能是发现了送钱送物引发的负面效应,这个帮扶单位的帮扶干部不再像以前那样大包小包地到贫困户家去了。但停止了送钱送物,这些经常接受钱物的贫困户立马就不高兴了,见到他们时曾经的笑容再也不见了。

这位队员讲完之后,永刚会心一笑。早在到大许之前他参加省际交叉考核时就曾见识过送钱送物带来的后遗症。

从到大许的第一天起,永刚就力避这种一送了之的做法。在村"两委"会上他多次强调,对于有劳动能力的贫困户,送钱送物只会助长"等靠要",甚至会产生帮扶的反作用。必须激发他们的斗志,只有把"要我脱贫"转化成"我要脱贫",才能从根本上解决问题。

永刚把有劳动能力的贫困户召集在一起开会。他先是和颜悦色地跟前来参会的贫困户打着招呼,继而神情严肃,话锋一转:"扶贫绝对不扶懒,你甘于贫困,扶得了一时还能扶得了你一世?拥有健全的双手,闲在家里等着国家一口一口喂你,过这种掰嘴喂的日子,你不觉得脸红吗?我倒要问问,掰嘴喂吃的东西到底香不香?错过这么好的就业挣钱机会,你真的就这样心安理得吗?"接下来他讲述了邻村一个懒汉贫困户的故事,这个贫困户因懒惰穷得出了名,连快要成亲的儿媳妇都给吓跑了。

永刚边说边观察台下贫困户的表情,他发现有几个贫困户逐渐变得神情不安。永刚当即意识到,这些不安的表情预示着好戏可能刚刚开场。他随后留住了八位神情不安的贫困户,面带笑容地给他们鼓劲:"直觉告诉我,你们以后的日子会越来越好!"

穿着睡衣和拖鞋前来开会的宋金军就是这八个贫困户之一。

年近五十的宋金军,一头凌乱的长发,胡子拉碴的,看上去要比实际年龄大得多。瘫痪多年的妻子患有间歇性精神病,生活上无法自理。为照看妻子和两个正在上小学的孩子,金军无法外出务工,无奈地困在了家里,经济上入不敷出,整天无精打采,一有点空闲就去村头牌场赌个小牌。

被列入建档立卡贫困户之后,村里已按政策规定为他瘫痪的妻子和孩子办理了最低生活保障,连同享受危房改造、教育扶贫等多项扶贫政策,一家人的生活基本得到了保障。

在老枣树下开会的第二天,我和永刚去找他,刚到他家门口,他残障的妻子半躺在轮椅上,大声叫嚷着我们听不懂的话。金军正在屋里做饭,两个从村小放学的孩子,闺女帮着洗菜,儿子正做着作业。永刚指着墙上的"三好学生"奖状,当即对这两个孩子大加赞赏。

儿女学习成绩好是金军唯一值得骄傲的事情,永刚的话说得金军心花怒放。

永刚接下来给他鼓劲:"两个孩子是你未来家庭幸福的最大希望。转眼孩子就要上中学,继而还可能上大学,花钱的日子还在后头,趁着现在的扶贫政策,你努努力,我们再帮你加把劲,孩子大了,你的好日子不就跟着来了吗?"

金军听后眼中顿时闪现出少有的光亮。永刚趁热打铁:"只要你金军从现在起振作精神,借助扶贫政策的东风,不愁过不上好日子。"他随即拨通了种植大户宋桂杰的手机,宋桂杰当即表示:"金军是我姓宋的本家,只要他好好在我的扶贫基地干,一年至少付他2万元工资。"从那以后,金军成了种植大户宋桂杰扶贫基地出勤率最高的贫困户。每天一大早起来安顿好老婆和孩子,大部分时间他就泡在几百米外的蔬菜大棚。仅在扶贫基地就业及公益性岗位年收入就接近3万元,连同金融扶贫、教育扶贫、产业扶贫种南瓜及相关保障性政策,2018年底金军高标准脱贫,满面春风地领取了脱贫光荣证。有了钱,他似乎多了些底气,精神面貌也今非昔比,往日的颓废一扫而光,原先时常穿着睡衣满村走,现在明显讲究了不少。

但金军有在村头打小牌的习惯,每到阴天下雨手痒痒,总不由自主地往牌场跑。永刚循序渐进,为此没少敲打他,在村头每次见到他,总不忘叮嘱两句:

"没有不透风的墙,这几天去打牌没有?不要以为你去了我们不知道。"

有时永刚还不忘给他施加点压力:"看在你两个孩子的面上,昨天去打牌的事就不追究了。如果再听说你去打牌,你的公益性岗位可能就要泡汤了。"

有两次金军刚在牌场坐下,不早不晚,偏偏就在这个时候接到了陈队长打来的电话。

金军绝非那种烂泥扶不上墙的人。有时永刚虽然话说得难听点,但金军照例是憨憨地咧嘴笑笑,他知道永刚说他都是为他好,时常说些感恩的话。

金军脱贫后看着两个孩子满墙的奖状,心劲更大了。偶有闲空,他喜欢扛着钓鱼竿到草河边钓鱼,时而挑着钓来的鲫鱼、鲤鱼等战利品改善一家人的生活。

那天傍晚,金军拎着一个蛇皮袋兴冲冲地来到工作队驻地,快步走到厨房,把装在袋子里的三条大鲫鱼倒进了水池子,平时很少见到这么大的鲫鱼,每条足有斤把重。金军说:"今天钓鱼算是找到鱼窝了,在草河附近的一个深水塘里,一顿饭工夫钓了五条大鲫鱼,家里留了两条,剩下这几条你们尝尝味道怎么样。"

一花独放不是春。家有病残或智障妻子的贫困户杜春国、许治军、刘作道、张友军、孙迪等人,都像金军一样,在永刚的重点关注下,宁愿苦干,不愿苦熬,一个个如愿以偿地领取了脱贫光荣证。与此同时,仍有个别贫困户无动于衷。我和许明去动员一位年轻力壮的贫困户经营无偿提供的蔬菜大棚,先后去他家动员了三次,由于怕出力流汗,他最终还是找了一大堆理由拒绝了。

永刚觉得,人只要有了精气神,就会迸发出意想不到的力量!眼下必须召开一次规模空前的表彰大会,让这些群众身边的各类典型提振摆脱贫困的精气神,汇集大许村脱贫攻坚的强大正能量。

(五)老枣树下拉筋提神

2018年10月17日,是第五个国家扶贫日。这天对大许村群众来说,注定是一个难忘的日子。当天下午,阳光明媚,秋高气爽,全村二十多个自然庄的村民如潮水一样涌向大许村群众文化广场的老枣树下。枝头上的青绿色枣子早已由青变红,红通通的枣子,像数不清的小灯笼挂在树枝上,为表彰会增添了喜庆的气氛。村民们早早来到枣树下,对即将举行的大许村各类先进典型表彰大会颁奖仪式翘首以待。

开心的锣鼓敲起来,欢乐的歌曲唱起来,无论是大许村的中老年文艺演出队,还是来自村小和幼儿园的小朋友,个个春风满面。伴随欢快的节目——大许村华天幼儿园小朋友表演的腰鼓《说唱中国红》,表彰大会拉开了序幕。

欢快热烈的开场舞之后,新当选的村委会委员、大会主持人梁艳首先宣读了备受关注的十位大许村"自主脱贫标兵"名单。王子标、明恒星、许治军、宋金军、杜春国、刘作道等十位荣获"自主脱贫标兵"称号的脱贫户，身披写有"自主脱贫标兵"的红色绶带走向领奖台，接受永刚和西湖镇分管大许村点长、副镇长谭学标为他们颁发的荣誉证书和奖品。

这些受到表彰的"自主脱贫标兵"对那些消极无为的贫困户来说，堪称活生生的教材，树立这些他们身边的先进典型，更有感染力和说服力。永刚在接受当地媒体采访时表示："劳动最美丽，奋斗最幸福！颁奖会现场响起的热烈掌声，既是对这些'自主脱贫标兵'的赞赏和鞭策，也是对心存'等靠要'思想的贫困户的呐喊。"

宋金军在登台领取"自主脱贫标兵"证书后，情绪激动地说："我硬是被陈队长从前面拉着、被村干部从后面推着走上了脱贫之路，如今当上了'自主脱贫标兵'，我更不敢偷懒了。陈队长叮嘱的那句话我已经牢牢记在了心里：'标兵就要有个标兵的样子！'"

颁奖会之后就有不少贫困户表示："看他们到台上领奖的光荣劲，再这样下去，俺今后就没脸见人了。"

客观地说，永刚能玩转大许，与他善于调动社会各方力量密不可分。不仅村"两委"干部紧紧团结在他周围，而且全体党员、村民组组长及各色贤达人士无不对他心存敬意。

在大许村脱贫攻坚的进程中，有这样一个令人注目的群体，他们作为村里的致富能人和志愿者，虽不是村"两委"班子成员，但围绕中心工作，时刻听从永刚和"两委"班子的召唤，在脱贫攻坚的阶段性战役中，无怨无悔，随喊随到。尤其是危房改造、拆危拆旧、环境整治、旧村庄改造等工作，时间紧迫，任务繁重，他们加班加点，夜以继日，有声有色地完成了各项工作任务。但毋庸讳言，长期连续作战，各项工作连轴转，难免会出现疲劳松懈的苗头。为进一步给他们鼓劲加压，此次表彰大会，特别授予明学军、许自传、陈子国、马洪良等十人"脱贫攻坚贡献奖"。

在永刚看来，授予他们"脱贫攻坚贡献奖"，就是要让他们找到人生的成就感和光荣感。

"实话跟你说,在大许村活了半辈子,第一次受到这样的表彰,手捧荣誉证书,身披大红绶带,自豪感和成就感油然而生。"受到表彰的八里庄建筑队工头陈子国感慨地说,"全村人见证了我们的光荣!今后必须继续努力,才对得起得到的这份荣誉。"

大许村还有一种怪象:部分具有赡养能力的儿女总想着钻扶贫政策的空子,把赡养老人的责任推给政府。村里普遍存在着一种人们习以为常的现象:相当一部分家庭,子女住着楼房,老人却甘愿住在破屋里,即便子女外出打工楼房空着,老人仍然住着破房子,他们不想因年老体弱拖累儿女,甚至为争取政府救济背着儿女向工作队哭穷。这种现象曾让村干部为之纠结。

在各种场合的会议上,永刚旗帜鲜明地强调:扶贫不扶懒,扶贫不扶不孝。对于直接找村干部或工作队叫穷的老人,经核实,如果子女确实不愿承担赡养老人的义务,责令其双方签订不赡养老人的书面说明,但凡签订此类书面说明者,将来老人去世后,其房产或土地收归村集体所有。

值得欣慰的是,大许村涌现了不少尊老敬老的典型。刘晓杰精心照顾半植物人婆婆的感人事迹被我以"草河岸边最美的花"为题,图文并茂,整版刊登在 2018 年 5 月 11 日的《安徽青年报》上。

"草河滩,风景美,但更美的是咱王竹园孝敬婆婆的好媳妇刘晓杰。"草河北岸的大许村王竹园村民说,"刘晓杰人美心更美,她是俺草河岸边最美的花。"

(一)久病床前有孝媳

马尾辫,瓜子脸,皮肤白皙,见人话未出口,满脸笑容就绽开了花。1990 年出生的刘晓杰,俊俏的模样,看上去像个洋气的城里人,村民们常说:"王强那小子有福气,他是打着灯笼找来了漂亮老婆刘晓杰。梁红荣老婆婆上辈子烧了高香了,摊上了刘晓杰这个善良孝顺的好儿媳。"

在草河北岸几十米外那个干净整洁的农家小院,善良朴实的刘晓杰日复一日地用行动诠释了孝老爱亲的传统美德。我们驻村工作队每次来到她家,刘晓杰不是忙着照看孩子,就是在婆婆床前忙碌着。

刘晓杰的婆婆二十年前患脑溢血,连续两年犯了两次,在第二次从医院出来之后半身不遂。刘晓杰的公公从此一边靠行医、种地养家糊口,一边耐心护理着妻子。四年前刘晓杰的公公因肝癌去世后,婆婆经不住突如其来的打击,身体很快恶化到半植物人状态。

公公在世的时候,照顾婆婆的活以公公为主,那时刘晓杰这个做儿媳的只是个帮手;公公不在了,刘晓杰从此挑起了照顾婆婆的担子。

刘晓杰的婆婆除了喂饭时嘴可以配合把食物咽下去,偶尔眨动一下眼睛外,和植物人没多大区别,一年三百六十五天,吃喝拉撒全在床上,无论费多大力气和她说再多的话,她也无法回应一个字。

面对这样一个半植物人婆婆,刘晓杰首先通过手机搜索相关信息,掌握科学照顾瘫痪老人的知识。她像一个上班族一样,每天什么时间为婆婆做什么事,早已形成了固定的工作流程。

早晨做好早饭后,刘晓杰要用温水给婆婆洗脸擦身,然后如对待婴儿一般,一口一口慢慢给婆婆喂食,稍硬一点的食物无法咽下时,要借助筷子或勺子送入食道,一天三餐每次要花半个小时;为防止因肌肉长期受压迫生出褥疮,她要给婆婆定期更换内衣和被单,每天要多次给婆婆换下尿湿的卫生巾,不时给婆婆翻身、按摩、擦药;想方设法满足婆婆的营养需求,经常做各类蔬菜糊、水果汁,变着法儿调节婆婆的胃口;为解决婆婆便秘的问题,每隔三天左右,要用"碧生源"清源茶润肠,每次润肠的当天夜里,老人会反复排便,折腾得家人整夜得不到休息,每当这时都是刘晓杰负责上半夜,丈夫王强负责下半夜,小两口轮班为老人清理大便。为便于给老人喂饭、换衣服,小两口专门买来了可以通过摇动手杆控制高低的医护床。

刘晓杰天性干净利索,手脚勤快。她给婆婆勤擦洗、勤洗头、勤梳头、勤按摩、勤修指甲、勤换内衣和床单,确保婆婆始终保持良好的个人卫生。我们工作队每次来到梁红荣的床前,从未感觉房间里有一丝异味,看她家房前屋后没有一丝杂乱的东西,衣柜内婆婆的衣服叠放整齐,锅屋里各类厨具摆放有序,灶台前、案板上整洁清爽。

常言道:"床前没有百日孝。"但刘晓杰对半植物人婆婆不离不弃,悉心照顾,用自己的实际行动证明了"久病床前有孝媳"。

2018年5月3日在颍州区召开的纪念五四运动99周年暨青春助力"脱贫攻坚青年榜样"表彰大会上,刘晓杰代表孝老爱亲青年榜样在大会上讲述孝敬婆婆的故事,赢得与会人员的热烈掌声。

(二)美好家风代代传

刘晓杰的公公王子钦是那个时代大许村为数不多的高中毕业生之一,在村里算得上一个有头脑的能人,跟人学有一手捏骨治病的本领。方圆十里八乡有伤骨错筋的,最先想到的就是找王子钦推拿。他几个动作下来,往往是手到病除,骨伤不重的,推拿好之后,王子钦往往一分钱不收,时间长了,在村里村外赢得了不错的口碑。

刘晓杰自小生活在浓厚的尊老爱亲氛围之中。未出嫁的时候,父母长期和奶奶住在一起,还把姥姥也接到家里,奶奶、姥姥长期和刘晓杰父母生活在一起。父母无微不至地疼爱着奶奶和姥姥,让刘晓杰感受到尊老爱亲的责任和快乐。因孝敬奶奶和姥姥事迹感人,刘晓杰母亲曾被授予西湖镇"华佗村好媳妇"证书。母亲的孝行好似一本思想品德教科书,耳濡目染之下,潜意识里刘晓杰把照顾老人当成了自己天经地义的责任。

"婆婆也是俺的娘,孝敬她、照顾家是俺的本分。摊上这事了,没啥说的,只有把婆婆照顾好,把孩子带好。"每当有人问她日复一日护理婆婆有无怨言时,刘晓杰总是笑呵呵地说,"照顾婆婆是我必须要做的事,换成谁都会这样做。"

刘晓杰四年多来每天雷打不动重复着护理婆婆的"功课",多少个日日夜夜,她用爱心、耐心、细心、孝心,温润着婆婆和丈夫的心。王强在谈及妻子的耐心时自愧不如:"每天面对一个躺在床上不会说话的老人,我心情难免有烦躁的时候。有时媳妇看我在母亲面前脸色不好,就背着老人训斥我不该在老人面前有那个表情:'婆婆虽然没有表情不会说话,但不代表她看不懂我们的表情,不管什么时候都不能因为不好的情绪影响老人的心情。'"

"想想媳妇对我妈这么好,我感到很知足,娶了她是我这辈子最正确、最幸福的选择。"王强动情地对我说。

刘晓杰的孝行,左邻右舍看在眼里,佩服在心上。王强的堂叔王子标提起刘晓杰,直夸这个侄媳妇:"刘晓杰无微不至地照顾婆婆,不嫌脏不嫌累,从不抱怨,就是亲女儿也很难做到这一步。"

(三)孝敬老人辛苦并快乐着

刘晓杰和王强是读初中时的同学,两人从学生时代就因人生观、价值观相同而互生爱慕,成家后小两口相亲相爱。刘晓杰多年如一日孝敬半植物人婆婆,虽然承受着相当大的生活压力,但她自始至终都认为孝敬老人是她最大的快乐。

风和日丽的时候,令刘晓杰最高兴的就是丈夫把婆婆抱到轮椅上,夫妻俩一个推着轮椅,一个牵着二宝,连同从学校归来的大宝,一家五口来到相距几十米的草河坝,让老人和孩子沐浴清风、阳光。尽管老人脸上从不会因见到阳光而露出开心的表情,但小两口总觉得这对一家人来说是最开心不过的事情了。

阳光下,一家五口缓慢地行走在草河北岸的大堤上,河坡上不时可见寻觅青草的羊群,这是一幅多么温馨而又纯美的乡村图景!

该文发表后产生了广泛影响,刘晓杰随后被市委宣传部、市妇联、市文明办颁发"阜阳市最美媳妇"奖牌,继而被授予第九届安徽省"百名孝星"称号。工作队通过表彰刘晓杰、朱勤民、伊晨晨等十位孝老爱亲模范,放大这些尊老爱老榜样的示范效应,从而让那些视赡养老人为负担的村民无地自容。永刚说要把那些不愿孝敬老人的村民置于被人耻笑的道德洼地,让其在左邻右舍面前挺不起腰杆,从而自觉向身边的孝老爱亲典型看齐。

在十位孝老爱亲典型上台领奖后,大许村中老年演出队表演戏曲《三个媳妇争婆婆》。伴随当地人喜爱的优美唱腔,三个媳妇争相孝敬婆婆的故事情节生动展现在大家面前,引起了台下村民的共鸣。

一方水土养育一方人。大许村河塘密布,水质甜美,生态环境良好,一批年过九旬的长寿老人在这里幸福地安度着晚年。筹备表彰大会时永刚说:"这些'长寿之星'见证和经历了大许村的沧桑巨变,他们是未来打造大许村生态旅游的文化名片。"

表彰大会的压轴戏是为全村十四位九十岁以上的高寿老人颁发"长寿之星"证书。永刚和李俊山书记快步走到他们面前,满面笑容地为坐在台下的九位到场老人送去重阳节最美的祝福。身披喜庆绶带的老人们接过"长寿之星"荣誉证书和礼品,布满皱纹的脸庞乐开了花。对因年高体弱未能到场的五位"长寿之星",在表彰会结束后,我和永刚、许明逐一登门送上荣誉证书和礼品。

颁奖仪式丰富多彩的内容像磁石一样吸引着在场的每一位村民。现场抽奖活动让全场所有人都期待着幸运中奖,陆续有中奖者兴奋地上台领取生活用品。围绕大许村脱贫攻坚设计的有奖抢答题,在抢答时每当出现不准确不全面的回答,主持活动的西湖镇副镇长孟静则会立即给出正确答案。一道道抢答题,既活跃了会场氛围,又宣传了脱贫攻坚的政策。近两个小时的颁奖仪式在不知不觉中进入了尾声。

如此规模的表彰活动在大许村历史上是前所未有的。事实证明,用这些本乡本土的先进典型鼓舞人,用这些本乡本土的榜样力量激励人,有效地凝聚了脱贫攻坚的强大精神动力!

2019年底,时过一年多,在永刚力倡之下,大许村再次表彰了一大批先进典型,并进一步扩大了表彰范围:陈玉国等十四人被评为大许村优秀共产党员,明鹏飞等九人被评为大许村优秀青年,马洪亚等二十人被评为大许村最美脱贫户,宋金德等九人被评为大许村优秀退役军人,王子奎等十九户被评为大许村清洁文明户,杜春国等十八人被评为大许村孝老爱亲的榜样,所有受到表彰者均奖励四件套床上用品。这次表彰活动表彰的人员之多、范围之广在大许村是空前的,这让众多村民认识到,当先进在大许村并不是一件困难的事,当先进典型并非遥不可及,这更加激发了大家学典型当典型的积极性。

村总支委员许晓明感叹永刚干工作有水平,这次表彰活动让许多村民动了心。以前他让村民搞家庭卫生,很多人不当一回事,现在看到左邻右舍不少人评上了清洁文明户,并且领到了四件套,不少村民在羡慕之余主动邀请村干部去他们家看卫生搞得咋样,那意思很明显,争取下次也能够评上。

宋新庄那位时常对老人发脾气使性子的儿媳妇,看到村里一下子表彰了十八个孝老爱亲榜样,感到脸上火辣辣的,见人都不好意思,从那以后,她对待老人的态度全变了。

(六)抱怨奶奶买肉的孩子

大许村近些年先后有十一个贫困户由于男主人失踪或因病、因故去世,而陷入困境。这些失去顶梁柱的贫困家庭往往是孩子辍学的高发区,永刚对这些贫困户家庭所有在校读书的孩子时刻牵挂于心,在村"两委"会议上,他不止一次强调:对失去顶梁柱的家庭的在校生不仅要不折不扣落实教育扶贫政策,还要千方百计为他们提供更多的帮扶措施。帮扶这些孩子完成学业,实质上是擦亮斩断穷根的利器,最能让人看到扶贫的希望。

多年不见父母踪影的陈婷、陈文姐弟俩就时常令永刚挂心。

2017年春节将至,大许小学开展留守孩子给在外打工父母寄贺卡活动,老师要孩子们写出父母的手机号和收信地址。看到班里的同学纷纷把写好的手机号和地址交给了老师,陈婷、陈文姐弟俩难过得眼泪汪汪,回家后扑在奶奶李贺勤怀里哭成了泪人。

年近七十的李贺勤老太太和孙子、孙女相依为命。多年前李贺勤丈夫患食道癌离世时给这个家庭留下了一笔债务。从此这个家庭的运势每况愈下。家里没了钱,残疾的儿子和媳妇的矛盾也越来越多,小两口不时因没钱花吵嘴打架。七年前的一天,儿子和媳妇生气斗架之后,到前院爷爷奶奶家跪在两个老人面前磕了一个头,然后离家出走。儿子失踪不久,媳妇也跟着杳无音信。父母活不见人,死不见尸,这让两个孩子失去了被评定为孤儿的资格,他们无法像那些失去父母的未成年孩子一样定时领取孤儿救助补贴。

12岁的陈婷和11岁的陈文跟奶奶住在墙壁开裂的老屋内,懂事的陈婷曾哭着央求奶奶,让她去外面给人家看小孩当保姆,挣钱给弟弟上学。为这个家不停操劳的李贺勤,身患多种疾病,高血压、乙肝,两个眼睛曾动过两次手术,第一次是因青光眼动了手术,第二次是因白内障动了手术,左眼现在已经看不到任何东西了。

但让李贺勤欣慰的是,孙女孙子懂事得很,经常劝奶奶不要干重活。她动情地对前来走访的永刚说:"孙女孙子经常提醒我别累着了,说我要是倒下了,他们就没有家了。"家里有4亩多地,秋季收了近两千公斤玉米,全部由陈婷和陈文帮着她开电动三轮车从田头运到院子里。放学回到家,姐弟俩争着干家务活,帮着奶奶烧锅做饭。天气渐渐冷了,陈文的鞋子烂得露出了脚指头,奶奶说明天到集上买鞋时,懂事的陈文提醒奶奶不要买太贵的鞋子,能保暖就行。

那天我和永刚前去走访时,李贺勤告诉我们:前几天,两个孩子的姑姑从利辛县回来,和陈文、陈婷亲热得有说不完的话。姑姑问陈文将来中学毕业后去当兵好不好,陈文说:"我做梦都想去当兵,报答国家的恩情,但我真的不敢去。"姑姑问:"为什么?"陈文说:"奶奶年纪大了,又得了多种病,我必须和奶奶生活在一起,如果去当兵,部队纪律那么严,哪能说回来就回来照顾奶奶呢?"

李贺勤边说边抹眼泪;两个孩子说到这,和姑姑搂在一起哭成一团,说将来无论到哪里,都不能离开奶奶,一定把奶奶照顾好。

那天我陪阜阳义工助学部志愿者前去走访,志愿者问两个孩子在大许小学毕业后准备到哪所中学读书,陈文说:"哪所学校便宜就到哪上。"一句话说得让人心酸。

几天后,我和永刚再次来到李贺勤家,适逢李贺勤妹妹来看姐姐,还带来了两斤猪肉。两个孩子中午放学归来,闻到厨房的肉香,见奶奶正在烧肉,不知这肉是姨奶送来的,很久没吃过肉的陈文一边流着口水一边对奶奶说:"猪肉这么贵,咋还买肉吃?咱得攒钱盖房呀。"

陈文的这句话让永刚禁不住湿润了双眼。他立马告诉李贺勤:"该给孩子吃好就一定要吃好,房子的事你就不要操心啦。"这个农家小院里从此不时地闪动着永刚的身影,他一边按规定为李贺勤申报 36000 元危改资金,一边找村里建筑队工头,一起设计,反复计算建房开支,以村委会名义担保,先建房后付钱,开工后永刚每天都过来查看施工进展,很快李贺勤家如愿搬进了明亮的新居,从此不再为刮风下雨担惊受怕。

永刚得知陈文有个去城里见识一下的小心愿,特意安排他参加了团组织在南京等地举办的夏令营活动,永刚每天都和陈文及带队老师保持电话联系。夏令营活动结束后,永刚深更半夜开车到阜阳市区把陈文接回家,带队老师差点误认为陈文是永刚的孩子。

通过实施最低生活保障、小额信贷入股分红和光伏扶贫、产业扶贫到户等措施,目前李贺勤全家每年收入在 2 万元以上,如今在西湖镇中学读书的两个孩子通过享受教育扶贫政策,按时领取营养餐改善计划补助和爱心助学捐款，完全不会因贫困而影响读初中、高中和大学。

和李贺勤相比，同样是失去家庭顶梁柱的小陈庄贫困户许国芳，通过永刚的精准施策，已经从根本上改变了这个家庭的命运。

（七）千里之外的入党喜讯

许国芳是距离村部最近的贫困户，这个普通的农家小院曾承载着一家人的欢乐和苦难。许国芳的两个女儿魏海兰、魏娇颜和许许多多同龄孩子一样曾有过幸福的童年。上初三那年，魏娇颜背着书包放学回家时，突然发现母亲正撕心裂肺地痛哭着。魏娇颜和姐姐不得不接受一个残酷的现实：那个最爱自己的爸爸无情地撇下亲人远行了。许国芳办完丈夫的后事，哭干了眼泪，在有裂痕的破旧老屋内，她和年近九旬的老母亲带着两个读中学的女儿艰难度日，一家人尽管省吃俭用，却仍然入不敷出。懂事的魏娇颜从不和同学们比吃比穿，而是暗暗下劲比学习成绩，许国芳看着女儿每学期都把奖状往家拿，苦些累些，心里也是甜甜的。继姐姐考入阜阳幼儿师范高等专科学校后，魏娇颜考入了福州外语外贸学院。接到了期盼的大学录取通知书，魏娇颜和母亲却怎么也高兴不起来，巨大的经济压力把这个家庭压得喘不过气来。许国芳整日愁眉苦脸，精神抑郁，很少和村里人说话，出门遇见村人老远就低着头。工作队进驻后，永刚很快把这个艰难的家庭列入了重点关注对象，这个孤寂的农家小院，不时地回荡着永刚和她们聊天的欢声笑语。

许国芳居住的破旧瓦房年久失修，最担心刮大风下大雨，永刚把建筑队老板带到许国芳家，一个星期之后，修缮加固后的危房焕然一新，许国芳从此不再为刮风下雨而担惊受怕。

永刚为许国芳量身定做了脱贫方案，根据产业扶贫政策，永刚鼓励许国芳连年种植三亩南瓜，让他获得了可观的产业扶贫资金补助，还为许国芳提供了打扫村部卫生的公益性岗位，村部门前的广场上每天都能看到她勤劳的身影。平时一有空闲，许国芳抬腿就到附近种植大户的蔬菜大棚打工，在这里她和熟悉的邻居们有说有笑，性格逐渐开朗起来，精神状态和以前相比判若两人，现在每次见面老远就笑着和我们说话。作为自主脱贫的典型，许国芳被评为大许村最美脱贫户。

为帮助许多像魏娇颜一样的贫困家庭学生，团省委动员社会力量先后多次为贫困户家庭提供助学资金。2017年暑假，在时任团省委书记出席的4万元助学资金捐赠仪式上，魏娇颜作为受助学生代表，其情真意切的发言赢得了热烈掌声：发奋苦学，以优异的文化成绩报答党的帮扶之恩。魏娇颜此后取得的骄人学业成就充分证明：她确实一诺千金！

魏娇颜连续两年暑假被安排在村扶贫工作站从事社会实践活动，和工作队有了更多的接触。她格外珍惜在扶贫工作站帮助工作的机会，以主人翁精神参与脱贫攻坚大排查、大走访活动中。每天她戴着草帽早早来到村部，清扫好办公室后，随永刚队长和村干部带着贫困户档案资料进庄入户，挨家挨户为贫困户量身定做脱贫方案，对扶贫手册中的相关数据，她认真核实，为建档立卡贫困户在信息平台和扶贫手册上先后更新、校正了60多处数据，从而使大许村的村档户档资料数据更加客观、更加准确。

永刚心中装的全是最需要帮助的贫困户，唯独没有他自己，魏娇颜被其拼搏精神深深感动。那天中午，我和魏娇颜随永刚从八里庄贫困户陈朝贺家出来，走着走着，永刚突然停下来捂着肚子，汗如雨下，面部呈现出痛苦不堪的表情，这让站在身边的魏娇颜一时手足无措。我心里清楚，永刚的肾结石这几天又复发了，此前好几次，我见永刚因肾结石复发疼痛得在床上直打滚，我随即扶着永刚回到宿舍服药，病情刚刚缓解，当天下午，永刚又像没事人一样出现在村部办公室。

永刚带领村里的一批党员哪里最困难就会出现在哪里，他们没日没夜地战斗在扶贫一线，让大批和魏娇颜一样的家庭摆脱贫困过上了好日子，众多村民怀揣感恩之情，对永刚和村里的一批党员发自内心地尊崇。大许村高高飘扬的党旗在魏娇颜的内心深处越来越神圣，她悄然萌生了加入中国共产党的梦想。

心中有梦想,脚下有力量。在大学校园魏娇颜学习更加刻苦,喜获全国大学生英语 C 类竞赛福建赛区一等奖,连续两年获国家励志奖学金,连续三年被学院评为三好学生。

2018 年 12 月 8 日中午,远在福州外语外贸学院的魏娇颜兴奋地给永刚打来电话:一个小时之前,她举起右手光荣地加入了中国共产党。魏娇颜第一时间向家乡的第一书记报告入党喜讯,她要和永刚及工作队共同分享她学生时代最大的快乐。接到千里之外的入党喜讯,永刚放下手机,立即高兴地跟我说:"猜猜看,刚才我接到了什么让我高兴的电话?"随后他迫不及待地讲了刚才接到的电话,永刚满脸的笑容充盈着平时少见的欣喜和快乐!

如今许国芳苦尽甜来,大女儿中专毕业后通过考试已成为阜阳市郊区学校的一名教师,2019 年魏娇颜大学刚刚毕业,经永刚牵线推荐,她实现了报答家乡人民的愿望,通过大学生基层特岗走上了西湖镇社会保障所的工作岗位。她每天从大许村早出晚归,一边精心伺候九十岁的姥姥,一边尽最大努力干好本职工作。

2020 年正月,面对突然到来的新冠肺炎疫情,大许村在村头通往外部的主干道设立了五个疫情防控卡点急需一批执勤人员,魏娇颜第一个向永刚队长请求:"我是党员,我必须到最需要我的防控卡点去。"从正月初一到正月二十,她每天坚守在疫情卡点,一丝不苟地查验过往行人和车辆,用心用情记录着每一个过往行人和车辆信息。风雪中她带领几位青年志愿者佩戴红色"疫情防控执勤"袖章,成为大许村疫情卡点的一道美丽的风景。在魏娇颜的影响下,全村十余位返乡过年的大学生积极响应工作队召唤,参与整理全村贫困户电子档案,大大减轻了工作队和村"两委"干部的工作压力。前来调研的颍州区委常委、组织部部长、统战部部长纪兰芳称赞此举在疫情防控这个特殊时期,为大学生提供了锻炼成长和认知家乡、报答家乡的机会。

魏娇颜在《抗疫日记》中写道："没有扶贫政策和陈队长像亲人般帮扶我，就没有我魏娇颜的今天，在疫情卡点虽说苦点累点，但一想到此生必须报答党和政府的帮扶之恩，心中就会有无形的力量。"

对于大许村二十三个贫困户家庭的三十三个孩子，永刚根据各自家庭的不同情况因户施策全部制订了个性化帮扶方案，真正做到了读书路上一个不能少。

永刚千方百计地让大许村孩子接受最好的教育。伴随均衡教育的时代快车，永刚抓住机会，乘势而上，争取 20 多万元资金并整合社会资源，从根本上改善了大许小学办学条件，如今这所乡村小学的信息化设备和体育活动场所丝毫不逊于一些城区名校。

为提高大许小学教师的核心素养，永刚请来省城著名特级教师、全国小学数学优质课大赛一等奖得主夏永立前来面对面传授教学真经，讲述教师专业成长经历，夏老师精彩的公益讲学让他们大开眼界，受益匪浅。这位知名特级教师从此和大许小学结下了不解之缘。

大许村唯一的幼儿教育场所华天幼儿教学点，虽然办学规模较大，但由于缺乏规范化管理，办学设施陈旧，多年来一直徘徊不前。我随永刚多次前往调研，邀请颍州区教育局局长白莽及成教办负责人李强到华天幼儿教学点现场办公，对照办园标准逐一整改，进行科学改建，短短两个月时间，幼儿教学点实现了跨越式飞跃，经过教育主管部门严格验收，华天幼儿教学点提升为国家普惠性幼儿园，从此每年可享受国家数十万元的奖补政策。

（八）从一盘散沙到一呼百应

2017 年 4 月 27 日，大许村 7 名"两委"干部全部出席了迎接团省委工作队的仪式。据一位镇领导事后跟我说，那次为让所有的村干部都出席这个仪式，下了不少功夫，镇一把手特意安排他给村"两委"分别打了电话，因为镇一把手知道，如不事先特意打电话提出纪律要求，一般很难把所有村干部都召集在一起。

到村第三天,永刚通知村"两委"成员上午八点半到村部开会,九点半了,七个人才到了四个,十一点会议快要结束了,总共到了六个人。见永刚皱眉头,总支书记马若付表示,今天开会能到六个人已经不错了。

村干部到村部上班想来就来,想走就走,三天打鱼两天晒网,有时连续好多天不见人影,也是家常便饭,大家早就形成了这种散漫自由的习惯。村民到村里办事,很多时候跑了一趟又一趟,也很难找到要找的村干部,村民需要盖村委会公章,前前后后跑几趟是常有的事。

村总支委员会也很长时间没有开展党员活动了,村基层党组织一盘散沙,长期处于软弱涣散的状态。

没有规矩,不成方圆。永刚首先从制定和完善各类规章制度入手,严格按章依规办事,坚持党建引领,着力打造阳光村务,推行党务、村务、财务公开制度,重大事项必须在村党总支的领导下实施决策,对涉及到村到户的扶贫项目资金必须严格执行"四议两公开一监督"制度。党群服务中心办公楼竣工后,以村部搬迁新址为契机,永刚严格整肃工作作风,村"两委"精神面貌令人为之一振:所有村干部上班时间准时来到村办公室,无论啥时候,哪怕在大雪纷飞的晚上,如临时召开"两委"会议,只需微信群信息一发,准会全员按时到场;村头的百味农庄很少再见到村干部的酒场,任何人已不再触碰"八项规定"的红线;无论多么难干的工作,只要永刚布置下去,所有包片干部都是二话不说,无条件地完成任务;在党群服务大厅准时上班的值班干部每天都会满面春风迎接村民的到来,人难找、脸难看、事难办的"三难"现象在大许村一去不复返。

2018年11月23日,安徽省纪委驻省总工会机关纪检组(负责工、青、妇三家纪检工作)组长王国雨到大许村调研,他随永刚来到村口的宣传栏前,认真查看了在党务公开栏、村务公开栏、财务公开栏张贴的各类公示材料,凡是涉及大许村党员发展、党费收缴、粮食直补、财务收支和贫困户认定名单、贫困户脱贫名单、低保户名单、危房改造补助等事项均按程序适时公开。在党务公开栏,张贴着《大许村党员党费收缴明细》《大许村入党积极分子公示》,在村务和财务公开栏张贴着《大许村2018年专项扶贫资金使用的公示》《大许村2018年扶贫攻坚特色种养业提升项目的公示》《大许村2018年扶贫攻坚特色种养业基地建设项目公示》《大许村低保对象台账》《大许村"五保"户供养统计表》。王国雨认为工作队通过宣传栏及时公示有关事项,积极推进民主决策、民主管理及民主监督,保障了群众对村级事务的知情权、监督权、参与权。他称赞工作队政策吃得透,问题找得准,眼光看得远,步子迈得稳,工作做得实。

捐钱捐物,不如建成一个好支部。永刚认定了这么一个理:村里的班子建不好,很难把扶贫工作搞好,即使一时扶上去了,班子建不好,将来工作队离开了迟早还会被打回原形。

盘点工作队的过往,永刚放眼长远,抓党建促脱贫,打造不走的工作队,真是把工作抓到了点子上。2018年7月大许村"两委"换届,永刚抓住机会,超前谋划,着手优化村"两委"成员年龄、文化结构,强化青年后备队伍人才建设,给后备干部派任务、压担子、搭梯子,让他们在实践中磨炼成长,四位30多岁以下的优秀青年在换届选举时被充实到村"两委"班子。对新当选的"两委"青年干部,永刚善于放大每个人的优点,不失时机地传授工作方法。

村委会委员梁艳嘴巴甜甜的,像个百灵鸟,见了村里人喜欢按辈分称呼,村民到村部办事,梁艳不是喊大婶、大娘、大伯、大叔,就是大哥、大嫂、大姐、大奶、大爷地叫着,不这样称呼不讲话,干工作热情似火,但在刚当选之后那段时间,碰到难办的事少不了手足无措,有时被村民误解甚至难为得哭鼻子,永刚手把手地教她如何化解矛盾,梁艳渐渐在遇到的挫折中成熟起来,应对各种复杂的问题越来越轻松。

2016年西湖镇招聘扶贫专干,申振以总分第一被录用。他父亲曾是颍州区模范教师,受家风传承,申振爱岗敬业,业务精湛,大许村所有建档立卡贫困户,只要报出贫困户的名字,不用看档案资料,他就能准确地说出这个贫困户的帮扶方案和效果,被称为大许村扶贫工作的"活字典"。经永刚提议申报后,申振被授予颍州区"最美青工"提名奖,如今在村委会委员、扶贫专干的位置上,他正发挥着越来越重要的作用。

程子华曾是西湖镇卫生院乡村助理医生,这位喝草河水长大的年轻人,有着浓浓的故土情结,一直期待能为家乡奉献自己的聪明才智。当选村委会委员后,他十分珍惜父老乡亲对自己的信任,对承担的文书工作,他尽心尽力,每天早出晚归,常常是第一个到来,又是最后一个离去。永刚不停地鼓励和鞭策,帮他补齐业务短板,并用党员标准从严要求,经过组织考验,他光荣地加入了中国共产党。

从上甘岭英雄部队退伍回乡的许晓明,在部队曾担任多年司务长,退伍回乡后,永刚在和他一番长谈后,发现他是位不可多得的青年才俊。经过一段时间的培养,在"两委"换届时,许晓明高票当选为村总支委员,他所负责的党建工作开展得风生水起,大许村党组织被考评为阜阳市五星级标准化规范化基层党组织,许晓明功不可没。

永刚用心为大许村储备人才队伍,计生专干宋艳丽、扶贫专干高稳稳等一批青年正在锻炼成长。

永刚着力打造的党支部战斗堡垒,从深层次升华了一方水土的精气神。由此引发的"裂变效应"已转化为大许村攻坚克难的巨大动力。面对大排查、回头看、市际互查、省第三方监测评估、新冠肺炎疫情防控等一个又一个阶段性重要工作,永刚振臂一呼,云集者众,村党总支指向哪里,"两委"成员和村民组组长就奔向哪里,填表迎检,加班加点通宵熬夜,没有一个喊苦叫累的,村党组织已成为善啃硬骨头敢打硬仗的坚强核心。

村党组织呈现出前所未有的凝聚力和向心力,一批有为青年和致富带头人纷纷向党组织靠拢,近两年来先后有二十多人递交了入党申请书,有十六人被吸收为入党积极分子,如此众多的村民积极要求入党,这在大许村历史上是前所未有的。

种植大户、颍州区"脱贫攻坚青年好榜样"宋桂杰率先递交了入党申请书,我曾问他为何把入党当成自己的崇高梦想,他当即回答:"看到第一书记带领党员不分白天黑夜帮助贫困户脱贫,我觉得党员是真正为民谋利的带头人,是最受村民尊敬的人。"在宋桂杰梦想成真举起右手入党宣誓的那天,他动情地表示:"从今天开始,我今生今世永远跟党走!"

(九)"明白卡"有个必不可少的手机号

不管干什么事,永刚的脑筋总喜欢多转个弯,很多贫困户因年纪大、文化水平低、记性差、脑子不够清楚,每当第三方评估或督查组到贫困户家庭走访考评时,他们在回答询问时常常答非所问,说不清已经享受过哪些扶贫政策,尽管工作队和村干部不厌其烦地一遍遍地耐心地教,但每到上面来人入户询问时仍然回答得驴唇不对马嘴,甚至闹出过不少笑话,有时还会影响考评时的客观得分。为了让考评人员对贫困户享受的帮扶措施一目了然,减轻贫困户回答扶贫专业名词的难度,永刚尝试在一张和报纸大小差不多的塑料板上插入贫困户接受帮扶的信息卡片,为了让卡片更直观生动,由帮扶责任人分别拍摄了相关图片;如果种南瓜享受了产业扶贫补贴,就拍一张贫困户在田野里采摘南瓜的图片;如果享受了教育扶贫政策,就拍一张孩子背着书包上学的图片;如果享受了危房改造补贴,就拍一张重建后的住房图片;如果办理了慢性病就诊卡,就拍一张贫困户手持绿色就诊卡的图片;如果是已经脱贫的贫困户,就让贫困户手持脱贫光荣证拍一张图片,连同第一书记的照片和姓名、手机号一并体现在"明白卡"上。

颍州区委书记张华久一行前来调研时看到大许村刚刚推出的"明白卡",表现出浓厚的兴趣,在点评"明白卡"的妙处之后,当即对随行的颍州区委常委臧振林和区扶贫局局长刘奔说:"大许村'明白卡'要尽快在全区推行。"

永刚把手机号设计在"明白卡"上,不仅仅是出于方便各级各部门入户督查、考核时了解情况的考虑,更主要的是,有了这个"明白卡",每个贫困户在家里都能随时看到第一书记的手机号。

永刚说:"有了这个号码,贫困户有困难就能随时找到我,最起码在遇到困难时有个能说话的人。"

永刚走村串户时,总不忘叮嘱一句"有啥事随时给我打电话,大小事我都不嫌麻烦"。

永刚这句话,真给自己平添了不少"麻烦"事,但确实帮助群众解决了不少大问题。用时任颍州区委常委、组织部部长、统战部部长刘军的话来说:有了这个号码,"明白卡"架起了党群关系的"连心桥"。

晚上的时候,就曾有贫困户给永刚打来过求救的电话。2018年10月3日,后周庄七十多岁的"五保"贫困户陈保夫,夜里十一点多心里闷得特别难受,就尝试着给第一书记打电话,永刚虽然这时并不在村里,但他立即安排"家庭医生"迅速登门,拨通了120急救电话,及时的治疗,为救治他的心肌梗死赢得了宝贵的时间。

宋张庄有位八十多岁的老人,不孝的儿媳声称要把他撵出家门,老人情急之下,想到了"明白卡"上的第一书记号码,他凑近"明白卡"看清手机号码后,按这个号码打过去,十几分钟后,永刚就赶了过来,并弄清了原委:矛盾是由老人焦躁的坏脾气引发。永刚先和老人聊了会儿天,缓解了老人怒气后,心平气和地对他儿媳说:"有句老话叫老如小,老人年纪大了,往往会像小孩一样发脾气,作为晚辈,一定要站在老人的角度考虑,你说出要把老人撵出的过激话,你的孩子看在眼里,等你老了之后,他们可能也会这样对待你。"一席话说得她当即向老人道了歉。

大许村有位村民,孙子6岁了,马上就要上小学,但一直没能入上户口,一家人为孩子上户口的事着急得够呛,村干部曾帮着跑了多少趟,但一直没能解决。这位村民无奈地说:"谁能帮他办好这事,花多少钱,请多少客,他都在所不惜,感激不尽。"

但他没想到一个电话让这件难办的事有了转机。

这位村民并不是贫困户,但他从贫困户邻居的"明白卡"上看到了第一书记的号码,尝试着拨通了永刚的手机。永刚接到求助后当即给派出所所长打电话恳求支持,并指定我专门帮助办理,我前后三次到派出所协调,事实上,派出所也一直在努力帮他办理,甚至也在为办不好这个事情而发愁。这个孩子没入上户口事出有因:父母未婚先育,孩子降生后父亲因触犯法律被判刑后,母亲不见了踪影,派出所在给孩子办理户口时,因围绕孩子发生在这个家庭的一些麻烦,户口办理走入了死胡同。犯难的户籍民警邢仲云给我说:"办了二十多年的户籍没见过这样棘手的事,根据这个家庭现有情况及提供的凭证,给他上户口明显违反了户籍管理规定,按照规定程序,必须补充相关的证据材料,但要形成这些材料其家人又无能为力。"永刚知情后,再次和我来到派出所,口气坚定地表示,不管什么原因,无论花多少精力,工作队都会全力配合,绝不能让无辜的孩子永远当黑户。

我和永刚随后费了不少周折,终于完备了所有应该提供的材料,总算让事情有了一个圆满的结果。

这孩子的爷爷说,经常听村里人讲,有困难就找陈队长,没想到这么难办的事,找到陈队长一分钱没花,就帮他办好了。

(十)老人夜色中拎着蛇皮袋来到了工作队

"莫把驻村当奉献,要把村庄当课堂。"永刚格外珍惜在草河湾这段刻骨铭心的扶贫经历,对草河湾这片土地他爱得如此深沉,他恨不能俯下身子去亲吻大地,他和草河湾群众水乳交融,少数曾对镇村干部成见较深的贫困户,如今怨恨早已被感恩所取代,就连曾经公认的"难缠户"老朱,如今也成了备受镇村干部称赞的"颍州好人"。当有些地方的扶贫干部困惑于贫困户为啥不知感恩还得寸进尺时,这里的贫困户一次又一次悄悄地把园子里的辣椒、茄子、香葱及自家做的小磨麻油,放到工作队院子里。

永刚帮扶贫困户,从未期待有一天会得到贫困户的报答,但贫困户脱贫之后自发的感恩行为着实让永刚那颗疲惫的心得到慰藉。

2020年春节就要到了，草河湾家家户户都在忙着备年货，从大许村到华佗集的沥青路面上涌动着川流不息的人群，大姑娘、小媳妇、老头、老太太，有事没事都喜欢到集上转转，他们喜笑颜开，买肉、买鱼、买新衣。

腊月二十二日晚上，工作队宿舍来了两位头发苍白的"不速之客"。当晚八点多，我和永刚、许明正在商量节前要做的几件事，门口突然响起了敲门声，永刚起身开门一看，原来是村里的独居老人老张和他的老伴。老张是2019年刚刚脱贫的贫困户，两个月前如愿领取了脱贫光荣证和1000元脱贫奖补，老人性格倔强，离群索居，村里没人和他往来。为化解他和村里人的矛盾，永刚不知到他家去了多少趟；为他脱贫的事，永刚精准施策，一次次登门跟他讲政策，给他出主意，帮他找到脱贫增收的切入点，付出了常人难以想象的辛劳，最终让这个大家都敬而远之的贫困户走上了脱贫之路。

老两口一个站在电动三轮车前，一个提着蛇皮袋站在门槛上，老张把蛇皮袋塞到永刚手中，永刚不知里边是啥，用手一摸袋子里有肉乎乎、软软的东西。

老张说："你们城里人吃东西嘴刁，我专门跑城里给你们买了块黑毛猪肉，听说这猪是山里人散养的，肉香着哩。"永刚坚持不收："你们的心意工作队全领了，这肉必须带回去，正好留着你们过年用，再说你们老两口日子过得不容易。"

永刚搞了一头汗，来回推了好几分钟总算让他们老两口把肉带了回去。

第二天上午由永刚开车，工作队和村总支书记马若付一道去镇政府开会，路上说起猪肉价格居高不下的话题，讲了些来自微信朋友圈猪肉涨价吃不起的段子，永刚不由得讲起了昨晚老张老两口到工作队送肉的事。

话刚说完，马若付就笑了："昨天晚上老张两口子也曾骑着电动三轮车给我送肉，说现在日子过好了，不能忘了帮他的人。推来推去也是弄了一身汗，总算让他们把猪肉带走了，老张离开我家没多远，好像在抱怨老伴出了送肉的主意，跑了一晚上，两块肉一块也没送出去。"

（十一）当年有臧书记如今有陈队长

四年前，团省委机关征集扶贫人选，有人在琢磨找什么理由才能回避扶贫这个苦差事，可谁也没想到，永刚这时候第一个报了名。

作为团省委青发维部副部长，在大别山区曾有两年的副镇长挂职经历，按理说，他无须再用扶贫经历为自己的干部档案添些筹码，况且女儿正上幼儿园，父母年高体弱，在省立医院上班的妻子又那么繁忙。

扶贫是明摆着的苦差事，必须长年累月坚守在条件艰苦的贫困村。

苦吗？

肯定苦！

累吗？

肯定累！

凡是需要省工作队驻扎的贫困村，有几个不是条件恶劣问题成堆的地方？踏上了扶贫村的土地，就意味着一个扛枪的战士必须迎着枪林弹雨义无反顾地往前冲！不少扶贫干部积劳成疾，活生生倒在了扶贫一线再也没能回家，和永刚我们俩见面时曾经生龙活虎的市科协扶贫干部康彬，仅仅一年多，就永远告别了白发父母和如花似玉的爱妻。

我和永刚是亳州同乡，时而聊些家乡的话题。到村没几天，他私下跟我说，在他老家涡阳县农村，曾有一堂兄在村书记位置上始终未能带村子走出软弱涣散的怪圈，最后带着无尽的遗憾黯然离乡外出务工去了。他到大许村当第一书记，还有一个想法，就是想施展下拳脚，看看贫困村书记到底难干在哪里。第三个年头快要结束了，有一天我老话重提，永刚说："我现在终于理解了堂兄当年的处境，也逐渐悟出了课本上永远找不到的答案！"

有段时间，几桩烦心事搞得我和永刚心力交瘁，那天晚上我跟永刚说:"其实扶贫的事和我这个当记者的本来没有一毛关系,但现在扶贫把我弄得疲惫不堪,我真的后悔当初到这个地方来!"

接下来我突然问永刚:"你当初铁了心来扶贫,现在后悔不后悔?"永刚平静地回答我:"扶贫绝对是个苦差事,偶尔情绪很坏的时候,也曾后悔过,但后悔的念头只是一闪而过,转念一想,苦是苦了点,累是累了点,但看看如今的草河湾,苦中有甜,苦中有乐呀!"

是呀!苦中有甜!苦中有乐!

老枣树见证了草河湾发生的时代巨变,老枣树见证了工作队付出的艰辛和收获的快乐,更见证了永刚在草河湾留下的闪光足迹,永刚先后被授予"全国优秀共青团干部(扶贫专项)""安徽省属单位脱贫攻坚先进个人"等荣誉称号。

2019年12月27日,《中国青年报》在头版显著位置推出了题为"陈永刚:让青春绽放在扶贫路上"的典型报道,该文随后被诸多媒体转发并引起社会反响。《中国青年报》记者王磊在采访结束时曾感叹:"扶贫工作不仅需要汗水,更需要智慧,永刚队长的扶贫智慧在草河湾无处不在。"

大许村发生的巨变,弥补了区委常委臧振林当年在这里留下的遗憾。主抓颍州区扶贫工作的臧振林是土生土长的西湖人,此人身材瘦小,浓眉大眼,鼻梁上架着近视眼镜,虽其貌不扬,但气场不小,言语中夹杂着当地的土话,风趣幽默的谈吐,初次相见就给我留下了难忘的印象。

臧振林19岁师范毕业就和西湖镇结下了不解之缘,从乡团委书记、镇教办室主任、镇党委委员、副书记、镇长,直至升任西湖镇党委书记,他虽学历不高,但干工作有几把刷子,主政西湖时,各项工作成绩一直在颍州区名列前茅。有人讲臧振林额头大,办法多,点子足,同样的事情在别人看来总是困难重重,但到他手里马上就变得易如反掌,也有人讲臧振林眼睛喜欢朝下不朝上,不善于走上层路线,说他能够从镇党委书记提拔至区委常委,实际上没有一个后台,绝对是凭硬核政绩干出来的。颍州区很多乡镇干部时常把他作为励志典型,据说区委书记曾在公开场合讲过:

"不见臧振林主动找我汇报工作,就见他哪件事都干得没话说。"

臧振林与草河湾有着难以割舍的情结,他是到大许村较多的一位颍州区领导,每次来到这里都和村民有说不完的话、叙不完的情。

豌豆开花的那天下午,我和永刚带他在村里转了一圈,看到刘寨和所有的自然庄全部修通了出行的水泥路,他动情地对永刚说:"当年我在西湖镇的时候,为大许村'一事一议'修路的事伤过不少脑筋,下过不少功夫,但因村情复杂,加之方方面面的原因,凌庄和刘寨门口的那两条路到我离开西湖时仍没能修成。"

我们工作队2017年进驻大许村的时候,臧振林已离开西湖镇将近两年时间,人虽离任了,但草河湾里仍有不少他的传说。我和很多群众谈天的时候,许多人挂在嘴边的一句话就是:臧书记当年在这里如何如何。言下之意,臧书记那样的领导,你们和他差得远着呢。

伴随大许村发生的巨变,我发现很多人常说的那句口头禅臧书记当年在这里如何如何,已悄然被陈队长如今在这里如何如何所取代,有人说得更直白:如今的陈队长不输当年的臧书记。

(十二)含泪离开草河湾

永刚干起工作不要命,像高速旋转的陀螺,一刻也无法停歇,又像绷紧的琴弦、满月的弓,时刻处于紧张的战斗状态,一千多个日日夜夜,他风里来雨里去,超负荷地奔波在草河湾大地上。

终于有一天,永刚实在撑不住了。2020年春节前后,永刚一个多月内肾结石连续发作四次,那天晚上十二点多,我正在写《扶贫日志》,隔壁房间突然传来痛苦不堪的呻吟声,原来永刚的肾结石老毛病又发作了。只见他脸色苍白,汗如雨下,额头上布满了豆大的汗珠,此刻他坐卧不安,痛不欲生,刀割般的疼痛把他折磨得不停地在床上翻滚着,他双目紧闭,咬着牙,面部已扭曲变形,这是我有生以来第一次看到病人在疼痛时如此痛苦的情景。

眼前的情景让我顿感紧张，我立即喊来刚刚睡下的许明，我们都意识到再耽误下去要出人命的。事不宜迟，我打开药瓶，给永刚服了些他常备的药，然后把他搀扶到铃木车上，由许明开车，连夜把他送到了二百多公里外的合肥市滨湖医院。

永刚住院后，我立即给时任团省委书记发微信告知了永刚的病情，书记赶到医院看望时，从医生口中得知，永刚近期已经是第四次到这里就诊了，前两回每次医生都要他住下来做手术，但他每次都嫌做手术要花很多时间，村里还有许多事等着他，病情缓解后硬是不顾医生劝阻，任性地离开了医院。第三次住院的时候，手术效果不佳，结石未能破碎排出，他挂念着村里的事，急匆匆地离开了医院，医生警告，再这样过没规律的生活，如果再次突发得不到及时救治，后果将不堪设想。书记知情后，不禁眼圈发热，他当即要求永刚无论如何都要以身体为重，积极配合医生做好治疗工作。

经安徽省委组织部批准，永刚因身体状况堪忧，十分无奈地离开了草河湾。2020年4月20日，团省委副书记率团省委办公室副主任汪文斌来到了大许村党群中心会议室，正式宣布由汪文斌接棒陈永刚，担任团省委驻大许村工作队队长、第一书记。尽管他风趣幽默的语言让会议室气氛轻松了不少，尽管汪文斌不负众望接过接力棒的表态掷地有声，但在场的村"两委"干部心中仍感到特别难受，三个春夏秋冬，一千多个日日夜夜，永刚和大家朝夕相处，亲如一家，现在突然间就这样离开了，让大家一时无法接受。永刚在发表离任感言时，说着说着就哽咽着说不下去了。在场的纪兰芳、臧振林、李俊山个个眼眶发红。此时此刻坐在我身边的马若付再也无法控制离别的情感，捂着脸泣不成声，我给他递了几张纸巾，他干脆快步离开会议室在外面的走廊上痛痛快快地哭了一场。

永刚离任的消息传开后，大许村一时笼罩在沉重的气氛中，许多村民伤心得以泪洗面。工作队房东许辉的母亲李秀英，伤心得一天多吃不下饭，这位年过七十的老太太一辈子没舍得到饭店奢侈过，她破天荒地从百味农庄要来一桌丰盛的菜肴,拉着永刚的手泪眼婆娑地说:"好人呀,俺们舍不得你呀!"永刚眼泪止不住地往下流,他无心动筷,更无心端起老太太早已为他酌满的酒杯。

永刚走的时候没来得及和所有的村民打招呼,在他走后的那几天,不时有村民把鸡蛋、香油、粉丝送到工作队,要我无论如何都要把他们的心意转送给陈队长。宋金军、许国芳、李贺勤、凌文刚,一个个和永刚有深厚情感的贫困户,见了我一说起陈队长离开大许的事,无不是眼圈通红。

永刚内心深处有着难以言说的痛楚,离开草河湾的那天晚上,他动情地跟我和许明说:"三年前我们仨一同来到草河湾,但最终我没能和你俩共同迎来贫困户全部脱贫的那一天,虽然一百六十九个贫困户剩下的十户脱贫已成定局,但我毕竟没能看到他们的脱贫光荣证,我现在就这样无奈地走了,心里难受呀!"说着说着他的眼泪就出来了。

依我对永刚的了解,他肯定难受得很,就像一个参加万米长跑的运动员,眼看快要到终点拿奖牌了,却突然栽倒在地,想想看这会是什么心情?

人过留名,雁过留声。永刚离开了大许村,不同版本的"顺口溜"在草河湾不胫而走:

> 扶贫队长陈永刚,吃住都在大许村,迎烈日呀顶风霜,好事干了一箩筐;退宅还田有难度,利害得失说得透,拆除破房三百处,群众理解又拥护;村庄整治蓝图绘,清塘填沟齐上阵,亭台长廊景色秀,破旧老宅换新装;臭沟烂塘大变样,村民休闲有去处;蔬菜大棚瓜果香,打工挣钱不出庄;村部曾经矮又小,百姓办事人难找,党群中心服务厅,笑脸相迎沐春风;督促整改抓学前,教学点升格普惠园,送教捐物到村小,跟着均衡朝前跑;扶贫车间机器响,就业增收感谢党,党建创新手拉手,齐心协力快步走;大张旗鼓树楷模,脱贫标兵人人学,因户施策有良方,脱贫出列奔小康。

永刚在返回团省委之后,兑现了他离任时的诺言:"有需要我协调的事情,随时给我打电话,我虽然不再是第一书记,但以后肯定会经常回来的,这里还有我要继续完成的任务!"

离开大许后,永刚时而拨通我们的手机询问村里各项工作的进展情况:扶贫车间是否还能接到充足的订单?扶贫车间的扩建用地申报后进展如何?那十三个贫困户是否还在扶贫车间上岗?华天幼儿园扩建报告进展如何?贫困户刘荣出现裂缝的房子修好没有?张强家庭农场复垦土地的认定程序办好没有?

永刚人在合肥,心中仍牵挂着大许村的沟沟坎坎。

杏儿青了。

杏儿黄了。

杏儿熟了。

杏儿落了。

2020年6月,是工作队到草河湾之后,杏儿第四次黄了的时候,也是永刚离任后一个多月内第三次重返大许村。在联合收割机已陆续开进草河湾即将开镰收割小麦的头天早上,永刚随我和汪文斌、许明迎着漫天的朝霞,信步在草河北岸的堤坝上,布谷鸟清脆的叫声回荡在耳畔,像悦耳动听的短笛。举目望去,草河湾云蒸霞蔚,满目是涌动的金色麦浪,此时此刻,浓郁的麦香扑面而来,阵阵风儿吹过,金黄的麦浪此起彼伏,一波一波,向着天边翻滚,一望无际的麦田,像铺开的黄绸缎金光闪闪的。眼前这醉人的滚滚麦浪,让我情不自禁地想起了那首脍炙人口的《丰收歌》:

麦浪滚滚闪金光,十里歌声十里香。丰收的喜讯到处传,家家户户喜洋洋,喜洋洋。农民踏上富裕路,幸福生活万年长,万年长。

二　每天都和家人视频的队友

2020年5月4日出版的《中国青年报》发布了共青团中央表彰的先进集体和个人名单,在受到表彰的全国优秀共青团干部(扶贫专项)名单中,几年来睡在我隔壁的队友许明榜上有名,这是继2019年永刚获得这一奖项之后,我的队友再次赢得这一殊荣。

客观地说,许明获奖名副其实,作为三个孩子的父亲,三年来,在家庭最需要他的时候,他却义无反顾地来到了贫困村。

此时此刻,许明付出的辛劳,一幕幕呈现在我的眼前。

2018年10月22日凌晨三点多,省城合肥正笼罩在一片静谧的夜色之中,居住在省团校大院的许明,这时已经告别梦乡起床了,他用拖把把房间全部拖了一遍,把洗好的衣服晾在阳台上之后,开始为家人准备早饭,因为要乘四点四十八分合肥开往阜阳的火车,他匆匆吃了几口早饭就准备出发。

临行前他来到卧室深情地望着正在熟睡的双胞胎儿女和爱妻,俯下身一一吻别,提起行李包往门口走了几步,回头又看了看睡梦中的孩子,抬腕看了下手表,快步下楼打车朝合肥火车站奔去。

自2017年9月之后,许明每次从合肥前往二百四十公里之外的贫困村,大都在凌晨三点多起床。面对正在读中学的大儿子和一对嗷嗷待哺的婴儿,许明为少点对家人的愧疚,每次从贫困村回家总是尽可能多地干些家务,减轻些妻子身上的重担。

上了火车,许明闭上眼睛以缓解半夜起床的疲倦,早上八点多,他从阜阳站刚刚下车,手机突然间响了,定睛一看,是妻子发来的视频通话提示,原来两个孩子早晨醒来之后不见了睡在身边的爸爸,一个劲地闹着找爸爸,无论怎么哄都不行,见不到爸爸誓不罢休,哭闹声一个比一个响亮,一个早上,把许明妻子折腾得筋疲力尽。无奈之下,她只好打开手机让两个孩子从手机屏幕上找爸爸,刚刚还是满脸泪珠的两个孩子,在手机上看到了爸爸,瞬间就不哭不闹了。

"这是哄两个孩子不哭的绝招,每当孩子哭着闹着要找爸爸的时候,视频通话是哄两个孩子的最好办法。"许明的爱人跟我说。

每天晚上许明在大许村都有一个保留节目——和孩子们在手机屏幕前见面。2018年12月上旬之前的那段日子,为迎接省第三方监测评估和贫困村出列评估验收,许明二十多天没能回家和孩子们见面,但双胞胎儿女每天都不依不饶地哭着要妈妈打开手机见爸爸。那几天孩子感冒发烧,许明心中很是焦急,他曾想请假回家看看,但话到嘴边又停下了,因为眼下村里的扶贫工作正是最忙的时候,走村入户,核实相关数据,一天到晚忙得一点闲空都没有。

在大许村的日子里,无论多忙多累,每天和孩子们在手机上见面是许明雷打不动的节目,这是他和孩子及其他家人每天最欢快的幸福时光。

一天晚上七点,疲惫不堪的许明,打开手机看到两个孩子消瘦的模样,忍不住地潸然泪下,他不想让家人看到自己伤心的样子,赶紧避开屏幕擦干眼泪,强作欢笑逗着两个孩子。放下手机后,许明已是泪眼蒙眬,想想自己不仅不能尽孝反而还连累着年高体弱的母亲,想想妻子为这个家庭付出这么多的辛劳,想想大儿子在中考关键期自己却不在身边,一种从未有过的愧疚感从心头油然而生。

2018年6月14日,合肥45中校园内,一年一度的中考正在进行,考场外聚集着大批前来接送考生的家长。许明的儿子走出考场,看到同学们都在家人的陪伴下离开校园,心中不免失落,本来爸爸前些天说好的要赶来接送他中考,没想到爸爸在大许村临时迎接督导考核,实在脱不开身。

更让儿子郁闷的是,许明曾许诺中考后带他去参观心仪已久的北京大学、清华大学校园,但是没想到爸爸因离不开贫困村又一次爽约了。

在许明看来,个人和家庭再大的困难,和参与脱贫攻坚这样的大事相比都显得微不足道。

2017年4月下旬,省团校领导找青年人才服务中心副主任许明谈话,当征询他是否愿意到大许村担任扶贫专干时,许明稍稍犹豫了一下之后,毅然做出无条件服从组织决定的答复。

彼时,许明的妻子已怀有五个月身孕,并且经过检查已得知出生的"二宝"将是双胞胎,如果许明说出实情,单位领导很可能做出调整,但他深知,作为一名党员,家庭利益必须无条件服从国家利益,面对中华大地风起云涌的脱贫攻坚大潮,能够到脱贫攻坚第一线奉献青春年华,既体现了组织对自己的高度信任,也是时代赋予自己的难得机遇,面对领导信赖的目光,他没有说出下派后即将面临的实际困难。

许明的妻子任教于合肥工业大学,本职工作一向就十分繁忙,很快将成为三个孩子母亲的她,清楚丈夫此次出征贫困村对她来说意味着什么。她和许明当年在安徽师范大学做同学时就相知相爱,她知道丈夫一向有着坚定的党性观念,在组织需要的时候,不可能临阵脱逃!

2017年4月27日,许明随我和永刚欣然奔赴大许村。9月份双胞胎儿女出生后,很多人看到许明长途奔波于合肥和阜阳之间,不解地问他为什么当初不向组织说出自己的实际困难。每当这时,许明总是憨厚地笑笑。

这些热心人更不知道,坚强的许明,干工作有着顽强的毅力。2017年11月,半个月没有回家的许明,周末回家干活时扭伤了右膝,但他知道围绕2017年贫困户脱贫验收,村里有大量工作要做,在家团聚不到二十四小时后,他忍着疼痛,一瘸一拐乘火车转汽车奔赴大许村。工作队宿舍在二楼,每当上下楼梯时,他只能艰难地挪动着双脚缓慢前行,每当坐下时先要吃力地把右腿伸直才会舒服些,夜里睡觉想换一个姿势,都要忍痛折腾好大一会。那天早上八点,许明一瘸一拐地沿楼梯去镇政府五楼会议室参加全镇脱贫攻坚推进会,西湖镇党委书记李俊山见状动情地劝他无论如何都先回家休养,许明仍然是憨厚地笑笑。直到二十天之后评估验收工作全部结束，许明方才匆匆回家休整。

在肥西县乡村长大的许明，对农村有着天然的情感，对加快贫困户脱贫步伐更有一种强烈的责任担当意识，他把对家人深深的爱不遗余力地倾注到贫困户身上。许明努力用自己的行动为工作队、为团省委增光添彩，永刚交办的每项任务他都干得那么出色，很多没有交办的任务，他总是主动作为，频频出彩，大许村按计划高标准脱贫出列，睡在我隔壁的许明队友绝对功不可没。

第三章　命运转机悄然而至

一　"一把手"

除了驻村工作队第一书记，草河湾还有个众人皆知的"一把手"——首批建档立卡贫困户明恒星。

贫困户明恒星咋成了"一把手"？

想搞清他为啥叫"一把手"，说来话长。

（一）

大许村有个大明庄，三百多口人，20世纪40年代末大明庄老弟兄三门人，每门搬出一户到距离大明庄西北方向几百米外的地方居住，这个地方从此被称为小明庄，经过大半个世纪的繁衍生息，小明庄目前有八十多口人，相继在20世纪60年代出生的明恒星弟兄五个即是这小明庄老三门的后代。

明恒星在家排行老三，初中没毕业即被卷入了民工潮。20世纪90年代初，阜阳火车站作为全国四大民工潮源头，每年春运都会成为铁道部和中央电视台关注的焦点，人山人海的阜阳站广场，每天都会有数以万计扛着蛇皮袋出行的民工，从四面八方像潮水一样涌来，明恒星兄弟几个每年都会从这里上车外出打工。

快三十年后的今天，明恒星和我谈起当时的情景仍记忆犹新：

1993年大年初三经过阜阳火车站的这次出行不是那时人们常说的盲流，这一次我们是有备而去，因为春节期间俺庄有人从舟山带回了靠谱的信息：说只要有力气，到舟山去，肯定能在渔场找到工作。那时我儿子刚刚出生，我和老四明恒超、老五明恒强，还有村里的许辉（工作队宿舍房东）、朱勤民、朱勤兵、许国华等二十余人一起奔向舟山渔场。

舟山渔场不愧是中国最大的渔场，在舟山渔场下车后，我很快被一位面容和善的捕鱼老板看上了，老板说："这里捕鱼的船东之间有个不成文的规矩——每个捕鱼的机械船只能用一个安徽人。你们弟兄三个只能受雇于三个捕鱼的船东。"从此，我们弟兄三个在相距几公里的地方开始为不同的船东打工。

在舟山渔场，我们捕捞最多的是大黄鱼、小黄鱼和带鱼，七八个人乘十多米长的机械船出海捕鱼，一次要十天半月才能返回。每次出海都会捕到几千斤各类海鱼，一趟下来船东会有几万元收入。第一次出海，我被颠簸得头晕眼花，两眼直冒金星，连肚里的黄水都给吐了出来，一个星期之后，我才慢慢适应了海上捕鱼作业。我所在的机械船渔网很大，也很笨重，到深海捕捞必须用起网机才能把渔网拉回来，厚道的船东可能看我做事有板有眼，操作起网机动作越来越娴熟，第一年月工资800多元，干到第三年的时候月工资已涨到2000多元。

我所在的机械船，除我一个安徽人之外，其余七人都是舟山当地的渔民，出海捕鱼，为驱逐枯燥和对风浪的恐惧，渔民们素有清唱渔歌的习惯。刚开始，我听不懂歌词是什么，时间长了，弄清了渔歌的内容，时而跟着一起唱：

春季黄鱼咕咕叫，要听阿哥踏海潮。
夏季乌贼加海蜇，猛猛太阳背脊焦。

秋季杂鱼由侬挑,网里滚滚舱里跳。
北风一吹白雪飘,风里浪里带鱼钓。

每天 24 小时生活在一个船上,我和船上的当地人和谐相处,彼此关照,虽然海上的生活单调枯燥,但我至今仍怀念那段开心的捕鱼时光。

1996 年春节回家的时候,我让媳妇猜自己带回了多少钱,媳妇从 5000 元猜到 1 万元,都没有猜对,这一年我挣了将近 2 万元。媳妇知道我挣了这么多钱,欢喜得赶集上店都哼着歌儿,在家带儿子也更有心劲了。那年春节,我到华佗集买了两箱"醉三秋"和两条"红双喜",还买了比磨盘还大的大盘炮,年三十晚上在小明庄噼里啪啦响了很长时间,鞭炮的火光映照着媳妇俊俏的脸庞,别提多开心了。大年初一,我们弟兄五个聚在一起,桌子上摆着从舟山带回的海鱼海虾,推杯换盏,猜拳行令,欢快热闹的祥瑞之气萦绕在我们的农家小院。

(二)

"三六九,往外走。"大年初三,明恒星弟兄三人带着美好的愿景再次踏上前往舟山的旅程。

清朝舟山籍诗人刘梦兰曾有描绘舟山渔场盛况的诗句:

无数渔船一港收,
渔灯点点漾中流。
九天星斗三更落,
照遍珊瑚海上洲。

鱼汛到来之际,万船齐发的宏大场面,让明恒星大开眼界,夜晚的海面上渔火点点,天空中星光闪闪,船上捕捞的带鱼银光灿灿。明恒星说:"看着越来越鼓的钱包,我打心里爱上了舟山渔场的捕鱼营生。"

天有不测风云,人有旦夕祸福。明恒星做梦也没想到舟山渔场会成为命运的梦魇。

明恒星向我讲述了那次出海的情景:

1996年9月的一天,我和以往一样出海远行,机械船离开码头时,一只黑色的乌鸦从船的上空盘旋而过,我似乎有了些不祥的预感。

七八天之后,机械船边返回边捕捞。头天海面上还是蓝天白云,第二天傍晚时阴云密布,夜间十二点,海风越来越大,机械船晃动得越来越厉害,我离开船舱来到甲板上观察海情准备和工友们收网,没想到脚底一滑,整个身体失去重心,从船梯上跌了下去,船梯边就是深不见底的大海,说时迟那时快,我下意识去抓住船上的钢丝缆绳,人没有掉入大海,但旋转的钢丝缆绳如电击般挫伤了我的左胳膊,我顿时疼痛得失去了知觉,8个小时后,当我苏醒过来时,发现自己正躺在医院的病床上。整个左胳膊肌肉坏死没有任何知觉,我在痛苦中接受了医生给出的截肢建议。在医院住了两个月,我失去一只胳膊出院后,带着船东的补偿无奈地回到了小明庄。

突然间失去了一只胳膊,给我的生活带来了极大的不便。更让我苦恼的是,作为失去一只胳膊的残疾人,我连续跑了多家用人单位都被拒之门外。

我的心情越来越糟,精神状态一落千丈,整日借酒浇愁,甚至闭门不出,在家憋急了,我开始到附近村庄的牌场赌个小钱,打牌场像磁石一样吸引了我,一有空闲我就往牌场跑,虽然少了一只胳膊,但我一只手玩牌的娴熟动作绝对不比健全人逊色。村人由此戏称我

"一把手",只要我步入牌场,就有人喊"一把手"来了,我也从不介意有人这样喊,"一把手"的名号从此在大许村传开了,许多村人习惯了这样喊我,甚至很少再叫我明恒星。

渐渐地我花光了手中的积蓄,随着儿子、女儿上学花费的增加,我越来越入不敷出,不知不觉成了村里的贫困户。

(三)

"一把手"被列入大许村首批建档立卡贫困户,但很长一段时间,"一把手"仍然无法走出失去左臂的阴霾,出了门就会往牌场跑。工作队和镇村干部在逐户实施贫困户的脱贫之策时,一致认为,"一把手"虽未读完初中,但他的综合素质完全是众多贫困户不具备的,只要激发出他的脱贫斗志,扶贫政策对他来说肯定会立竿见影。

那天下午永刚队长和"一把手"的一番谈话,瞬间点燃了他的脱贫激情:"大许村有很多人到舟山渔场寻梦,但一块前往的人命运又截然不同,有不少人付出的汗水得到了回报,开着小轿车回来过年,但命运有时也很残酷,大许村和你一同去舟山渔场捕鱼的朱勤兵、许国华,身体那么健壮,谁能想到他们会命丧大海?和他俩相比,你虽然失去了一只胳膊,但毕竟保住了可贵的生命,你没理由不珍惜生命,没理由不活出个人样来。"

永刚队长接下来对他说:"听讲你在红旗中学读高中的儿子成绩不错,转眼儿子上大学之后,好日子不就来了吗?"

"一把手"告诉我,那天夜里,他很久没能入睡,永刚队长跟他说出的那些掏心窝的话一次又一次回响在他耳畔。儿子正在城里的一所省示范高中读书,很快就要参加高考了,家中需要花钱的地方多着呢,想着想着,他下定了抓住扶贫政策的决心。

"一把手"从此就像换了一个人,精气神十足,随着各项扶贫政策的落实,"一把手"越干越有心劲,他用政府提供的产业扶贫资金买来鸡苗,当年获益近万元。村里为他提供的看守沟河塘及秸秆禁烧巡查等公益性岗位，他干得丁是丁，卯是卯，秸秆禁烧巡查时，繁星满天了，他仍然在田间地头蹲守着，唯恐有人点着了秸秆，自己对不住公益性岗位的报酬。

"一把手"不怕出力流汗。他把外出打工的亲戚无偿给他的 10 来亩承包地耕种得有声有色，通过享受金融扶贫、教育扶贫、光伏扶贫、公益岗位、就业扶贫等政策，他一家三口年收入 4 万元以上，大大超过了脱贫标准，在大许村首批领取了脱贫光荣证。

2017 年夏天，工作队为村里的扶贫车间引进了一家生产仿真花的企业，"一把手"主动上前帮助装卸机械设备，时值三夏酷暑，被汗水浸透的白色上衣紧贴在他的前胸后背上，他仍在一刻不停地忙碌着。

扶贫车间老板发现他办事有条不紊，精神状态昂扬向上，明显不同于诸多在场的贫困户，车间开工后，老板大部分时间在十几公里外的另两个生产车间，大许村扶贫车间的生产及各项管理全部交给了"一把手"，他果然干得有鼻子有眼，负责记录统计的产品计件数字，分毫不差。

每天早晨七点多钟"一把手"早早来到扶贫车间，成为第一个到达扶贫车间的职工，每天中午吃些早晨从家带来的简餐，晚上总是最后一个离开，他整天忙得不可开交，在扶贫车间早出晚归，村头的牌场早已不见了"一把手"的踪影。

2018 年元月的第一场大雪，让许多喜欢雪的阜阳人，心生欢快，房顶上背阳的积雪尚未全部融化，第二场大雪接踵而至，草河湾全都笼罩在白茫茫的大雪之中。

夜幕降临了，大雪没有半点停歇的意思，雪花静静地飘落着，偶尔咯吱一声，是窗外树木的枯枝被大雪压断的声音，那天夜里，"一把手"每次醒来都要推开窗户看看，他整夜惦挂着村里的扶贫车间。

天色刚亮，"一把手"踏着厚厚的积雪，深一脚浅一脚地来到一公里外的扶贫车间。看到被大雪压塌的车棚和车间顶部被压弯的钢梁，他第一时间向领导报告了大雪后的灾情。

"一把手"为人正直,看不惯歪风邪气,浑身充满正能量,在扶贫车间的重要岗位上他重情厚义、乐善好施的品行让大家投来尊敬的目光。

一些实际已经达到脱贫标准的贫困户,担心脱贫之后无法再享受扶贫政策,刻意隐瞒收入,回避脱贫。"一把手"主动和这些贫困户沟通交流:"政府有这么好的政策,还派出工作队和镇村干部帮扶咱,如果再脱不了贫,咱们的脸还往哪个地儿放?"一席话,让这些回避脱贫的贫困户无地自容。

有段时间扶贫车间生产的仿真花供不应求,"一把手"想方设法动员更多的贫困户和留守妇女参与仿真花生产。四里八乡的留守妇女和老人距离扶贫车间较远,不方便到车间上班,老板立即采纳了他的建议,让他们把半成品原料带回家加工,再回收成品,按件记酬,多劳多得。2018年春节,"一把手"利用年底走亲访友的机会,广泛宣传扶贫车间的仿真花生产,通过宣传动员,方圆三到五公里的地方,很快有七十多个留守妇女和老人加入仿真花生产行列。"一把手"不嫌麻烦,热情接待,认真做好半成品发放和成品回收工作,大大提高了扶贫车间的生产能力。

(四)

那天颍州区扶贫局副局长许大禹在大许村调研,听说了"一把手"自强不息的事迹,当即向工作队提出让他参评阜阳市最美脱贫户,永刚队长要我抓紧写个材料报上去,当天晚上我以《独臂托起幸福生活的蓝天》为题,形成了明恒星最美脱贫户申报材料。

身残志坚的"一把手"被评为阜阳市最美脱贫户,事迹上了阜阳电视台《新闻联播》,村里人在电视上看到后纷纷竖起大拇指。

"一把手"是个把梦想藏在心底的人。戊戌年小麦出穗时,那天他悄悄问我:"我想入党!可以吗?"

"为什么想起入党?"

"我一个残疾人,如果没有党的扶贫政策我凭啥过上好日子?"

"知道入党的条件吗？"

"知道哩，我正在用党员的标准要求自己哩，我会把入党当成至死不渝的梦想。"

"入党就要像工作队那样以给群众谋福利为快乐。"

第二天，"一把手"向村党总支递交了入党申请书。

他在申请书中写道：

是脱贫攻坚的许多帮扶措施，让和我一样的许多贫困户走出贫困，过上了好日子，由此我感觉到共产党是带领全国人民过上幸福日子的政党，是值得全国人民信赖的政党，我作为失去一只胳膊的残疾人，有幸赶上了脱贫攻坚的好政策，通过勤劳致富领取了脱贫光荣证，今生今世不忘党的扶贫政策恩情，没有党的扶贫政策就没有我今天的幸福生活，我十分珍惜在扶贫车间来之不易的工作机会。我看到村里的许多共产党员，他们时刻以党员的标准要求自己，吃苦在前，享受在后，进一步坚定了我加入党组织的决心。

2018年"七一"前夕，"一把手"得知村党总支把他确定为入党积极分子后，高兴得一夜没睡着。村总支书马若付和"一把手"谈话时，"一把手"动情地表示："我将用实际行动向党组织靠拢，努力过上更有意义的生活。"

2018年6月29日新华网以《一个独臂脱贫户的人生转折》为题，报道了明恒星由贫困户成长为入党积极分子的经历。《阜阳日报》在头版推出人物通讯《独臂"明星"要入党》，随后被各大网站广为转载。

"一把手"自强不息的奋斗精神和敢于担当的主人翁情怀，感动了诸多知情人，颍州区评选劳动模范时明恒星榜上有名。

2019年春节就要到了，在外打工的村民们都已从四面八方回来过年，腊月二十八下午，大许村党群服务中心二楼会议室内挤满了人，工作队精心准备的"劳模明恒星颁奖仪式"在这里举行。颍州区总工会主席张彪专程赶到现场,为"一把手"颁发颍州区劳动模范证书和奖章。

"经过颍州区劳模评审委员会认真评审,并报区政府常务会议研究后,明恒星被确定为颍州区劳动模范,所有人都认为这个称号对明恒星来说名副其实。"表彰会上张彪要求大家学习明恒星不甘现状努力进取的精神。

明恒星手托获奖证书,当众表态:"我虽然只有一只手,但在脱贫路上绝不拖后腿。身体残疾更不能认输,政府有帮扶,自己心中有梦想,敢于奋斗,我不怕路远路长。"话音刚落,台下掌声响起!

两年多时间内,"一把手"实现了由一名贫困户到阜阳市最美脱贫户、大许村入党积极分子,直至颍州区劳动模范的三级跳。人民网记者李家林闻讯采访后在《新春走基层》栏目刊登了题为《阜阳:独臂贫困户登上劳模领奖台》的新闻。

(五)

2019年夏天,正当"一把手"在扶贫车间干得起劲的时候,因布局调整佳豪旗帜厂取代了仿真花生产车间,并带来了原班人马,"一把手"在这里没了用武之地并未丧气,他很快被外地一家百人就餐的食堂聘为管理人员,月工资4000多元。

"一把手"儿子明辉这时从广东工程职业技术学院毕业了,被城里的一家企业录用,儿子已和女朋友确定了11月2日在小明庄举行婚礼。2019年金秋时节,"一把手"忙着为即将结婚的儿子装修新房,那天我在村头遇见了"一把手",他十分认真地表示:"不管在哪干,我都不会忘记曾经递交的入党申请书,如果扶贫车间有一天需要我回来,我二话不说听从安排。"

草河湾一带娶媳妇办喜事,大都是请大厨上门,在自家院子里摆酒席。离11月2日还有好多天,"一把手"骑着电动三轮车一天一个集,有时一天能到集上去几趟,已经出嫁的女儿跟着他跑前忙后,有人建议"一把手"请来河南的戏班子热闹热闹,"一把手"回应道:"没必要大操大办,省着钱还要过日子哩。"其实有句话他没有说出口:"既然递交了入党申请书,俺就要用党员的标准要求自己。"

"一把手"今年的心情特别好,娶到家的儿媳妇开口闭口喊她爸,每每听到儿媳妇这样喊他,他的心里比吃了蜜还甜。眼下儿媳妇娶到家,该办的大事也办了,他也算是完成了人生的一件大事,少了些牵挂,心情也格外舒畅,进出家门不时地哼着小曲。

还有几天就要过年了,在大许村几条主要干道,不时地能看到各省牌号的车辆扎堆停在路边,不是嫁闺女就是娶媳妇,或者是剃辫子的,办这些喜事一般都是选在年里年外,这个时候外出打工的该回来的都回来了,人聚得比较齐,往往都是请来厨子,杀猪宰羊,在自家院子里大摆宴席,也有手头宽裕的图个省事,干脆在村头的百味农庄体面地订下所有的包间。腊月二十三和腊月二十六这两天,"一把手"连续喝了两场喜酒之后,又接到了一位亲戚送来的请帖,邀他一家在正月初三前往贺喜,宴会就在不远处的百味农庄,贺喜的缘由是给三代单传的独苗剃辫子,按辈分亲疏"一把手"还是到场祝贺的重要客人。

眼见着鼠年春节到了,村头的百味农庄老板早早备好了大量食材,准备在节日前后大赚一笔,未承想一场新冠肺炎疫情给包括大许村在内的所有国人都带来了前所未有的挑战。

大年三十上午,村头的喇叭不停地广播着防控新冠肺炎疫情的通知,电视上铺天盖地全是防控新冠疫情的新闻。"一把手"赶紧给发请帖的亲戚打电话,要他取消原定大年初三的宴席,见亲戚还在犹豫,"一把手"口气坚定地劝道:"你没听广播看电视吗?这次的新冠肺炎疫情厉害得很呀,你敢摆场子,就怕没人敢去,即便你不取消,百味农庄肯定也会关门谢客。"

攒足了劲的百味农庄像轮胎上扎了根钉子立马没了气,去年这个时候人来人往格外热闹的农庄顿时冷冷清清,不见了人影。装着喇叭的宣传车一天到晚在村头巡回播放防控新冠肺炎疫情的通知,不停地提醒村民宅在家里不要外出,村民的手机每天都会收到阜阳市疾病预防控制中心统一群发的"疫情防控温馨提示"。

和大许村相邻的草河南岸阜南县新村镇出现了新冠肺炎患者,加之村里有将近二十人是从武汉回来过年的,大许村一时如临大敌,5个疫情防控卡点一夜之间出现在全村通往外界的主要交通路口,建立一支稳定的防控疫情志愿者队伍迫在眉睫,"一把手"主动请缨上阵,佩戴"疫情防控执勤"袖章配合村"两委"干部坚守在大许村通往新村镇的主干道疫情防控卡点上,给过往行人测量体温,查看有无手续,认真登记过往行人的身份证号、手机号码及车牌号,像在扶贫车间登记每个人的计件数字一样,"一把手"记得仔细,写得工整。有时遇到南北两庄的熟人,如果不符合规定,他会耐心劝说其待在家里,不到万不得已不要到外面去。那天草河南岸椿树庄有一对夫妻骑着电动三轮车经过王竹园卡点去华佗集超市买东西,开电动三轮车的男人多年前和"一把手"就是熟人,见是老熟人执勤,一边递香烟,一边笑着说:"在家闷了这么多天,急得不得了,想去华佗集转一圈散散心。""一把手"笑着对他说:"不是我们不放你过去,让你过去了,下一个卡点也不会给你放行,到时候你还要原路返回。新冠肺炎这么厉害,你是吃天胆了还敢往外跑。"随后给他念了几句从网上看到的防控新冠肺炎宣传标语:

"今天到处串门,明天肺炎上门。"

"疫情当前不添乱,待在家里莫乱转。"

"宅在家里莫乱跑,得了肺炎不得了。"

接下来"一把手"又打开手机让他看了网上流行的"硬核"村干部广播讲话。还没看完,两口子就不好意思开着电动三轮车回去了。

2020年的冬天格外漫长,许多人宅在家里有点焦躁不安。位于草河桥北头的王竹园疫情防控卡点从年初二到二月二"龙抬头"仍没有撤除。

"没有一个冬天不会过去,没有一个春天不会到来。"阳历三月上旬这个疫情防控卡点终于撤销了,两个多月时间,"一把手"每天都要坚守在这里。在卡点即将撤除的时候,草河两岸的油菜花陆续开放,沉睡的草河开始焕发生机,离卡点往西几百米的地方,是一片开阔的水面和滩涂,水不太深,杂草丛生,但水质清澈,一年四季都会有成群的野鸭在这里捕食小鱼小虾。在卡点撤除的最后一天上午,两个长头发小青年骑着一辆摩托车沿着草河南岸疾速朝西奔去,草河南岸河坝是一条高低不平的土路,除了农忙时节有劳作的村民出现在这里,平时一般没人到这里去,站在卡点执勤的"一把手"隐约看到坐在后面的小青年怀里抱着打鸟的土枪,心想这难道是去打野鸭吗?此时卡点正好有四个人在同时值班,"一把手"离开卡点快步跟在他们后面,原来是两个小青年闲来无事带着自制的土枪到这里,正瞄准河里嬉戏的野鸭准备扣动扳机呢。

"住手!不能打!""一把手"大声制止道,"打野鸭吃野味要遭天谴的!"

小青年循声望去,原来是一个仅有一只胳膊的人站在不远处向他们喊话:"前几天电视里还在说禁止野味呢,你们要是敢打野鸭,我现在就给派出所报警。"

小青年本想到这里打几只野鸭解解馋,没想到在这地方,偏偏遇到个多管闲事的人,本不想买账,但发现了他胳膊上醒目的"疫情防控执勤"袖章,顿时没了底气,立马转身骑摩托车跑了。

"要在以往,我不敢制止他们。""一把手"坦言,"是胳膊上的这个红袖章给了我胆量,要不然我说话也没这么硬气。"

二 跟老婆"谝钱"的男人

2018年农历五月初,草河湾一望无际的绿色麦海一夜之间争先恐后地甩出了麦穗。

一大早,刘作道从院子里推出电动三轮车,很快消失在被绿色麦浪拥抱的草河湾乡村公路上。

刘作道头天已经和几公里外天棚集卖鸡苗的老板讲好了,今天要去拉鸡苗。到了天棚集,卖鸡苗的老板提醒他:这些才出壳的鸡苗成活率明显不如出壳二十天之后的鸡苗,如果是二十天之后买回家,既省心成活率又高。

刘作道没听老板的劝,执意把刚出壳的八百多只鸡苗分三次运回了家。那天我到大许村刘寨走访刘作道,恰逢他刚把鸡苗运到家。

"喂鸡就是个辛苦活,要是等二十天之后再买回家,省心倒是省心了,但八百多只鸡苗至少要多花3000块,我多辛苦二十来天,同样能把鸡娃子喂得活蹦乱跳。"刘作道告诉我,"喂鸡最辛苦的就是孵出蛋壳之后的二十天,无非就是白天晚上多忙些。"

"不辛苦,钱还能长腿往家跑?"刘作道认准了一个理,天上不可能掉馅饼,不付出就不可能有收益。

那段日子里,刘作道在自己的堂屋里支起几盏大功率电灯,为鸡娃取暖,他每过几天就要去集上把疫苗往家买,定期给鸡娃的饮水里混些防病的疫苗。

初夏时节,成群的蜜蜂在大许村房前屋后的花丛中忙碌着,辛勤地飞来飞去,刘作道不时和飞舞的蜜蜂撞个满怀。他仔细照看着这些鸡娃,一天能喂四五遍。白天还好说,深更半夜,正是睡得香甜的时候,刘作道要准时起来给鸡加食。

乡村的夜晚,群星灿烂,夜空深邃,窗前蛙虫的鸣叫声此起彼伏,犹如一首欢快的乡村奏鸣曲。

但刘作道可无心欣赏这些。

他拖着疲倦的身子,睡眼蒙眬,给鸡添食之后,倒头便睡。

天亮了,刘作道起床洗把脸,开始做早饭,饭做好之后,把妻子从床上抱到轮椅上,端来一盆温水,用热毛巾给妻子洗脸。这是刘作道每天必做的功课。

刘作道的妻子张德霞几年前因糖尿病诱发左小腿萎缩，小腿常常是不分白天黑夜地疼。那天我到刘作道家，刘作道到集上买鸡食去了，张德霞一个人坐在轮椅上正痛苦地流着眼泪，见了我，她禁不住失声痛哭："天天这样活受罪，我真的不想活了。"

面对这样一个无助的病人，我一时不知该如何开导她。正说话间，刘作道骑着电动三轮车从集上回来了，他似乎已经习惯了妻子的这种状态，他一边和我打着招呼，让我在院子里坐下，一边忙着把买来的鸡食从三轮车上搬下来。

刘作道转身望着坐在轮椅上的妻子，无奈地告诉我："她得了这个受罪的病，我也没办法，有时疼起来要命，医生提出的截肢治疗建议，俺俩痛苦地纠结着，一直下不了决心。"

二十多天过去了，田野里欢畅的麦穗已经由青变黄，刘作道的鸡娃除了相互斗架死掉几只外，每只鸡娃都长到了半斤以上。前来给鸡苗做防疫服务的老板，见刘作道的鸡娃子长得这么好，连声夸刘作道是个上心靠谱的人。

刘作道告诉我，每天只要看到这些生龙活虎的小鸡，顿时就会忘掉烦心事，看着这些小鸡一天一个样地长大，他一天比一天有心劲。

20世纪60年代初出生的刘作道，居住在大许村刘寨水泥路南侧，是全村首批建档立卡贫困户。工作队进驻大许村不久，这个身材瘦高、走路有点微跛的贫困户，就引起了我和永刚队长的注意，每次召集贫困户开会，他都是最早来到会场。

刘作道自小左腿左胳膊比正常的右腿右胳膊明显细了一圈，虽不能干太重的体力活，但对正常的生活和劳动影响不大，雪上加霜的是，面对离不开轮椅的妻子，刘作道断了到外面打工挣钱的念头，无奈地在家里守护着生活不能自理的妻子。

"两个儿子娶媳妇分家后，都是建房欠了一堆账，到外面挣钱还债去了,如果再伸手跟儿子要,我们当老的也于心不忍。"回首两年之前的生活,刘作道如此叹息。那时他也想干事,但一没手艺,二没本钱,借钱借不到,贷款贷不着,很长一段时间,他处于致富无门的焦虑状态,看不到生活的光亮,他时常愁眉苦脸,唉声叹气。

刘作道做梦也没想到,产业扶贫、到户政策让他如鱼得水。

2017年5月,在工作队的鼓动下,刘作道抱着试试看的想法参加了颍州区举办的劳动技能培训班,二十多天的学习,让小学毕业的刘作道大开眼界,由此产生了养鸡致富的念头。

但学习结束回到家,几天之后,刘作道养鸡致富的激情很快消失了,养鸡是个技术活,虽然学了些理论,但毕竟没干过,他担心辛辛苦苦干了一场,是鸡是蛋还难说。妻子虽然得了缠手的病,但根据颍州区健康扶贫政策,办理了慢性病就诊卡,大部分花费都得到了报销,随着危房改造、公益岗位、小额信贷、社会保障等扶贫政策的精准发力,刘作道眼下已是吃穿不愁,基本达到了脱贫的标准。

那天我再次来到他家,两个狗娃在我面前跑来晃去,和刘作道聊天时,见他对养鸡犹豫不决,想打退堂鼓,我给他讲了一则农妇和乞丐的故事:

> 有一个乞丐,他的右胳膊断了,样子很可怜,谁见了都会施舍。
>
> 有一天他来到一个院落宽大的农户家行乞,农妇叫他把眼前的一堆砖搬到院子后面,乞丐生气地对农妇说:"你明明看到我只有一只手,却让我搬砖,不是存心捉弄我吗?"
>
> 没想到农妇蹲下来,故意用一只手搬起砖头来回走了一趟,然后对乞丐说:"我一只手能搬,你一只手为什么就不能搬?"
>
> 乞丐无言以对,硬着头皮用那一只手慢慢搬,整整搬了两个小时才搬完,累得满头大汗。
>
> 农妇随后给了他20元钱,乞丐接过钱之后,似有所悟:原来我也

可以用力气挣钱？

　　乞丐连声道谢，农妇说："你不用谢我，这是你用汗水换来的工钱。"农妇话未落音，又递给他一条白毛巾，乞丐擦完脸和脖子后，白毛巾变成了黑毛巾。乞丐说："我永远不会忘记你，请把这条毛巾留给我做纪念吧。"

　　过了若干年后，乞丐穿着一身笔挺的西装，再次来到这个农妇家。

　　见到年迈的女主人，他动情地说："我从前是乞丐，现在是一家公司的董事长，是您帮助我找回失去的尊严，重建生活的信心，也许没有你，我还在四处流浪。"

　　农妇说："这完全是你自己干出来的。"

　　独臂董事长提出送一幢别墅给农妇，农妇婉言谢绝。

　　董事长不解，农妇笑着说："因为我全家人都有一双手。"

　　刘作道认真听完了这个故事，我趁热打铁："独臂乞丐从自己的奋斗中领悟到生活的趣味和价值，他之所以能够成就一番事业，靠的是啥？"

　　"他靠的当然是信心。"刘作道不假思索地回应道，"一只胳膊的乞丐都能成为董事长，我刘作道不会装孬！"

　　刘作道说干就干，镇、村包保帮扶干部王静、陈继华帮助刘作道申报了4000元产业扶贫资金，他很快购买了380只鸡苗。

　　紧邻刘作道住宅的是一片方方正正的承包地，他在靠近住宅的地方搭了个简易鸡棚，用铁丝网栅栏沿地边和东、南、西三面的庄稼地隔开，这里俨然成了空气清新的天然养鸡场，白天成群的鸡都在这片场地跑动，晚上或刮风下雨的时候，鸡群回到临时鸡舍。刘作道尝试着林下养鸡，在这片地上栽了几十棵桃树苗，春天桃花盛开的时候，这片开阔的桃园成了一处迷人的乡村风景。

　　夏天的夜晚，刘作道在这片场地的中心挂上两盏矿灯，明亮的灯光吸引着周边田野里成群的昆虫,这些朝灯光聚拢而来的昆虫上下起落,为抢到这些天然美食,等候在这里的鸡群欢快地蹦着、跳着,待其吃饱后,他再关灯让鸡休息,此举既节省了喂鸡的饲料,消灭了害虫,又加快了鸡的生长。这些吃昆虫长大的小鸡肉质细嫩,味道鲜美,更受消费者青睐。

刘作道起早贪黑地忙碌着。三个多月鸡出笼时恰逢中秋节,他尝到了收获的快乐。

"那些天我骑着电动三轮车,周边的集镇,哪个集镇人流量大就往哪个集镇跑,一天三五十只,每次都能卖光。"刘作道至今仍沉浸在当时的高兴劲之中,"其中一只毛色较好的大公鸡,每斤十几块,一只鸡就卖了110块,喜人呀!"

"其实喂鸡没有多大的学问,只要掌握好喂药、防疫,招呼好不生病就行了。"说到激动处,刘作道的舌头有点打结,"不过喂鸡是个让人操心的活,人可不能懒,一定要勤快,每天必须定时定量添加饲料。"

"去年6月初买回的鸡苗,中秋节出售时由于鸡的红色羽毛没长出来,每斤少卖了一两块钱,今年5月初就买回了鸡苗,比去年提前一个月,到中秋节出笼时鸡的红色羽毛就长出来了。红色的公鸡,发亮的羽毛,看上去成色好,不仅卖得快,还能卖上好价钱。"刘作道是个有心人,他显然比去年多了些经验。

2017年,刘作道养鸡获利万余元,人均纯收入过万元,妻子张德霞住院花费10853元,报销之后个人花费1467元,同时获得危房重建补助2万元。2017年底,刘作道高标准脱贫,喜领脱贫光荣证。

有了去年养鸡的经验,刘作道下决心扩大养鸡规模。2018年春节刚过,刘作道忙着搭建鸡舍。村里为他申报的6000元"以奖代补"产业扶贫资金一时还没到位,工作队得知刘作道搭建鸡舍、买鸡苗手头一时紧巴,永刚队长当即表态:从团省委捐赠大许村的资金中先借3000元给他。

"像刘作道这样的脱贫致富带头人,工作队和村'两委'班子必须全力支持。"永刚强调说,"在大许村还要认真排查,无论贫困户还是脱贫户,谁像刘作道这样撸起袖子加油干,我们就支持谁。"

麦茬地正在播种黄豆的时候,我再次来到刘作道家,他二话没说就到前边的桃树上摘了几个桃子要我尝鲜,并要我临走时带走几个。望着刚刚放入桃园的鸡苗,刘作道兴奋地告诉我:"现有的 800 只鸡苗都已长到 7 两以上,中秋节前后,待黄豆收割的时候,注定要赶上一个好市头。"

金秋时节,刘作道付出的汗水果然得到了回报,每天刘作道到集上卖鸡的时光让刘作道找到了一个乡村男人的幸福感,回到家见了躺在床上的老伴,第一句话就是"你猜猜,我今天卖鸡卖了多少钱"。这是刘作道和老伴交流时最融洽的话题。

"老伴长期在病床上无法动弹,病魔把她折磨得厉害,有时痛起来叫喊都没有人理,她得了这个受罪的病,我真的啥办法都没有,跟她讲话她很少接腔,但唯独喜欢我让她猜卖鸡卖了多少钱。"

"每次从集上卖鸡回来,我都故意把卖鸡的收入往大了说,明明是卖了 800,我偏偏说成 2000,就是为了让她高兴高兴。"

刘作道心中最清楚,最让老伴牵挂的是出走多年的闺女至今没有一点音信。

十年前闺女提出要和在外打工时认识的一个外省人结婚,刘作道和其他家人满口拒绝,理由是好不容易养大个闺女,突然要嫁到几千里外的地方,连走一趟娘家都不容易,搞不好一年连一次面都见不上。刘作道没能说服闺女,坚决不同意这门亲事,闺女一气之下离家出走,至今没有任何信息。刘作道虽然口中说过权当没有这个闺女,但每每想起失散多年的闺女,心中总是疼痛。

转眼到了 2019 年早春时节,虽说跑了不少医院,也从未因治病花钱而发过愁,但老伴的病一天比一天严重。一连好多天茶水未进了,刘作道明白老伴的日子已经不多了,她知道老伴还有一个愿望,就是离开这个世界之前能见到失散多年的闺女。

有人给他出主意,说这年头互联网把全世界都连在了一起,如果到西湖镇派出所,请公安在网上查查闺女的线索,说不定还有一线希望,刘作道觉得这话有道理,决定去派出所碰碰运气,兴许能得到闺女的信息。

初春的天气,仍然寒意袭人,刘作道骑着那辆电动三轮车,迎着冰凉的寒风直奔西湖镇派出所。派出所民警接到他的求助,当即打开电脑,输入身份证号码,很快找到了他女儿在杭州市萧山区的信息,半个小时后接通闺女的电话时,刘作道已是泪流满面。

得知母亲已处在弥留之际,闺女和女婿两人开车从杭州市萧山区出发直奔大许村刘寨。

闺女到家后扑通一声跪在母亲的床头,给母亲喂了一汤勺水,此时母亲望着从天而降的闺女,已无力说话,眼角流出了一滴泪水,十分钟之后,撒手西去。

"老伴在病床上受罪受够了,如今也算得到了解脱。"刘作道在给我打来的电话中如是说,"值得庆幸的是临走之前见到了女儿,她心无牵挂,安详地离开了人世。"

刘作道是大许村产业扶贫的励志人物,我在《安徽青年报》上发表了题为《刘作道:有了阳光就灿烂》的报道,图文并茂并配发了颍州区委副书记、区长张俊杰的特约点评《产业脱贫呼唤更多的刘作道》。张俊杰在点评中写道:"幸福都是奋斗出来的。刘作道的故事再次说明只有坚定者、勤劳者、奋进者在摆脱贫困的道路上方能有所作为。刘作道的可贵之处在于他不甘贫困,善抓机遇,乘势借力,认定了目标,不怕出力流汗,播种希望,方能收获梦想和快乐。当前产业到户扶贫不缺资金、不缺项目,而是缺乏对市场信息的准确把握,尤其是缺乏贫困户的内生发展动力。贫困户大多文化水平不高、观念保守、缺乏致富技能,正因如此,还需要帮扶人员关键时刻推一把,走过去就是春暖花开的艳阳天。"

三　抱媳妇打转的老嘎子

在草河湾一带，弟兄中排行最小的大都被称为嘎子。身高一米四的大许村贫困户许治军，作为家中的老小，因个头站那还不到正常人的肩膀，所以被人称作老嘎子。村里人从小到大一直喊他老嘎子，少有人称他的学名许治军。

到大许村不久，我就听说了有关老嘎子的趣事。三十年前的时候，老嘎子空闲时喜欢到牌场打小牌，在村小当教师的大哥许治安多次劝他不要去牌场，但老嘎子仍禁不住诱惑。一次他在牌场玩得正酣，大哥绷着脸来到他身后，足足站了十几分钟，他都没有发现。正当他赢了牌眉开眼笑之际，大哥拎着他的耳朵，直接把他拎出了牌场。

自此老嘎子玩牌总是背着大哥，生怕一不小心又被大哥拎了耳朵。

（一）

老嘎子居住的地方和工作队宿舍相距不过两百米，他每次到扶贫大棚都会路过工作队宿舍门口，平时赶集上店来来回回又要路过这里，所以我时常看到老嘎子的身影。

老嘎子朴实得像秋天田野里的一棵红高粱，每次见到我，脸上总是挂着憨厚的笑容。

老嘎子如今已年过五十，紫红色脸膛，早已头发花白，或许是长期从事体力劳动，他脸上一道道的皱纹，看上去比实际年龄要大几岁。他虽明显比正常人矮了一截，但身板结实，两脚和双手粗壮有力。

和老嘎子住处相距不远的大许村包片干部许明增不止一次地在我面前夸赞："老嘎子脑袋虽然不是多灵光，但办事有板有眼，干老实活，办老实事，从不偷懒耍滑，村里的脏活重活他总是走在最前面，他的口碑绝对杠杠的。"

在大许村,老嘎子和明恒星一样,在公益性岗位上总能干得漂漂亮亮。2017年秋季,由老嘎子负责大许村以东的玉米秸秆焚烧巡查,他发现几百米外一处刚被点着的秸秆后,飞奔而去,及时扑灭了即将连片燃烧的秸秆。

老嘎子的家和刚刚建成的大许村村民公园隔沟相望,不怕出力的老嘎子主动承担了为公园花草浇水的任务,早晨晚上时常能见他手持喷水管给这里的花草浇水。

我曾多次看到老嘎子不怕吃苦的劳动情景。在大许村扶贫车间机械安装现场,老嘎子穿着短裤背心,一趟又一趟抬着笨重的钢铁部件,不时用毛巾擦着汗。在大许村危房重建现场,我每次看到他,不是在扎钢筋、搬砖头,就是抱着沉重的水泥袋。想到他常说的那句"我啥都怕,就是不怕出力流汗",我总是不由得心疼他,我曾多次提醒他如此不怕流汗不惜力,可别累坏了身子,每次他都没什么言语,总是用那招牌式的憨笑回应我。

老嘎子为人实诚,干活卖力,村里人都很喜欢他。三十年前,老嘎子不到20岁,就被村里的能人带着到浙江、上海的建筑工地打工。见他个头矮小,建筑工地的老板刚开始不愿接收他,但半天的活干下来,就喜笑颜开地接纳了他。那时他虽挣钱不多,但解决了温饱问题,并且每隔三五个月会从邮局给家里寄些积攒的小钱。

(二)

老嘎子身上有许多中国乡村男人的优秀品质。妻子刘贺平当初下决心嫁给他时并未对他不高的身材有过多的考虑,只是觉得嫁给这样的男人很可靠。儿子出生后,手头虽不宽裕,但一家三口其乐融融。

人生无常,世事难料。2011年5月的一天,正在浙江打工的老嘎子突然接到家人打来的电话——媳妇脑出血正在医院特护室抢救。老嘎子心里咯噔一下,心急火燎地乘火车赶到媳妇的身边。经过一段时间的救治,老嘎子媳妇虽保住了生命,但从此落下了偏瘫、间歇性癫痫的后遗症。

刚刚出院那两年,面对瘫痪在床大小便失禁的媳妇,老嘎子每天给她端屎倒尿、擦洗身子,天好的时候,把媳妇从床上抱到院子里晒太阳,还变着法儿做媳妇喜欢的饭菜,每天协助做康复理疗。经过两年多的精心护理,媳妇终于可以下床拄着拐棍慢慢挪动了,在一只胳膊和一条腿无法抬动的情况下,每天可以挪动个百把几十米,这让老嘎子格外高兴。

有时候,老嘎子做好中饭或晚饭了,媳妇仍在几十米之外的地方挪动着往家走。每当这时,老嘎子总是满脸笑容快步来到正在挪动的媳妇身边,一把抱起媳妇原地打两个转,然后一阵快步把媳妇抱到家里的饭桌前。

不要看老嘎子个子不高,他一把抱起媳妇的动作却相当麻利,并且一口气抱到家不带歇的。抱媳妇打转后回家吃饭似乎是老嘎子每天最开心的一件事,两口子同时绽放笑容,似乎比神仙还快乐。

老嘎子深深地爱着他的爱人,尽力给他所爱的人最大的快乐。我经常看到老嘎子骑着那辆红色电动三轮车,和媳妇并排坐在三轮车驾驶座,去三公里外的华佗集。他是个细心的男人,生活中能让爱人舒服的很多细节他都想到了,他不只是到集上给媳妇买些喜欢吃的东西,更重要的是带着媳妇到集上吹风见光散散心。

"四弟是大许村起床最早的男人。我有起早锻炼身体的习惯,每天开门都会看到前院老四的屋里亮着灯光,不用问,他一准在做早饭、洗衣服。"老嘎子大哥许沼安告诉我,"四弟每天六点就已做好早饭,常常在七点前第一个来到离家不远的建筑工地。"

"四弟为人孝顺得很,每当他改善生活的时候,总要把好吃的先端给住在我家的 80 多岁的老母亲。"老嘎子大嫂吴艳萍如是说,"有空的时候,四弟喜欢到母亲身边聊天叙话,他心很细,时常给老母亲捶背梳头。"

（三）

　　大许村建筑队工头许志传说起老嘎子时关不上话匣子：老嘎子为人厚道，干活不藏力，他有困难大伙都乐于帮助他。前两年老房子没法住，老少爷们知道老嘎子不容易，纷纷把老宅拆掉的旧砖头送给他建新房，大家有工出工，有力出力，加上他赊下的门窗，很快就建成了二层楼房。他盖楼房用的砖和工人几乎没咋花钱，造价十几万的二层楼房他最多也就花了六七万。

　　老嘎子没日没夜地忙碌，一天到晚想着挣钱还债，没两年就填平了建房欠下的小债。

　　2018年3月，工作队筹集资金在小陈庄路边兴建了16个钢构蔬菜大棚，无偿交给有劳动能力的贫困户家庭经营。正当少数有劳动能力的贫困户因懒汉思想找各种理由退避三舍时，老嘎子主动申请经营其中的一个蔬菜大棚。

　　"你既要在建筑工地干繁重的体力活，又要护理行动不便的妻子，是否有精力经营好蔬菜大棚？"负责扶贫大棚工作的工作队扶贫专干许明唯恐他力不从心，当即说出了心中的顾虑，"既然接手经营大棚，就得下功夫把大棚打理得像模像样。"

　　"请你们一百个放心，我一定能经营好你们提供的蔬菜大棚，何况还有辣椒种植大户包技术、包销售。"老嘎子虽然说话声音不高，但憨厚的面孔让人感觉是个干事绝对靠谱的人，"我没多少文化，啥都怕，就是不怕出力流汗。力气不要花钱买，只要是出力流汗能解决的事，对我都不是事。"

　　老嘎子对经营大棚蔬菜的确很上心，他一有空就来到大棚看看辣椒生长情况，浇水、除草、打药，随时向技术指导员咨询注意事项。

　　眼下老嘎子刚刚大专毕业的儿子，加入了城市寻梦的行列。像父亲一样，儿子在城里打工不怕出力流汗，每月手头多少有了些节余。老嘎子最大的愿望就是儿子早一天娶上媳妇，从他自信的目光中，我感觉他距离抱孙子的光景也许不远了。

老嘎子自 2014 年被列为建档立卡贫困户,通过享受公益岗位、金融扶贫、光伏扶贫、产业扶贫、低保补助等扶贫政策,每年增收 2 万元。2019 年底,老嘎子被评为阜阳市最美脱贫户。

作为老嘎子的脱贫包保责任人,西湖镇镇长刘勇和我聊起老嘎子,称赞老嘎子心中有阳光,脚下有力量,每次上门问他有没有什么需要解决的问题,他总是憨憨地笑着,很少提出过什么要求。

刘勇说,每当遇到"等靠要"思想严重的贫困户,他总喜欢掏出手机把拍下的老嘎子和媳妇的生活场景给他们看,老嘎子脱贫致富的故事曾让许多贫困户深受教育。刘勇说,他那么大的家庭困难,都没影响脱贫致富,那些身体正常且没太多困难的贫困户,还有什么理由不激发脱贫致富的内生动力?

对老嘎子这个大许村的励志典型,我曾在《安徽青年报》以《许治军:妻子心中高高的山》为题大篇幅报道过他的事迹。

老嘎子虽然事迹上了报纸,但也并非完人。阴天下雨没事干的时候,看村人玩牌,他免不了手痒,偶尔忍不住要往牌场跑。村人知道他在牌场最怕遇到拎耳朵的大哥,每当他赢的时候,有人就会拿他开心:"老嘎子,你大哥来了。"老嘎子最怕听到这句话,对他来说,苦不怕,累不怕,就怕大哥到牌场来找他。

四　小院里的枣子熟了

王竹园王子标院里的枣子熟了。

那棵老枣树今年结的枣子特别多,像玛瑙一样密密麻麻的红枣,把那些富有韧性的枝丫坠成了弧形。

一树的红枣,满院的风景,让这个僻静的农家小院多了些生机和活力!

王竹园在哪？

沿华天路到草河北岸大许村最南端，会发现连片被杂树掩映的老宅子，曾经竹林茂盛的王竹园就坐落在这里。数辈生活在王竹园的村民近些年陆续搬进了路两边新盖的楼房，老宅上破旧的院落大多长满荒草，门上挂着一把生锈的铁锁，间或有零星散居在老宅的村民，不用问，十有八九是村里的贫困户。

（一）

王子标那破旧的三间瓦房和两间厢房，就在王竹园那条老沟的东岸。

2017 年 5 月，枣花盛开时，工作队进驻大许村没几天，贫困户王子标就已进入了我和永刚的视野。

年已四十的王子标，曾有过幸福快乐的时光。十多年前他随民工潮赴浙江绍兴服装厂打工时，和同在服装厂的一位外地打工妹朝夕相处，互生爱慕，两人很快坠入爱河，尚未办理婚姻登记手续，就已同居生子。年迈的父母也不问儿子是否办理婚姻登记，看到当初单身一人出去的儿子如今把漂亮的媳妇连同满月的孙子带回了家，高兴得合不拢嘴。没花钱、没送彩礼就娶了个比自己小好多岁的老婆，王子标很知足，也很珍惜和媳妇的感情，平日里知冷知热的，对媳妇疼爱有加，虽然手里没多少钱，但小日子过得有滋有味。

可好景不长，幸福生活很快到了拐点。儿子四岁那年，王子标一家三口到北京打工，在一家酒店当服务员的媳妇渐生异心，撇下了儿子和老公。

王子标带着受伤的心无奈地回到了生养自己的王竹园老宅，随着父亲的病故，看着腿有残疾靠双臂和手腕支撑行进的母亲，王子标打消了到外地打工挣钱的念头。他是爹妈唯一的儿子，三个出嫁的姐姐家境一个不如一个，王子标一边带着没妈的儿子，一边伺候着八十岁的老母，没了其他收入，就这样不知不觉成了村里的贫困户。

（二）

那天傍晚，工作队第一次走访王子标，他那年迈体弱的老母亲正坐在那棵开满枣花的老树下等待儿子归来。大门口拴着一条黑色母狗，两只黑色的狗娃见我们到来，摇头摆尾在黑母狗身边绕来跑去撒欢。正和老人拉家常，王子标骑着农用三轮车以极快的速度到院子里突然停下。

中等身材的王子标，浓浓的眉毛，看上去精干利索。得知我们是驻村扶贫工作队，王子标随即把我们让到屋里坐下。刚刚进屋，我们便被堂屋里三面墙壁上挂满的十字绣作品包围了，《孔雀开屏》等一幅幅绣工精细、画面逼真的十字绣作品居然是这个大老爷们的杰作，桌子上摆着的一整套刺绣工具，化解了我们的半信半疑。

王子标憨憨地笑着，总觉得少了些男人的阳刚之气，说话时慢声细语："日子虽穷，但总得一天天过下去。我平时不打牌、不吸烟，别人打牌我连看也不看，一有空就喜欢搞十字绣，阴天下雨不能外出，在家就像上班一样，早上吃过饭八点钟开始，中午十二点做饭，下午两点多绣到六点，晚上吃过饭，把老母亲安顿好，再接着干，每天看着挂在家里的十字绣作品，心情特别好。"王子标说，"搞十字绣是个细活，我不急不慢，感觉快乐有趣，从未有一针一线的失误，比如绘制图案复杂的《年年有鱼》，七十多种各种颜色的丝线，没有出现一丝差错，当一幅作品完工时，心情别提多高兴了。"

从王子标手绘的图案中，不难看出他对富足生活的向往，《富贵有余》《百年好合》《家和万事兴》等作品，充盈着他对美好家庭生活的渴望，虽是贫困户，但在他内心深处仍蕴含着不甘现状的追求。

王子标告诉我们，为腾出身干点零工挣些钱，他把孩子送到几里外的一所寄宿制学校读书，到周末要把孩子接回家。双休日晚上，看到母亲在里屋香甜地睡着，儿子在身边认真做着老师布置的作业，他心里就会生出踏实的感觉，但又觉得跟圆满的家庭相比多了些缺憾，不能老是这样过下去。

"你这么有情致的人,生活完全可以更精彩。咱们要找个摆脱贫困的突破口,尽早娶上媳妇,开始幸福美满的新生活。"从屋里出来,站在那棵枣树下,永刚和王子标边握手边鼓劲,"从现在起,咱首先从有序存放院子里的这些柴草杂物做起,逐步改善人居环境,提振咱们的精气神。"

王子标听后很激动,眉宇间瞬间闪过一丝不易察觉的光亮。

(三)

大许村的夜晚静谧而又充满诗意。夜已经很深了,窗后田野里的蛐蛐一阵接着一阵鸣叫。我虽然早已把蛐蛐的叫声幻化成悦耳的乡村音乐,但躺在床上仍然无法入眠,眼前不时浮现出王子标的身影。自从那次登门走访后,王子标的院子整理得赏心悦目了。于是我打开王子标的微信朋友圈,想尽可能了解其思想动向。

王子标微信朋友圈晒的许多画面随即映入了我的眼帘——有他和十岁儿子在一起的快乐生活场景,有他正在仿绘的《大展宏图》画面,有他包的金元宝饺子和看上去诱人食欲的菜馍,更有王子标直抒胸臆的表达:"我想有个她,没有女人的家不叫家。"

原来王子标对美好生活充满强烈期待。这时我突然想到曾经看过的一则励志故事,说不定会点燃他的脱贫激情:

曾有一个卖花的小姑娘,把手上还没有卖掉的一朵玫瑰送给了乞丐,回到家之后,乞丐找出一个瓶子装上水,把玫瑰花插进去养起来,他突然间觉得,这么漂亮的花怎么能随意插在这么脏的瓶子里?于是他决定把瓶子洗干净,再把花插进去,然后坐在边上静静地欣赏着美丽的玫瑰……

这么漂亮的花和这么干净的瓶子怎么能放在这么脏乱的桌子上?他一边这样想着,一边动手把桌子擦干净,把杂物收拾整齐。

处理完之后他又坐在边上静静地欣赏眼前的一切，突然间他感觉到这么漂亮的玫瑰和这么干净的桌子怎么能放在这么杂乱的房间里呢？于是他做了一个决定，把整个房间打扫一遍，把所有的物品摆放整齐，把所有的垃圾清理出房间……

整个房间立刻因这朵玫瑰花的映射而变得温馨起来。正在陶醉时，他突然发现镜子中反射出一个蓬头垢面、不修边幅、衣衫褴褛的年轻人。他没想到自己居然是这个样子，这样的人有什么资格待在这样的房间里与玫瑰相伴呢？

很久未洗过澡的乞丐立刻去洗了一次澡，洗完之后找出几件虽然显得有点旧，但稍微干净的衣服。刮完胡子之后，他把自己从头到脚整理了一番，然后再照照镜子，他发现镜子中出现的，是一个从未有过的年轻帅气的脸庞！这时候，他突然间觉得自己也很不错，为什么要去当乞丐呢？

他的灵魂在瞬间觉醒了：其实我也很不错。他当下立刻做出了一个人生中最重要的决定：第二天不再当乞丐，而是去找工作。因为他不怕脏和累，所以第二天他很顺利地找到了一份工作。或许是因为他心中盛开的玫瑰花激励着他，随着他的不懈努力，几年后他成了一个非常有成就的企业老板。

夜晚十一点多，我把这个故事用微信发给了王子标，并附上几句话："今天上午在村里开贫困户代表评议会，见到你一身干净合体的黑褂黑裤，精神得很，和我初次见你时判若两人，看见你状态越来越好，我越发对你未来的美好生活充满信心。我一直在想：你满屋的十字绣作品，这么好的宝贝，如果挂在楼房里效果肯定会更好，有了挂满十字绣作品的楼房，接下来必须有一个贤惠的媳妇楼上楼下帮你打理家务，你的幸福生活岂不是水到渠成？"

"感谢你的激励，我没理由不尽快改变自己！"王子标也没睡着，他很快回复,"乞丐都会有如此命运,我难道连乞丐也不如?"

(四)

翌日一大早,王子标从树上摘了些沾着露水的红枣,打算送给工作队。刚出门没走多远,遇见到村部上班的村委会主任周学宏,王子标就托他把红枣送给了我们。

几天后的一个晚上,王子标又带了些红枣,来到工作队驻地,我们边吃红枣边聊天。

"自 2014 年被确定为建档立卡贫困户之后,通过享受教育扶贫、金融扶贫、光伏扶贫等扶贫政策,每年增收万余元,日子过得宽裕多了。"王子标坦言,"联合本庄的王子俊,我们两人在农忙之余从事家庭装修刮大白,每天能挣个 200 元。虽然眼下有了小积蓄,但照这样下去,在水泥路边的宅基地盖楼房,即使向亲友再借点,也还有不少缺口。"王子标显得底气不足。

"砀山县残疾女青年李娟嘴咬触控笔在网上卖水果,一年下来居然有 5 万元收益,你脑子这么好使,又不怕出力,要设法加快脱贫的步伐。"永刚接着说,"这离你实现盖楼房的目标是不是更近些?"

我们边说边品着桌上的红枣,送入口中的枣子满嘴生香,越吃越甜,性情温和的王子标此时眉飞色舞,谈兴渐浓。"扶贫政策给了我这么好的机会,如果抓不住机会快速脱贫,对不起自己,更对不起你们!"王子标信心十足。

"院里的枣树很多年都没像今年这样丰收了,挂满枝头的红枣是多年没有见到的好光景。"王子标告诉我们,"这似乎是一个难得的好兆头!"

(五)

心中有梦想,脚下有力量。王子标刮大白如绣十字绣一样认真细致,找他干活的人络绎不绝,仅此一项,年收入在 2 万元以上。扶贫政策为他提供的公益性岗位,他倍加珍惜。产业扶贫政策的机遇,他抓住不放,种植的三亩南瓜,连同奖补资金收入万余元。2017年底,王子标高标准脱贫。2018年10月17日,大许村召开脱贫攻坚表彰大会,王子标作为全村十位受到表彰的"自主脱贫标兵"之一,披红戴花走上了领奖台。

2018年初,村干部现场勘察后,为王子标破旧的三间瓦房申报了危改项目。修缮后的三间瓦房,不仅排除了安全隐患,而且粉刷后焕然一新。在干净整洁的小院里,心情舒畅的王子标于老枣树下不时哼着小曲,时而在微信上晒着幸福的感觉。

未承想,几个月后,颍州区统一布置的旧村庄拆迁让王子标陷入了纠结:房屋修缮后,王子标打算过两年攒够了资金,轻轻松松在水泥路边宅基地盖上两层宽敞的楼房,而现在整庄拆迁,现就去盖楼房,筹集这20多万真金白银,王子标真的犯了难。如果眼下房屋不拆,整个村庄将因其拖累少拿很多补偿款,王子标觉得无法面对庄上的乡亲。他跺跺脚,咬咬牙,二话没说就跟包片村干部周学宏表了态:绝不拖全村人的后腿。

鸟恋旧林,鱼思故渊。搬家那天,王子标望着院子里伴随他长大的那棵老枣树,眼里闪动着泪花。这棵每年都要挂满果子的老枣树,曾给他带来无尽的欢乐和希望,从此,那满树的枣子将成为王子标永远的怀想。喂了多年的那条黑母狗更是难舍老宅,一连几天,不愿跟主人离开这里,白天夜晚守候在被拆掉的那片废墟上。尽管天上下起了小雨,黑母狗仍然坚守在那里,并不时发出凄惨的叫声,其情其景,令人怜爱。直到一个星期后,院里的那棵老枣树被连根拔起,黑母狗才恋恋不舍地随王子标来到两百米外临时搭起的简易小院内。

连同拆迁补偿的6万元资金,王子标距盖起两层楼房所需的20万尚差五六万。好在建房款大头着地,王子标对短时间内还清五六万欠款充满信心。

挖地基、拉砖头、买水泥、运沙子,本村的建筑队老板带着十几个农民工紧赶慢赶,王子标的两层楼房很快拔地而起。

鼠年春节之前,王子标的三层楼房基本完工,室内尚未装修,他就搬进了宽敞高大的新房。

正月十二,工作队走访王子标,他正在客厅里专心绣着十字绣《花好月圆》。

性格腼腆的王子标没能和申美花缘结同心,我曾认为他欠缺谈情说爱的情商,岂不知那是王子标未露庐山真面目,其实他竟是一个网络恋爱高手。盖好了房子,王子标谈情说爱也有了底气,听说他和一个在上海打工的单身少妇已经在网上达到谈婚论嫁的程度了。

王子标放下手中的针线,满面春风地带我们看他楼房的布局。我突然向王子标抛出一个话题:"听说你网恋很成功,什么时候喝你的喜酒呀?"

王子标脸上顿时飘起了红云,他没有说是,也没说不是,只是憨憨地笑着。

恰在这时,一对喜鹊欢快地飞进了王子标的院里,叽叽喳喳地唱着歌儿。

离开王子标的新居,在返回工作队宿舍的路上,我打开王子标的微信朋友圈,那棵挂满枣子的老枣树图片再次映入我的眼帘。此刻我仿佛看见,那满树的红枣变成了一串串鞭炮,在王子标院子里噼里啪啦地响着,喜庆的声音回荡在王竹园上空。

五　大干及一群难兄难弟

有智力障碍的大干学名叫许国干,但村里人一直喊他大干。有关大干的段子流传着不同的版本。和大干同为单身汉的贫困户阿林、小孩、得利、孙良红堪称一群难兄难弟,他们都有不同程度的智力障碍。这个特殊的弱势群体,是工作队和镇村干部无法绕过的帮扶对象。

大干

大许村村部的空调遥控器不见了。

大许村村部就一台空调,颍州区驻村工作队扶贫干部邓蕾蕾弄来立式空调,是一个月之后的事情。

丁酉年农历八月六日,出奇地闷热,大许村村部低矮的办公室,被火辣辣的太阳燎烤得像个蒸笼,热得透不过气来。偏偏在这个时候,这台输送冷风的空调正需要打开的时候,遥控器不见了。

把村部的柜子和抽屉翻了个底朝天,也没找到遥控器。

村部办公室木门上的那个锁舌头坏了,虽关上了门,但实质上锁不了门,常到村部来的村民,都知道村部的门看上去像锁好了一样,实际上一推就开。

包括经常到村部闲逛的智障贫困户大干都知道,村部的门一直是锁不上的。

会不会是大干拿走的?村委会委员、治保主任许明增突然想起,走进村部大院时迎面看到大干正往院外走,村总支委员马琦当时还给大干递了一根烟。仔细回想了一下,当时大干手中没有任何东西,除非他把遥控器装在了短裤口袋里。

许明增凭感觉觉得是大干拿走了遥控器,他当即骑着电瓶车来到了大干家。

遥控器果然是大干拿走的,他正拿着遥控器手舞足蹈地开着自家的"空调"——堂屋里几块从外面搬来的土坷垃被大干当成了空调。

见许明增突然出现在面前,大干像个犯了错的孩子,顿时低下了头。

40多岁的人了,大干像个永远长不大的孩子。

我到大许村第一天,就看到一个中等身材的年轻人无所事事地到村部转悠,这人国字脸,浓眉大眼,相貌周正,留着平头,身着破旧蓝色中山装上衣,下面的黑色裤子卷着裤腿。村干部一边给他掏烟一边告诉我,此人叫大干,是村里的建档立卡贫困户。如果不动口说话,乍一看会认为他是一个精干的村民。

大干和站柱是到村部最多的两个贫困户,他们俩不管哪个,只要往村部门口一站,会吸烟的村干部会立即递上一根烟。大家都知道,这两人不想吸烟的时候,一般不会到村部来,来了,就是想吸烟了。同样是给他俩递烟,大干和站柱是有区别的,站柱每次只要一根烟,给两根转眼他就会捏碎扔掉,但大干不会满足于一根烟,许多时候他会再要一根夹在耳朵上,有时还会得寸进尺地问一句:"村里可有救济烟了?给我一包。"在他的思维中,香烟和大米、面粉一样,政府是可以救济的。他问过之后偶尔会有村干部把自己刚刚拆开的一盒烟递给他,每当这时,大干会满脸欢喜,点着烟,吐着烟圈,高高兴兴地离开村部。

大干似乎通晓点人情礼仪,知道我们是上面派驻大许的工作队,每次我们给他拿烟的时候,他总不忘说声谢谢。

一次在"十一"长假后,我左手拎着电脑包,右手拎着一捆书,在村部门口和耳朵上夹着一根烟的大干相遇。可能是好多天没见了,也不管我手中有没有东西,他伸出右手执意要和我握手。无奈之下,我只好把书放在地上和他握手,握过手之后,大干满意地离去。

大干小时候很聪明,父母给他取名许国干,确是对他的美好未来充满期许。大干曾经在村小上过几年学,他在村里有不少同学,马琦和大干曾经是同桌。

小学没毕业,大干脑膜炎留下了后遗症,脑子不太清爽,偶尔会有间歇性精神病发作,经鉴定是三级残疾。

大干有一个姐姐、四个哥哥,弟兄五个中他排行老五。大哥当兵退伍后一直在外地谋生,二哥是村里有名的能人,三哥在外地打工时意外落水去世,四哥在城里开出租车,姐姐住在几里外的华佗村。

前些年大干和母亲生活在一起,倒是衣食无忧。几年前母亲去世后,大干无奈地自己照顾着自己,生活变得越来越艰难。正当人们为大干发愁的时候,2014年大干被列为大许村建档立卡贫困户。随着各项扶贫政策的落实,大干过上了吃穿不愁的日子。

但大干手中不能有钱,有了钱,他会千方百计在最短时间内花掉,手中有50,他会想着花60。

"昨天慰问贫困户,给他送了一袋米和100块钱,钱在手里还没焐热,他转身就跑到集市上的超市买了两包中华烟。"刚到大许就听村干部这样介绍大干。

因此,国家根据各项扶贫政策应该给大干的款项,直接由他姐姐替他保管,需要花钱时,再由姐姐给他。

那天我到大干家走访,大干领着我到他每个房间看看,几个买来的大馍挂在厨房的一个塑料袋子里,还有几把挂面放在桌子上。他平时吃饭主要就是吃买来的挂面,时常把挂面放在锅中的凉水里,待水烧开煮熟后,连青菜也不放,盛到碗里就吃,吃馍的时候把馍放在锅里加热,连菜也不烧,干吃完之后喝点馍锅水就算是一顿饭。据说大干吃过饭之后很少洗锅洗碗,一顿接着一顿做下去。

平时谁家要是死了鸡鸭,大干知道了就会拎回家把毛拔掉,连内脏也不掏出来,放在锅里煮熟之后就吃,在他看来这是难得的美味。村民告诉我,他吃过之后从来没有什么不良反应。

有时候他懒得做饭,东一顿西一顿打游击。到了吃饭的时间,他走谁家门口,如果正巧人家端着饭碗,那家人就会让大干进来坐下吃。大干也不客气,放下饭碗之后,如果再递一盒烟,主人家门口有什么农活,他也会帮着干,所以大干很多时候并不让人觉得讨厌。我们工作队的房东李老太太曾多次在吃饭时遇见大干,热情招呼他坐下吃饭,大干每次都不会客气。

大干脑子简单,听别人说话他从不思考,村里人时常拿他开玩笑取乐。一次在村里的一家酒店,有人逗他:"大干,你到隔壁酒桌朝老许身上踢两脚,我马上就给你拿酒喝。"大干听说有酒喝,立即来到隔壁对着老许身上就是两脚,弄得老许哭也不是,笑也不是。在大许村,从没人和大干论高低。

有关大干的段子在大许村广为流传。

大干十几岁的时候,得知父母对三哥的婚事不满,缘由是三哥一表人才很潇洒,而即将娶进门的三嫂不怎么俊俏。大干可能认为父母讲得有道理,在举办婚礼的那天,他悄悄买了一包缝衣服用的针,溜进三哥的洞房,把一包针别在那床崭新的棉被内,想让三嫂子在新婚之夜受针扎之苦。闹洞房的渐渐离去了,大干的三哥掀起新娘的红盖头,吹灭了洞房里的红蜡烛,先上床的三哥顿时尖叫了一声,原来大干精心设计的洞房扎针计,没有扎到三嫂,倒是先扎着三哥了。三哥赶紧让新媳妇点亮蜡烛,这才发现被子上到处是数不清的缝衣针。新婚之夜,小两口忙着在被子上寻找缝衣针。

窗外的月亮躲进了云层,悄悄趴在窗外的大干看到了自己设计的好戏,扑哧一声笑了,三哥当即知道原来是大干搞的恶作剧。

十几年前大许村的社会治安不太好,不时有蟊贼光顾,牵走村民辛辛苦苦喂大的猪牛羊。许多村民为防止被偷,喂了狗看家护院。每当蟊贼在半夜光顾这个安静的村庄时,村里的狗就会不停地狂叫,村民听到狗叫一般会怀疑蟊贼进村了,大都会起来点亮灯到院子里看看,蟊贼这时就会吓得逃之夭夭。一段时间后,蟊贼慑于狗叫,渐渐远离了大许,村里猪牛羊很少再失踪了。

那时大干二十几岁,有段时间精神不太正常,喜欢半夜里穿着花褂子在村子里闲逛。他逛到哪里,哪里就会有狗叫,村民听到狗叫以为是蟊贼又来了,就赶紧起床点灯到院里看看,结果没发现蟊贼,倒是看到了身穿花衣服的大干。大干手里拿着一根棍子,说是为村民"站岗放哨",他这身装扮,让村民哭笑不得。连续多少天,大干半夜里闲逛,村子里狗叫声此起彼伏。时间长了,村子里有狗叫,大家都以为又是大干出来"站岗放哨"了,渐渐地对半夜狗叫习以为常,也就对蟊贼失去了戒心。

就在这时,大干精神恢复了正常,蟊贼得知大干不再半夜游荡,而村民们也不再警惕狗叫时,利用村民的麻痹心理,开始光顾大许了。月黑风高的夜晚,当蟊贼把手伸向大许村时,村民们以为又是大干开始"站岗放哨"了,就只管放心地睡了。连续几次被偷之后,村民才发现原来不是大干在放哨,而是蟊贼进村了。

大干居住的三间瓦房是二十年前父母建起的,经过二十个春夏秋冬的风吹雨打,已变得破旧不堪。2017年,大干的住房被列入危房改造工程,村里为他申报危改工程,把三间瓦房修缮一新。望着洁白的墙面,大干高兴得眉开眼笑。

大干一直没有养成良好的卫生习惯。自开展贫困户"人居环境五整洁"活动以来,驻村工作队要求每个贫困户做到庭院整洁、主房整洁、厨房整洁、厕所整洁、个人卫生整洁。大干在房屋刚刚修缮好之后的那段时间,家里的摆设和卫生还说得过去,很多时候院子里和房间内凌乱不堪。大干的包保联系人——西湖镇副镇长孟静多次到他家帮着整理院子,但过几天之后就又恢复了原样。孟静知道大干喜欢抽烟,时常以给他买烟为由哄着他,调动大干搞好家庭环境的积极性。每次在村部见到大干,孟静都会对他说:"回家把卫生搞好,我最近几天去看,如果卫生搞得好,会给你带包香烟;如果卫生没搞好,就不会给你香烟了。"这一招还真管用,大干为了抽烟,家庭卫生状况明显改善,精神状态看上去也越来越好。

村里人知道大干有时不正经,许多时候惹不起躲得起。那天村里一户办喜事的人家在院子里摆了十几桌喜酒,主人请来了一个戏班子唱戏。大干在这里酒足饭饱之后,也挤在人群中跟着看。台上唱戏的一位身材丰满的中年女演员,看上去有几分姿色,曲调悠扬动听,大干被她唱得神魂颠倒,想入非非。

2018年正月二十六日,大干间歇性精神病复发,从家中出走,离开大许村之后迷失了方向,漫无目的地行走到十几公里外的三塔镇,找不到回家的路了。当地人有心帮助他,却被他失常的言语给吓住了。三塔镇派出所接到群众报案后,随即和他的家人联系。大干的四嫂接到电话后,赶忙带了两个男劳力开出租车来到三塔镇,强行把大干带到了精神病院。

那天下午大干的四嫂来到大许村村部,说大干在医院已经住下了,永刚队长当即安排大许村负责健康扶贫的王英为其办理好相关医疗费报销手续,并当即从钱包里拿出1100元,作为大干住院的生活费交给了她。

大干在医院住下后,在村部已见不到大干的身影。一个多月过去了,大干仍在精神病院住着。见不着大干,大家感觉生活中好像少了点什么。我和大干的包保责任人孟静先后来到医院看望大干,大干在这里见到了熟人,露出高兴的神情。随后医生介绍说,大干按照疗程治理后,越来越接近正常。

2018年7月2日,大干正式出院,花费8000多元,他住院期间的花费基本得到了报销。

大干那天出院被送到村头后,差点找不着回家的路了。他在医院住院期间,驻村工作队和村"两委"集中精力抓旧村庄改造,这段时间大干所在的大许村发生了有史以来最大的变化。尤其是从村头华天路到大干家的两百多米路段,可谓脱胎换骨。

回到家之后,大干突然想起很久没有到村部去了,转悠到村部发现这里空无一人,推开那个坏了锁舌头的木门,里面已空空荡荡。太阳还是那个太阳,只是村部已不是那个村部。

在大干住院期间,村部搬进了新建的三层党群服务中心大楼,大干很快找到了和老村部一路之隔的新村部大楼,一楼村民服务大厅的服务台和村干部办公室的网络化办公桌让大干感觉很新奇。

新村部楼顶的"大许村党群服务中心"几个立体大字和迎风招展的国旗,让大干感觉很新鲜。大干正在好奇地观望着,马琦迎面走来,给这个刚刚出院的老同学递上了一盒黄山烟,开心的表情迅即在大干的脸上弥漫着。

间歇性发作的精神病对大干来说,就像挥之不去的梦魇,似乎一次比一次严重。

鼠年春天杨柳吐绿的时节，大干的精神病又犯了，且出现明显的狂躁症状。村头的路边上，他不时动手骚扰路过的女人，一时间大许村的女人和小孩见了大干的身影总是远远地避开。更有甚者，一位年过七旬的老人正在河边洗菜，大干从后面出其不意地把这位村民的头按在水里，若不是附近的村民发现，很可能就会出现意想不到的惨剧。那天我和永刚队长听说这事后，立即朝大干家跑去，远远就看见大干的房前屋后围了不少人，他的姐姐和哥哥也闻讯而至。大干此时或许清醒了一些，像是知道自己干了错事，低头站在门口，两只手捏着衣襟，等待挨训。但在场的人没一个人训斥他，都知道这个时候再说他也没有任何作用，当务之急是尽快把他送到阜阳市第三人民医院。永刚现场安排人员着手为大干办理住院手续，在大干的姐姐和哥哥的配合下，当天就把大干送进了医院。

大干也乐得住进医院，半个月后我们去医院看他，他已接近恢复正常。或许是因为异地见到熟人，他朝我们不住地点头，算是和我们打招呼。大干显得红光满面，比前些日子精神了许多，医生说给他用药之后症状很快得到了缓解。给大干递烟点火之后，他有问必答，他说在医院比家里还好，每天还能洗上热水澡。临走时我问他想不想姐姐和哥哥，他说不想他们，他只想村里的阿林。大干所说的阿林是大许村前周庄的智障贫困户周阿林，上次在这住院时，阿林正好也在这住院，两个人在这里每天见面很开心，阿林似乎成了大干跟班的小兄弟，这让他很是得意。

阿林

2017 年初夏，工作队访遍所有的贫困户，前周庄阿林很快成为工作队关注的重点人物。在见到阿林之前，他的包保责任人——村委会主任周学宏——给我发了一张阿林的照片，从照片上看，这是一个阳光健康的小伙子。

阿林出生于 1992 年，十年前父亲去世后母亲外嫁，至今没有音信。他和年高体弱的老奶奶相依为命，间歇性发作精神病时常把他奶奶折磨得焦头烂额。

阿林作为低保贫困户,靠低保金、残疾人补贴及各项扶贫政策,基本生活得到了保障。

前周庄那三间破旧的平房里落满了灰尘,大白天阿林时常一个人关着门在家。好在世上还有个疼他的奶奶,这让阿林的吃饭有了着落。年迈的奶奶经常为这个孙子发愁,精神病发作时他甚至会在奶奶面前挥舞着拳头。发病时六亲不认的状态,令其二叔、三叔也只能无奈地避而远之。村民告诉我:发病时如让其服药,精神状态很快会像正常人一样。

平日里大多数时候,他都是一个人到处玩,走东庄、串西庄,所有的亲戚家都成了他经常光顾的地方。丁酉年那场大雪之后,我们工作队到前周庄去,上午十点多,见他骑着一辆破自行车,戴着一顶单帽,脸上脏兮兮的,身上的衣服油光发亮,问他到哪去,他说到姥姥家去搞点吃的。站在不远处的奶奶提起这个孙子直叹气:"没爹没娘的苦孩子,管不了呀,有一天我不在了,还有谁疼他呀?"

村民告诉我,他这么一个精神不正常的人,永远是个长不大的孩子,手里不能有钱,如果打零工手里有了零花钱,很快会跑到小店买来各种零食,像一个永远吃不饱饭的饿汉子。

前周庄村民都很同情阿林。村民们见我在关注阿林,纷纷向我讲述关于阿林的往事:他有时一个人在田野里某个老坟前一跪就是很长时间,有时一个人趴在村头机井边沿往井下看,一趴就是老半天。

有段时间,阿林精神很正常,也愿意干些力所能及的体力活,每天按时到建筑工地干小工。工作队动员能人手拉手帮助贫困户之后,建筑队工头王子峰有心帮助他,让他在工地上打个零工。但如果将工钱直接交给他,他立即就会花光,王子峰遂把工钱交给他奶奶。王子峰苦笑着对我说:有段时间,把工钱给了他奶奶之后,阿林的积极性又没了,工地上一点也见不到他的影子了。只好又把工钱直接发给他,吸引他到工地干活。有一次给了他几百元钱,他一时心血来潮,跑到集市上买了一台电视机。

回到家,他让人帮助调好台,看到电视里播放电视剧有开枪打人的枪战画面,他感到全身紧张,害怕这些人打到自己家。关上电视,他越想越害怕,干脆拔下电源,把电视扔到沟里去了。

阿林似乎心里缺乏安全感。每次到他家,他要么在外边疯玩,要么关着门在家。那天我和周学宏、扶贫专干申振来到前周庄,刚刚看到阿林还在院子里,待我们来到他院里时,他立刻进屋把门关了起来。我喊:"阿林,开门呀,怎么把门关上了?"

喊了多声,阿林才把门打开,用怀疑的目光看着我们:"你们不会把我抓起来带走吧?"

"你又没干坏事,我抓你干啥?"

为了让他放松对我们的戒备,我让同行的申振从钱包里找了几十元零钱,递给阿林:"我们俩是好朋友,我知道你没钱花,今天专门给你送钱的。"

"如果想吃西瓜,你可以拿这钱到许国友瓜田买个西瓜吃。"许国友的大棚西瓜就在离他家不远的地方,我努力和他套着近乎。

"他的西瓜我已经到地里摘两个吃过了。"阿林实话实说,"我用这钱到商店买点好吃的去。"

不大会工夫,他从几百米外代庄的一家商店买了一包饼干跑了回来。

"想不想你的父亲和母亲?"

"不想,想他们干啥?"阿林头摇得像拨浪鼓。

"我们俩从今天起就是朋友了,有啥事尽管和我说。"

"你不会抓我吧?"他仍然对我不放心。

此后我们工作队每次在村头遇见阿林,都会热情地和他打招呼。但许多时候他对我们的热情视而不见,最多看我们一眼。

阿林和大干一样,间歇性精神病随时可能发作,有时甚至让人猝不及防。那天为了给阿林更换门窗,永刚队长和周学宏前往他家,来到门口,连着喊了几声阿林,他在屋里都没有回应。过了一会,他突然把门打开,手里拿着一把菜刀,一头扑向站在门口的永刚。周学宏眼疾手快,立即上前夺下他手中的菜刀,把他按到屋里的床上坐下,一番训斥后,阿林老实了许多。又过了一会,阿林好像清醒了过来,低头站在那里,表示往后一定会听话。

春天是美好的,但对大干和阿林来说似乎是他们的疾病高发期。2020年深春,不时出现阿林对村民的袭击行为,虽未造成伤害和严重的后果,但必须尽快把他送往医院。听说大干一个月前就住进了医院,阿林突然怀念起曾经在医院的日子。在送往医院的前一天,我和周学宏来到阿林家,阿林与我们一见面就要求我们快点把他送到医院去,他说在医院比在家强,在那还能跟大干一起玩。2020年5月13日这天,阿林高高兴兴地跟随周学宏乘车前往阜阳市第三人民医院。

临行前,阿林望着站在面前的奶奶和邻居,嬉皮笑脸地说:"到阜阳找大干玩去了。"

小孩

大许村智障男人群体中有这样一个传说:在大许村大干害怕小孩,得利怕大干。

大干和小孩、得利三个人都不同程度地存在着智障,三个人年龄相差不大。小时候三人喜欢在一起较劲,摔跤、吵架、动拳头是常有的事,但大干没有小孩力气大,两人每次交手大干都不是小孩的对手。时间长了,大干只要一听说小孩,就会心生畏惧。村里人时常拿大干开心:"大干你这么厉害,为啥斗不过小孩?"

小孩是谁?

小孩是大许村刘寨庄建档立卡贫困户刘国文的儿子刘生巨,村里很少有人喊他刘生巨,长期以来都习惯于喊他小孩。

小孩是刘国文的第三个儿子,大儿子、二儿子都已成家立业,日子过得差强人意。小时候小孩得了一场大病,大病之后精神开始变得不正常,但不像大干和阿林那么严重,平时不仅可以干些农活,还能到建筑工地上干些小工,偶尔发病时有一股无法控制的牛脾气。

小孩浑身充满力气。大哥、二哥未分家的时候,弟兄三个在一起生活,尽管两个哥哥随时迁就着他这个最小的弟弟,但兄弟之间言语不和稍有不慎就会惹怒小孩。据说,两个哥哥都曾被小孩打过,有时脾气大了他连父母都敢打,有一次父亲都被小孩撺得老远。母亲有时心里烦得慌,不免埋怨他不该这样拖累人,有两次小孩的脾气上来了,对母亲的唠叨话听不下去了,干脆到厨房把锅碗给砸了个稀巴烂。

不管怎么说,小孩毕竟是父母的心头肉,有两次他失踪后把父母急得整夜睡不着,一家人挂念得茶饭不思。多年前小孩和大哥外出打工回家时,经阜阳汽车站转车回大许,兄弟两个失散了,哥哥惴惴不安地回到家,感觉无法向父母交代。时任村支书刘国文的本家刘新文向我讲述了当时的情景:小孩当时跟在哥哥后面,哥哥走在前面,只顾往前走,以为弟弟仍在后面跟着,岂不知弟弟在后面停下脚步看热闹。哥哥走了很远仍认为弟弟还在身后跟着走,这时小孩在后边怎么也找不到哥哥了,此时正好有到阜南的农公班车,售票员大声喊着到阜南的快走,在小孩的印象中大许村离天棚集不远,而天棚集就在阜南县,于是他鬼使神差地坐上了阜阳开往阜南的班车,到阜南之后小孩神经错乱,记不清家在哪里了,一个人漫无目的地朝前走。天黑之后他走到了西湖镇,人们见他头发凌乱、神志不清,把他送到了派出所,干警为他买来方便面,让他吃上热乎乎的面条,为害怕他再次出走,干警一边和他家人联系,一边把他看管起来。送回家之后,母亲抱住很久未见的小孩失声痛哭,刘新文回忆说,他母亲疼儿心切,一顿饭给小孩煎了十个荷包蛋,让儿子补充营养。

逐渐恢复正常的小孩见人就吹牛:"没啥大不了,派出所民警还得给我站岗呢。"

小孩虽有犟脾气,但他不怕干活出力,平时不太费力的农活他一般不愿干,但如果把他哄好了,让他干些搬水泥、倒水泥的重体力活,他不怕脏、不嫌累，一干就是一天，干完之后给他几十块钱，他会感到很满足，甚至有一种成就感。小孩干重活不惜力，因此在村里也讨人喜欢。

几年前小孩再次失踪。整个刘寨和寨外的男劳力几乎倾巢出动寻找他。刘新文告诉我，全庄三十多人骑自行车找了六七天，方圆一二十公里找遍了也没有找着他，七天之后，界首市一家派出所按照他说不太清楚的地址，费了很大周折把他送回了家。

永刚队长力倡村里的能人对贫困户手拉手结对帮扶后，明庄建筑队工头明学军承诺把小孩当成自己的帮扶对象。明学军在村里承建盖房工程，把小孩和他的父亲刘国文当成施工队的长期务工人员，小孩在建筑工地不是每天都能靠得住，明学军经常哄着他，把他拴在了建筑工地，一方面多少增加收入，另一方面他如果天天在建筑工地，也省得他乱跑。

工作队按程序为小孩申报办理了最低生活保障，还为他提供了公益性岗位，从根本上实现了小孩的"两不愁三保障"。他年迈的父母少了些后顾之忧，曾经紧锁的眉头，现在也舒展了许多。

小孩是个顺毛驴，喜欢人讲他好，越夸他越有心劲。我每次见到小孩，都会主动和他搭话，夸他能干，表现好。每次都把小孩夸得眉开眼笑。包片村干部梁艳对我说，这两年小孩越来越正常，现在听话得很，在公益岗位上干得欢，疫情防控期间，他还主动要求到卡点执勤呢。

得利

上文说到大干怕小孩，得利怕大干，得利何许人也？

得利是大许村冯王庄建档立卡贫困户周治军，就像大干、小孩一样，村里人很少有人叫他们学名，村里人没几个叫他周治军的，一出口都是喊他的小名得利。得利对村里人不喊他周治军，似乎心中很是不爽，他干脆用毛笔在红纸上写下"周治军"三个大字贴在了木门上。

得利在村里最怕的就是大干，每当得利在村人面前吹牛时，就有人逗他："你怎过劲，为啥斗不过大干？"他往往会吹嘘："我一只手插在裤兜里,都能把大干扳倒在地。"但每每见到大干他立刻就蔫了。

工作队进驻大许村不久,一天我们正在村部和"两委"干部讨论工作,突然进来一位头皮发亮的瘦高个,清亮的头上架着一副墨镜,穿着灰色中式短袖褂,橘黄色的裤子从上到下有一个白色的竖道。此人酒气熏天,步入村部办公室,他首先对村委会主任周学宏来了句英文"sorry"(对不起),接着便出言不逊:"妈的,我家的电线坏了,不给我搞好,明天就到市里上访。"我和在场的人都感到莫名其妙,来人继续自说自话:"我的问题必须马上给我解决,不然的话,别怪我不客气。"

总支书记马若付知道和这样酒气冲天的人说话是白费口舌,干脆出门骑着电瓶车离开了村部。周学宏见他酒劲没过,懒得和他说话,但还得客气地应酬着,从口袋里掏出2块钱递给他:"你先去买一瓶矿泉水解解酒再说。"他还算没完全喝醉,拿着2块钱,边走边说:"你以为我不知道,矿泉水是一块钱一瓶,这2块钱够买两瓶的。"

等来人离开我们去买矿泉水后,周学宏告诉我们这是大许村冯王庄周治海的弟弟得利。此人平时喜欢喝烂酒,两杯酒一喝就找不着北了,今天中午喝过之后想起来家中电线因短路着火,需要换几米电线,晕晕乎乎地来这找村干部,虽然喝了些酒,但还没完全醉,要不然他怎么知道要村干部给他买几米电线?

已经退休的村干部周治清是周治海、周治军的堂兄弟,周治清告诉我,周治军弟兄两个,他哥哥周治海作为"五保"贫困户长期在镇敬老院,2018年春节后因病去世。很多时候只要看到得利脸上有酒气,村里人都是惹不起躲着走,一旦被他缠着就没完没了。得利如果不喝酒,还能像正常人一样,偶尔干些零工,解决些生活花销。

得利作为建档立卡贫困户,通过光伏扶贫政策和几亩流转出去的承包地,日子还勉强过得去。得利最大的问题就是手里不能有钱,只要一有钱,就要立马花掉,如果哪次领到了一笔什么钱,他就要到饭店点几个菜,弄瓶酒过过瘾。

几年前拆迁老宅子赔偿了他和哥哥周治海两人7000多元钱,得利领取了这些大额钞票后,兴奋得夜里睡不着觉,他从阜阳站坐火车来到了首都北京,在宾馆住下之后,一个星期不到,7000块钱花得精光,差一点回不了家。

很长一段时间也不见得利到村部了,那天到冯王庄入户走访时,才知道一个多月前,他喝多了酒,在路上被一辆疾速而过的汽车碰伤后,在医院住了几天,从此腿脚行动不便,只好无奈地在家里窝着,好在生活上还能自理。从那以后见了我们工作队他也很少言语,和我们在村部第一次见他时相比,判若两人,头上添了很多白发,脸上多了些皱纹,一下子苍老了许多。那天我在村头遇见得利,问他最近生活上有没有什么困难,他可能是听力出了问题,连着问了两遍,仍然面无表情,一句话也不说,不觉让人怜悯。他好像得了老年痴呆症,时常一个人出现在村头,也不和其他人言语,在家里越来越不愿意动手干活,甚至连饭都不愿做了,很多时候一天只吃两顿饭。

那天我和周治清到他家走访时,屋里脏得无法下脚,问他愿不愿到镇敬老院生活,他二话不说就答应了。工作队很快帮他办理了"五保"户集中供养手续,得利从此远离大干、小孩这帮难兄难弟,在敬老院过上了衣食无忧的生活。

孙良红

翻开马小庄牛德云的《扶贫手册》,可以清楚地看到扶贫档案盒上的名字是由孙浩清改写成牛德云的。两年前作为建档立卡贫困户,户主为孙浩清,2016年孙浩清患癌症去世后,牛德云成为这个家庭的户主。

孙良红是牛德云的大儿子,有轻微智力障碍。十多年前,孙良红在村民们帮助下,和邻居们一同到福建打工。他虽说脑子不好使,但不怕出力流汗,一个月曾有两三千元的收入。那些日子里,也是孙良红人生感觉最好的时候,他时常从街边地摊买些卤菜,喝些小酒,未承想,有一天酒喝得晕晕乎乎,在大街上行走,不幸被后面快速行驶的车辆挂住了左胳膊,没良心的驾驶员溜之大吉,孙良红从此胳膊残疾,办理了三级残疾证,在外打工很少有人敢接纳他。碰伤后没有得到一分赔偿费,孙良红无奈地回到了生养他的家乡。祸不单行,父亲患病去世,家中欠下了不少的债务。

　　幸运的是,原先的破房子拆迁赔偿后,孙良红的母亲欠些钱在马小庄水泥路南边盖了两间两层楼房,他的母亲、弟弟、弟媳一家被列入了建档立卡贫困户,得益于小额信贷、光伏扶贫及低保补助、残疾人补贴、公益性岗位、就业培训、产业扶贫,尤其通过产业扶贫,弟弟和母亲在自家院子里喂了一二十只山羊,一家人的日子逐渐鲜亮起来。

　　两年前孙良红被包片村干部马琦介绍到十几公里外的地方给一个养羊大户看护羊群,每月上千元收入。他一个人在野地里放羊,弟弟孙迪每个星期都要骑电瓶车给他送些蒸好的大馍及酱豆、咸菜之类的东西,他每天烧些开水,把馍加热后就是一顿饭。

　　丁酉年冬季的那场大雪之后,我和许明、孙迪乘马琦的双排座货车给孙良红送棉被,经过泉河大坝北岸一个荒凉无人的旷野,有一片被冰雪覆盖的果园,果园附近即是孙良红放羊的地方。这是一个几百平方米的简易钢构大棚,棚内有上百只山羊,在大棚前面有几间活动板房,孙良红就住在其中的一间板房内。零下十摄氏度的气温,孙良红戴着帽子,脸冻得发紫,一条布带子挂在脖子上,把残疾的左胳膊悬在胸前。走进活动板房,他吃力地抬起左胳膊,把手从棉护袖里露出来,只见他整个左胳膊已严重残疾,平时全靠右胳膊右手劳动,孙良红告诉我阴天下雨,左胳膊时而会阵阵酸痛。

　　孙良红似乎很乐观,天气晴好的时候,他赶着羊群在附近的堤坝上放羊,已经习惯了寂寞无人的时光。唯一让他感到满足的是,在这里每天都能喝上小酒,他指着放在屋里的几个箱子告诉我们:每天饭可以不吃,半斤一瓶的小酒,至少要喝两瓶,一天不喝就会很难受。尽管他喝的都是几块钱一瓶的酒,但总算过了酒瘾。

这样的日子持续了两年之后，因老板调整布局不再喂羊了，在新冠疫情即将到来的时候，孙良红再次无奈地回到了大许村，没了进钱的地方，喝不上小酒，孙良红的日子越来越难过。

孙良红没有了固定的收入，很可能要成为新增贫困户。工作队和村委会挨个分析村民的致贫原因和增收之策时，都认为当务之急必须尽快解决孙良红的来钱门路。

村里很快为孙良红安排了公益性岗位，负责沟河塘看护及打扫公共卫生。孙良红也很珍惜村里安排的公益性岗位，每天一大早，他就来把村里的公共厕所清扫得干干净净。

孙良红又开始喝上了小酒，尽管那酒只是几块钱一瓶，但并不影响每天喝酒给他带来的快乐，喝到尽兴时，一个人哼着小曲，手舞足蹈，看上去活脱脱一个小神仙。

第四章　开渠引水的追梦人

大许村近 6000 亩耕地,主要种植小麦、黄豆、玉米、山芋等传统粮食作物,工作队进驻后,永刚队长筑巢引凤,着力加强农田水利和道路基础设施建设,大力调整传统产业结构,围绕特色农业和村民就业增收做文章,种植大户许国友的"草河滩"西瓜,周娟的大棚辣椒,宋家两兄弟的大棚芦荟、秋葵和儿菜种植,姚杰夫妻的高效农业,复垦土地上的青年创业方阵,为大许村跻身阜阳市"百村百品"特色农产品优势村提供了坚实的依托。这群开渠引水的追梦人,为大许村广大村民尤其是贫困户引来了源源不断的就业增收的清泉。

一　老抠

草河湾素有"四大能人"之说,且有两个不同的版本,但不管哪个版本,"四大能人"里都少不了老抠许国友。老抠,顾名思义,就是为人不大方,抠门。大许村不少人喜欢叫许国友老抠,但大家只是在背后这样叫他,鲜有人当他面叫他老抠。

刚到大许时,我问大家为什么叫他老抠,他们给出的理由就是,他种的西瓜熟透了卖不掉,也不会送给别人吃。从此在我的《扶贫日志》中,凡是应该出现"许国友"三字的地方均以"老抠"代之。

老抠归老抠,他的"草河滩"西瓜却有不小的名声,并且是大许村产业扶贫的一大亮点。工作队第一次到西湖镇汇报工作,刚谈到种植大户老抠,恰巧这时,镇党委书记李俊山的手机响了。

猜猜看,电话是谁打来的?

不错,正是老抠打来的。

想想看,全镇几万人,能和镇里一把手随时保持联系的,应该是有头有脸的人物,可见,老抠在西湖镇是有点影响力的能人。

(一)

老抠抠门的事暂且不表,先说说他种西瓜的事。

2017年初夏时节,头茬西瓜上市的时候,我和永刚队长、扶贫专干许明,时不时到西瓜田和老抠聊天。

那天是多云天气,瓜棚里出现了少有的凉爽,老抠和我们热情地打着招呼,随即转身摘下一个西瓜。切瓜时,刀刃刚碰瓜皮,立马就传来清脆的西瓜炸裂声,我们在瓜棚里席地而坐,西瓜刚入口,就甜得沁人心脾。

夫妻同心,其利断金。年过半百的老抠,和妻子郑子英都出生于1963年,夫妻俩都是属兔的,正好应了当地乡间的那句俚语:要想富,一窝兔。高中毕业曾当过多年民办教师的郑子英,那个年代在村里是出类拔萃的知识女性,她头脑灵活,思维敏捷,夫妻俩栽种西瓜屡获成功,与郑子英有胆有识不无关系。

就是靠着他俩精心打理瓜田,三个孩子大学毕业家里没欠一分钱。

"注册'草河滩'品牌,是你们俩谁的主意?"我们和老抠在瓜棚里边吃边聊。

"我们俩谁的主意都不是,那年暑假,正在吉林大学读书的儿子回来后,突然间对我们说,咱们的西瓜地在水质甜美的草河湾,干脆就注册'草河滩'商标得了。"

"'草河滩'西瓜这么甜,你觉得应该归于哪些原因?"

"草河湾一带水质清澈,土质特好,我曾专门请来农科专家考证、化验,他们认为草河湾土中各种元素的含量达到最适合栽种西瓜的标准。"

"不光水甜、土好,更重要的是我们栽种西瓜用的全部是有机肥料,咱舍得花钱买豆饼、芝麻饼,防治病虫害也严格按照绿色生态要求喷药。"老抠指着尼龙袋里剩余的芝麻饼如是说。

"一村一品"工程是脱贫攻坚的重点,更是脱贫攻坚的难点,大许村2018年实现贫困村出列,必须发现和依靠致富带头人大力发展特色农业。离开老抠的西瓜棚,在回来的路上,永刚队长反复说:"许国友绝对是不可多得的能人,一定要让他在脱贫攻坚中释放出最大的潜能。"

三天后的一个夜晚,在瓜田里忙了一天的老抠,和郑子英骑着电动三轮车如约来到工作队驻地。

"西瓜的销售有没有问题?"永刚开门见山道。

"'草河滩'西瓜早已名声在外,这些年我从没为西瓜销售发过愁,根据我们的销售网络,即便有1000亩西瓜也不愁销路。"

"可惜目前的种植规模太小了,是下决心扩大生产规模的时候了,在享受国家特色农业政策的基础上,可以借助产业扶贫的东风,做大做强'草河滩'品牌,带动更多的大许人走上致富之路。"永刚说这话时一脸的认真,"目前对你来说是个难得的机遇,有什么困难及时和工作队说,我们尽力帮着解决。"

老抠夫妻俩不住地点头。

"如果村集体经济入股,扩大西瓜种植规模,形成共赢的合力,岂不是两全其美?"永刚队长终于直奔主题,抛出了我们的真实想法。

说实话,这些天,工作队不断地和老抠套近乎,拉感情,还有一个重要的原因就是想让村委会入股,为壮大村集体经济找到新的增长点。

左说右劝,村委会入股的好处讲了一大堆,老抠夫妇无论如何就是不松口。

我在心中琢磨:难怪村里人喊他老抠,不让村委会入股,这是担心肥水流了外人田呀。

（二）

接下来的几次商谈,尽管没能就村集体经济入股达成合作协议,但老抠表示一定要扩大规模,为贫困村"一村一品"工程出力。

2017年秋季玉米刚刚收完,工作队和村干部忙着为老抠流转土地,2018年他的西瓜大棚由几十亩扩大到260亩,连同生姜种植,老抠共流转土地300多亩,20万产业扶贫资金很快注入老抠的大许村蔬菜瓜果种植专业合作社。

早在春节前老抠就开始着手培育西瓜苗,3月初他从村里聘用的一批瓜农开始把西瓜苗移栽到大棚内,转眼到了6月初,大棚内西瓜进入了成熟期。老抠不时地接到武汉、杭州、南京等地瓜商打来的电话,他们无一例外都是恳求许老板尽快为他们提供"草河滩"西瓜。

老抠告诉我,接到这些电话,既高兴,又着急。

高兴的是,栽种的260亩西瓜喜获丰收,头茬西瓜每亩至少可采摘3500公斤,接下来二茬、三茬、四茬西瓜断断续续可以采摘到中秋节,每亩还可采摘2000多公斤。

"按照眼下的行情,阜阳瑶海批发市场每公斤3元,武汉农产品批发市场每公斤4元,仅头茬西瓜下来,每亩瓜可收入万元以上。"老抠说,"这个行情很快就会发生变化,十多天之后西瓜价格肯定要明显回落。"

着急的是,他的西瓜供不应求,杭州、武汉的瓜商有点抱怨他供货不及时。眼下,老抠聘用的十几个瓜农每天只能采摘五六千公斤西瓜。远远不能满足这些瓜商的需求。

阜阳瑶海批发市场和大许村相距仅三十公里,这里的瓜商近水楼台,捷足先登,6月4日以来,瓜商每天都是天刚亮就开着农用运瓜车来了。老抠指着站在身边的瑶海批发市场瓜商李辉对我说:"车都开到地头了,还能让人开空车回去?"

"我多少年以前就和老许有业务联系,卖他的'草河滩'西瓜,也不是一年两年了，我是他的老客户，和外地的瓜商比，我肯定要占点优势。"李辉边说边掏出香烟散给许国友和几位瓜农，"老许的'草河滩'西瓜无籽汁多，皮薄瓤甜，早在半个月前就有不少吃过'草河滩'西瓜的人，不断问我'草河滩'西瓜啥时上市。"

正说话间，武汉瓜商的电话又打来了："一言为定！明天早上八点之前我们草河湾见。"

"'草河滩'西瓜已连续多年在武汉市场畅销，如今武汉人特别认'草河滩'这个品牌，明天一早武汉将有两辆大车到这拉西瓜，这两天武汉那边是一天几个电话催我。"老抠边说边用毛巾擦着脸上的汗水，"越是天热，西瓜越热销，这时候越要照顾到各路关系，看来必须增加人员加快采摘西瓜的速度。"

（三）

老抠的西瓜之所以热销，还有一个重要原因，那就是"草河滩"西瓜上市赶上了一个最好的时间点，阜阳"半截楼"等品牌头茬西瓜刚刚下市，二茬西瓜还要等些日子才能熟，"草河滩"西瓜恰恰在"半截楼"等品牌的头茬瓜和二茬瓜之间，赶上了这个空当，所以"草河滩"头茬瓜今年显得格外吃香。

天色刚亮，我随老抠来到草河北岸的那块西瓜地，只见大棚内雾气氤氲，葱绿粗壮的瓜藤爬满了地，在瓜棚内每向前走一步我都小心翼翼，稍不注意就会踩坏鲜嫩的瓜藤。

"每亩地550棵西瓜秧每棵秧子上都必须有个又圆又大的西瓜。"老抠告诉我，"棚内最中间原先留好的路埂早已被旺盛的瓜藤爬满了，为待会采摘时方便把西瓜从棚内运出，首先要把大棚中间路埂上的瓜藤归到两边去。"

摘瓜的时候，先是由经验丰富的瓜农用剪刀在前面把九成熟以上的西瓜剪掉。剪的时候，都保留一片叶子和西瓜连在一起。

每个大棚内都是前面一个人在剪,后面有两个人把剪掉的西瓜放在专门定制的瓜篮中,一个瓜篮能盛十几个西瓜,瓜篮装满后,由两个男劳力用扁担抬出大棚。大许村明庄的姚启华和前周庄的周学林,抬西瓜可谓最佳搭档,他们两个担着又宽又长的扁担一前一后地往前走,沉重的瓜篮在两个人中间有节奏地上下摆动着,他们一趟又一趟往返于大棚和地头之间,一会儿工夫,盛满西瓜的瓜篮子在地头摆了一大片。

"采摘西瓜必须在每天早晨五点到八点半之间进行,这个时候瓜棚内的温度低,冰凉的西瓜装车后有利于保存,如果在头天下午或上午九点钟以后采摘,瓜棚内温度高,西瓜也随之发热,这时采摘的西瓜放在密不透风的车内往外运,保质期会大打折扣。"老抠告诉我,"西瓜从栽到摘有很多讲究,好在时间长了,我聘用的十多个瓜农都掌握了一整套西瓜管理技术。"

"栽西瓜的技术主要在整枝打叉和给瓜花传粉,及时把分流营养的瓜叉整理掉,什么时候整枝,怎么整,这里面都很有学问。最关键的是喷花、兑花,用雄花给雌花传粉,一定要让雌花均匀受粉,否则长出的西瓜不大不圆,有些不规则的歪瓜很可能就是花瓣授粉不匀造成的。"老抠坦言,"凡授粉均匀的西瓜都长得又大又圆,西瓜从结果到成熟要 30 天至 35 天,在进入膨大期之后,一天能长半公斤。"老抠说,"栽西瓜是门技术活,也是辛苦活,在西瓜田里,汗珠子砸到瓜叶上,甚至都能听到汗珠砸成八瓣的声音。"

细看老抠,和一年前我们第一次见他时相比,显得苍老了不少,头上的白发越来越多,脸上的皱纹也越来越明显。

(四)

老抠扩大了生产规模,获益最大的是大许村群众。

大明庄 60 岁的村民姚启华多年来在许国友瓜田打工,已经掌握了一整套西瓜管理技术,他在瓜田里一边摘瓜,一边和我随意地聊着:"当年分地时只有我和老伴的土地,这些年我儿子娶媳妇又得了两个孙子,现在一家八口人,只有三亩地,在老许这里打工一下子解决了我的大问题。"

"现在不出家门口在瓜田打工,一年收入在 2 万元左右,还可以和老伴接送两个上学的孩子。"姚启华越说越开心。

大许村前周庄村民周学林和姚启华情况差不多,他一家七口人,仅有两口人的土地,两个儿子在外打工,周学林一边在这里打工,一边和老伴每天到村小接送上学的孙子和孙女。

村里的一批贫困户在老抠瓜田里打工,每天夕阳西下的时候,数着老抠发给他们的百元大钞,个个脸上乐开了花。

贫困户许国计虽然已经接近八十岁,但身体硬朗,他有空喜欢到许国友瓜田干零活。那天我和正在帮老抠搭建钢构大棚的许国计聊天,许国计告诉我,年纪大了,在家闲着没事干急人,在这干个杂活每年至少挣个几千块。

(五)

猪年春节过后,大许村三百多户老宅子大拆迁之后复垦了 350 亩土地。

头脑精明的老抠,对工作队力主实施的复垦土地统一流转,立马表现出浓厚的兴趣。和土地打了几十年交道的老抠,觉得这些复垦的土地,土质板结,存在老屋的砖渣等遗留物,头几年种小麦、玉米、红芋等农作物,注定影响产量,即使栽种西瓜也不行。

老抠认定这些复垦土地最适合种植桑树,且经过到外地的一番考察,发现蚕茧的生产销售和效益没得说,同时在桑树下养鸡,又是一笔可观的收入。老抠盘算着种植桑树的可观前景,永刚对老抠的思路大加赞赏,当即表示为老抠寻找复垦地块,支持他发展蚕茧业。

老抠回家一商量,妻子也认为一边种西瓜,一边搞蚕茧,是个不错的生财之道。永刚召集全村有复垦土地的 7 个村民组组长开会,大家对复垦土地统一流转达成了共识,经过和村民组组长商量后,确定代庄40多亩复垦土地交由老抠流转。

为老抠提供栽桑树地块的事按理说应该水到渠成。未承想一夜之间,代庄的村民无论如何都不愿把说好的40多亩复垦土地流转给老抠,摆在桌面上的理由是:在复垦土地栽桑树,会严重透支土质未来的后劲。

永刚到代庄反复做村民工作,他们最后私下里悄悄道出了真心话,栽桑树透支土地后劲固然是其中的一个原因,但不愿流转给老抠还有另一个原因:谁让他把卖不掉的西瓜倒河里都不给村人吃?

工作队也费了不少口舌,但一时半会解不开村民心中的这个结,老抠计划流转复垦土地的事最终搁浅。

村民执意不愿把复垦土地流转给老抠,老抠一笑了之。西瓜不能重茬,老抠的西瓜地一般在秋后会种上小麦,下年再转战到另一个地块继续种西瓜。

老抠脑子转得快,2018年秋,西湖镇在农民自愿的基础上积极推广茅台酒厂的有机小麦种植,老抠按照他和茅台酒厂委托的清镇市粮油购销公司签订的合同,种植了300多亩用于酿酒的有机小麦,他严格按要求购买了清镇市粮油购销公司提供的专用麦种、有机肥料和防治病虫害专用的生物农药。亩产虽然只在350公斤左右,但每公斤价格却卖到了4.5元,和种普通小麦每亩丰产500公斤,每公斤价格2.2元相比,每亩小麦效益提高了500元左右。

正说话间,老抠接到一个电话,他跨上那辆破旧的电动三轮车,随即消失在我们的视野中。

这辆三轮车是老抠出行的标配,村里有不少人家买了小轿车,但老抠院子里依然是那辆破旧的电动三轮车。

闷声不响挣自己的钱,老抠从不在村人面前显摆,即便儿女们在城里混得很有出息,也从未见他们开着轿车回来找荣归故里的感觉。

（六）

　　老抠种瓜收获了真金白银，使一些意欲回村兴业的青年少了点犹豫。草河湾一时成为返乡青年创业的热土，全村上千亩土地被老抠等种植大户流转，这加快了大许村扶贫工作由输血向造血功能的转化，工作队因此走上了颍州区产业扶贫现场会发言席，电视上还出现了介绍经验的镜头，大许村被授予阜阳市首批"百村百品"特色农产品优势村，老抠绝对是功勋级人物！

　　在电视台播放工作队镜头的第二天，在工作队门口遇见老抠，我喊他进屋聊天，我问他："你知不知道村里有人喊你老抠？"

　　"咋能不知道！"

　　"宁肯把卖不掉的西瓜倒进河里，也不送给贫困户，有这事吗？"

　　"有呀！"

　　"为啥要这样？"

　　"那些倒掉的全部是十成熟之后坏了瓤子的瓜，送给他们吃，要是吃坏了肚子，我岂不是吃不了兜着走？

　　"我自己都不敢吃的西瓜，敢给他们吃吗？

　　"再说了，工作队不是天天说扶贫扶志吗？你们不是也不主张给贫困户送钱送物吗？我今年送给他们吃，明年不送他们可能就会骂我。

　　"有人说我抠，在我瓜田里打工的贫困户，我抠过他们一分钱吗？"说到这里，老抠有点动情，"对汗珠摔八瓣的贫困户，我手大着哩，不信你问问十几个给我打工的贫困户，我少过谁一分钱？"

　　"当初为什么坚持不让村里入股分红？"

　　"我最怕的就是算收支账，如果村委会入股，我必须把纯收入算得分毫不差，方能无愧于心，这对我来说是件很麻烦的事。再说了，如果风不调雨不顺亏损了，怎么向村里交代？"

　　那次大许村评选首届"脱贫攻坚贡献奖"，按理说论功行赏，老抠应该榜上有名,但我和大家总觉得他抠门,没境界,于是乎,老抠和大许村有史以来的首届"脱贫攻坚贡献奖"失之交臂。

想到这,我的脸一下子红到了脖子根。

二 外来女能人

从大许村小陈庄朝南是一块广袤的肥田沃土,多少年来每到夜晚那里除了蛙鸣虫叫,从来都是乌黑一片。

但从 2017 年深秋开始,在这片漆黑的夜色中突然亮起了灯光。

这灯光来自百余亩蔬菜大棚中间的一片活动板房,板房内住着种植大户周娟请来的技术和业务总管孙永刚,灯光亮起的那天,标志着大许村千余亩土地告别了传统粮食作物的种植模式。

(一)

2017 年 10 月,经西湖镇党委书记李俊山牵线搭桥,正在西湖镇汤庄村经营 380 亩果园的女能人周娟在和永刚队长的几次洽谈之后,坚定了前往大许村发展大棚蔬菜的信心。

有人曾问周娟:"你在汤庄村投资兴建的果园很快就要进入盛果期,为什么要跑到这么偏僻的贫困村种辣椒?"

"大许村土地肥沃,水利灌溉条件优越,具有发展大棚蔬菜的有利因素。"周娟快人快语,"我和工作队陈队长一见如故,他承诺充分运用产业扶贫政策为发展大棚蔬菜营造良好生产环境,我感觉他说话很靠谱。事实证明,工作队的支持很给力,帮助解决了不少具体困难。"

陈永刚召集村干部、村民组组长,带领周娟到小陈庄朝南的土地确定了土地流转范围,很快办理了 100 多亩土地的流转手续。彼时,大许村小陈庄前面 100 多亩玉米刚刚收完,几台旋耕机便入田开始了紧张的作业,深耕后,翻出来的大块泥土油黑发亮,经太阳暴晒和风吹雨打后,酥软的肥土为种植大棚辣椒奠定了良好基础。

二十多天时间,一百多个钢构塑料大棚在那里横空出世,望着那些排列整齐的钢构塑料大棚,周娟如释重负,紧赶慢赶总算在冬天到来之前把那些大棚安装就绪,培育的秧苗在提前搭建的两个大棚内初绽嫩芽,这意味着她的蔬菜大棚基地将按计划进入秧苗移栽阶段。

天有不测风云。2017年底连续两场大雪令周娟猝不及防,厚厚的积雪把钢构塑料大棚压得喘不过气来,伴随呼啸而至的大风,周娟的部分钢构塑料大棚被连根拔起,塑料薄膜被刮到很远的地方。没有被连根拔起的大棚,钢架大都扭曲变形,过半大棚需要重新修建,这对满怀希望的周娟来说,无疑是一个沉重打击。

十几年前从国营企业下海时,周娟就认准了一个理:没有比脚更长的路,没有比人更高的山。多年的商海经历已把她磨砺成性格坚强的女汉子。站在七倒八歪的钢构塑料大棚前,周娟在接受中央气象台驻阜阳工作站的采访时,表示尽快投入生产自救。在凛冽的寒风中,周娟从早到晚坚守在现场,由她指挥干活的村民经过十几天的努力,所有损坏的钢构塑料大棚终于恢复如初。

(二)

狗年春节刚过,许多人还沉浸在节日的欢乐气氛中。往年的这个时候,村民们大都无事可做,或走亲访友,或三五成群靠着墙根晒太阳拉家常,但今年大许村的村民们显得格外忙碌,正是春寒料峭时,村民们跟随周娟投入了紧张的秧苗移栽工作。两个未被风雪破坏的苗圃大棚内温暖如春,秧苗郁郁葱葱,许多前去干活的妇女脱掉了棉袄,个个身轻如燕、手脚利索,她们虽在一个村庄,但很久没有聚在一块说笑了。更主要的是在这里干活可以按天计酬,每过几天兑现时就可以直接在田头领取现金。

周娟的大棚基地明确规定优先吸纳建档立卡贫困户务工,大许村一批贫困户自然而然成了蔬菜大棚基地的主力军。建档立卡贫困户陈桂林是距离周娟的大棚基地最近的务工人员,也是大棚基地出勤率最高的村民。年过六旬的陈桂林以前在村里走东串西,无事可干,时常到村头的牌场凑热闹,一天到晚闲得空虚无聊,自从被村民组组长许国栋推荐到周娟的大棚基地后,他每天吃过饭就往房前的大棚跑,他的帮扶联系人陈继芬每次找他在《扶贫手册》按指印确认帮扶效果时都是在大棚基地才找到他,人虽然比以前晒得更黑了,但身体比以前更好了。从 2017 年 10 月以来,陈桂林务工收入达 2 万元,他因此走上了脱贫之路,高兴地领取了脱贫光荣证。

大棚辣椒是劳动密集型产业,大许村村民是周娟大棚基地的最大受益者。我曾有缘看到村民们领取劳动报酬和土地租金时高兴的情景。村民宋怀秀流转土地 4.9 亩,领取租金 4900 元,这位年过七旬的老太太数钞票的高兴劲正好被我用手机抓拍了下来。

村干部许明增给种地的村民算了一笔账:午季小麦减产,除了麦种、农药、化肥、耕地、收割等成本,不计算劳动成本,每亩地收入不超过 200 元,碰上秋季玉米减产,每亩地全年两季最多收入不超过 800 元,而现在土地流转后,每亩地净得 1000 元流转金。许多流转土地的村民省出时间在大棚基地打零工,一年还可挣个几千元,在家门口打工还可以接送在村里上学的孩子,既照顾了家庭,又找到了挣钱的机会。

"尽管遭受了雪灾的袭击,但是大棚辣椒的整体效益仍十分乐观。"周娟表示,"每年发放劳务报酬都接近 10 万元。"

(三)

紧邻周娟蔬菜大棚基地北侧的是大许村产业扶贫孵化基地。2017年深秋,驻村工作队筹集资金建起了 16 个扶贫大棚无偿交给贫困户经营,并由村党总支、村民委员会成员和贫困户手拉手结对帮扶,让贫困户一方面在扶贫大棚就业增加收入,另一方面在自己的大棚里学习辣椒管理经验。周娟第一时间找到陈永刚,主动请战,真诚地表示愿助一臂之力,她让技术员从苗圃中精选辣椒秧苗,在自己的众多大棚尚未栽苗的情况下,优先为扶贫大棚送去秧苗,安排技术员指导贫困户栽苗浇水,适时防治病虫害。在周娟和技术员明兴忠的精心帮助下,16个扶贫大棚的辣椒长势良好,产量甚至超过了她自己的蔬菜大棚。

这种产业扶贫模式受到省、市、区领导的充分肯定,2018年7月9日,省政协副主席肖超英前往大许村扶贫大棚调研时看到贫困户满面春风采摘辣椒的情景,当陈永刚向她介绍这种扶贫模式得到种植大户周娟的大力支持时,肖超英在充分肯定这种扶贫模式的同时,对种植大户周娟助力产业扶贫的善举表示赞许。

三 宋氏两兄弟

2018年入冬以来,大许村露天田野里经风见雨的儿菜相继出现在杭州、常州、无锡、嘉兴、南昌等地市民的餐桌上,随着冬季时令蔬菜品种的减少,翠绿鲜嫩的儿菜备受市民青睐。从这些城市的蔬菜批发商反馈的信息看,近期一车又一车产地是大许村的儿菜,因品质细嫩,味道鲜美,格外畅销,和往年相比前来购买儿菜的回头客较多。

这些爱吃儿菜的市民并不清楚餐桌上的儿菜来自哪里,但蔬菜批发商都清楚:这些儿菜来自安徽阜阳的大许村,他们每天都要和大许村的儿菜种植大户宋桂成通话联系。

宋桂成这些天像不停旋转的陀螺,忙得昏天黑地,他一边领着六十多个村民从早到晚不停地采收着儿菜,一边指挥着七台高护栏货车往返于大许村和杭州等地的农贸市场,除雨天外每日都有一万到两万公斤儿菜源源不断地从大许村运往杭州等地。

儿菜又叫"超生菜"或"母子菜",围绕中间的主干,周围丛生的腋芽看上去像一群儿子围着母亲,或许这就是"儿菜"名字的来由。宋桂成种植的儿菜是当地人没有见过的稀有蔬菜,帮他收菜的村民初次来到他的儿菜基地时，都是第一次见到这种蔬菜。

在外打拼多年的宋桂成为何要在大许村种这些当地稀罕的蔬菜？话还要从他的哥哥宋桂杰说起。

（一）

宋桂成和哥哥宋桂杰都是大许村头脑精明的青年能人，兄弟俩在外打拼多年，以前曾动过返乡创业的念头，但对家乡的创业环境顾虑重重，一直下不了返乡创业的决心。彼时陈永刚队长在大许村着力推动的水利滴灌项目已进入尾声，配套的水利设施为发展高效农业奠定了基础。在永刚的鼓动下，2017年11月，桂杰成立了阜阳开元农业蔬菜合作社，在大许村马小庄、宋张庄流转土地150亩，以每亩年租金千元向流转土地的农户支付了租金。凭借对各类蔬菜市场行情的精准研判，桂杰以"人无我有，人有我优"的经营思维，剑走偏锋，在首批钢构塑料大棚中栽种了芦荟、秋葵等市场潜力和经济附加值较大的当地稀有蔬菜，并连片种植了白术、丹参、元胡等中药材。

工作队和村干部着力为桂杰营造良好的发展环境，千方百计为他排忧解难。2017年底两场罕见的大雪，给桂杰刚刚栽种的芦荟带来了严峻考验，雪下得大、下得急，厚厚的积雪压在塑料大棚上，已有大棚陆续开始垮塌，漫天飞舞的雪花仍在飘撒，而两个大棚之间的空隙处早已积满了齐腰深的大雪。永刚第一时间动员村民冒着大雪赶到这里，村民站在齐腰深的积雪上，吃力地清理着大棚上的积雪。为防止没有停止的大雪压塌更多的大棚，他们对还没有栽种芦荟的大棚，划破棚皮，从而确保成本较大的钢构骨架免于受压变形。经过几个小时的艰苦奋战，除小部分大棚损坏外，桂杰的塑料大棚大部分处于完好状态。看到前来救援的村干部和乡亲们如此卖力，桂杰感动得眼圈发红。

桂杰返乡创业，大许村农民成为最大的受益者。以前土地收益太低，大许村有许多外出务工的村民，甚至一分钱不要，也要把承包地无条件地送给亲邻们耕种。在家种地的村民累死累活一年下来每亩地纯收入也不过几百元,现在土地流转后,不出力不流汗,即可领取桂杰支付的每亩1000元流转金,更重要的是村民找到了在家门口就近就业的机会。以往农闲时节,村民们无事可干,不是在一起打牌就是聊天,2017年秋末以来,大许村许多村民纷纷来到桂杰流转的土地上,建大棚、栽苗、除草,到处可见村民忙碌的身影。村民每天在这里务工累计每月工资至少在1500元,最高的可达每个月3000元,流转土地的一批农户每年至少增收5000元。

2018年春天的大许处处是生机勃发的景象,桂杰的大棚芦荟、秋葵和连片中药苗郁郁葱葱,长势喜人,成为颍州区西湖镇"一村一品"工程的一道靓丽风景。2018年5月13日,颍州区召开"一村一品"产业扶贫现场会,区委书记张华久率参会人员乘三辆大巴车来到宋桂杰的大棚芦荟、秋葵产业扶贫基地,永刚手持小喇叭指着身边的桂杰向大家介绍了产业扶贫基地取得的成果。宋桂杰作为创业青年的典型被评为颍州区"脱贫攻坚青年好榜样"。我以"投身家乡脱贫攻坚主战场"为题在《安徽青年报》报道了宋桂杰的创业故事。

(二)

哥哥桂杰尝到了返乡创业的甜头,使正在观望的弟弟桂成坚定了返乡创业的信心。桂成和哥哥桂杰一样,善于捕捉和分析瞬息万变的市场行情,喜欢打破常规思维,别人搞大棚西瓜、大棚茄子,他偏偏去种当地人都没有见过的儿菜。

桂成每到一个地方出差,总习惯到农贸市场转转,交了不少蔬菜批发商朋友。2017年初冬季节,桂成到杭州市办一笔业务,顺便到当地蔬菜批发市场看看,他突然发现一种在家乡很少见到的儿菜,在杭州农贸市场格外受宠,从四川等地运送儿菜的货车在农贸市场刚刚停下,蔬菜批发商就呼啦围了上来。

"大家不要跟我争,这车儿菜我全要了。"桂成伸开两臂学着一位批发商的动作跟我描述当时的情景,"货车刚刚停稳,批发商往车前一站,两个胳膊来了这么个动作,明确告诉同行,这车儿菜非我莫属。"

儿菜生长害怕连阴天,2017年秋季连绵多雨,导致儿菜歉收,市场缺货,价格每公斤涨到六七块。经过对儿菜生长规律及市场预期的分析,桂成果断决定联手邻村的好友杨强共同在大许村投资建立儿菜种植基地。午季小麦收割后,在永刚的支持下,桂成在大许村流转土地100多亩,请来了四川的儿菜种植专家进行技术指导。

桂成不怕吃苦流汗,从2018年8月20日播下菜种育苗开始,他把整个心思都用在了这里。

"9月10日移栽儿菜苗之后,天热少雨,全力启动滴灌设备,天亮来到菜地,天黑才能离开,一天到晚在地里忙碌。"皮肤晒得黝黑的桂成告诉我,"夜里睡觉闭上眼睛,头脑里想的还是儿菜苗,直到菜苗全部成活后,才算松了一口气。"

在技术专家指导下,桂成的儿菜生长和上市时间全部实现了当初的设想,每亩儿菜产量平均在三千公斤以上。时令蔬菜越是提前送到农贸市场就越有价格优势。受气候和地域差异的影响,桂成的儿菜上市时间比长期大规模种植儿菜的四川省的时间整整提前了二十多天,在四川儿菜没有上市之前,桂成的儿菜正好打了个抢占市场的时间差。10月26日,桂成的第一车儿菜送到常州市农贸市场后,每公斤批发价为6块多,但随后价格逐日下滑,进入11月中旬之后,每公斤下滑到3元左右。

兄弟同心,其利断金。精于蔬菜市场营销的桂杰,在弟弟桂成儿菜销售的关键时刻,主动放下手头的事务立即出马,为弟弟开拓儿菜销售市场,在他看来,儿菜虽然丰收了,但必须尽快出手经蔬菜批发市场到达市民餐桌后,才能把心装在肚子里。但如果每天都往一两个固定的城市送去一两万公斤儿菜,势必会造成市场饱和并引发价格下跌。桂杰通过多年积累的营销网络,帮助弟弟迅速把儿菜销售市场铺展到杭州、南昌等十多个城市的农贸市场,并通过调整送货节奏让这些城市的儿菜销售处于半饥饿状态。

(三)

为赢得市场,桂成不怕花钱增加成本,他订购了大批环保无公害装菜箱,把儿菜整齐装箱后连同菜箱一同送给批发商,装车外运时整个车厢都要裹着一层厚厚的塑料布。他还在车厢内的菜箱之间放置几十块冰砖,从而延长了保鲜期,确保儿菜在送到农贸市场时鲜嫩诱人。连续多天开"豪沃"车运送儿菜的个体运输老板申涛告诉我:"可能因为大许村土地肥沃,紧邻颍州西湖,水质优良,加上施用的都是有机肥,许多蔬菜批发商都说今年我们送去的儿菜不仅鲜嫩好看,而且吃上去口感特别好。"

儿菜吃法多样,可水煮,可配腊肉炒,也可作为火锅食材,营养价值丰富,含有多种矿物质、氨基酸和维生素,具有降血糖、润心肺、益脾胃和防癌抗癌功效,备受南方消费者的青睐。我曾问桂成为什么要舍近求远不在附近的阜阳、合肥开辟儿菜销售市场,谈起这个话题,桂成深有感触地说起了一桩往事:多年前他和桂杰看到南方不少城市的芽菜市场行情较好,于是在家门口兴建了芽菜生产基地,花生芽作为食疗兼备的食品,不但能够生吃,而且营养特别丰富,但这种无土培育的花生芽虽然生产出来了,但阜阳市场压根不认,挨个给酒店送货也无法撬动市场。兄弟两人由此得出了一个结论:绝对不能凭感觉盲目开发市场,如果当地没有消费特色蔬菜产品的习惯,个体的力量是很难改变这个情况的,蔬菜生产销售必须紧紧跟随市场走,既然阜阳、合肥没有消费儿菜的习惯,甚至很多人从未见过儿菜,就没必要费心劳神了。

正是初冬暖阳的午后,我和永刚来到桂成已经采收过半的儿菜生产基地,村民正在郁郁葱葱的菜田里忙碌着,繁忙的劳动景象和周边田野里满目的孤寂和冷清形成强烈反差。以中年妇女为主体的采收队伍动作利索地整理着刚刚拔出的儿菜,干活的村民分工有序,先是把儿菜拔掉就地堆放，然后围在大堆儿菜的周围用手一层一层掰掉硕大的菜叶，晶莹如玉的儿菜堆得像小山一样等待着装箱外运。

村民们已连续多日每天迎着朝霞赶到这里干活，他们的报酬每天分别在 50 至 100 元之间，夕阳西下，一群身着各色服装的妇女结束一天的劳作，开心地唱着笑着来到田头找到各自的电动三轮车，欢快地朝家的方向奔去。

桂成向永刚表示，在安排儿菜采收人员时，优先考虑为建档立卡贫困户提供务工机会，到 12 月中旬儿菜采收全部结束时，发放十几万元务工报酬。

孙迪是大许村马小庄建档立卡贫困户，因照看幼小的孩子和患有间歇性精神疾病的妻子而无法外出打工，眼下儿菜基地为他提供了在家门口打工挣钱的机会，从他家到儿菜基地只有几百米。正在搬运儿菜忙得满头大汗的孙迪告诉我，他对每天百元的报酬很知足，也很珍惜在这里打工挣钱的机会。桂成接过话茬表示，对于像孙迪这样下劲干活的贫困户，最后还要发红包奖励。话音刚落，孙迪露出满脸灿烂的笑容。

在淮北有句老话：人走时运马走膘。村民说：工作队来了，桂杰、桂成两兄弟的好运也跟着来了。

桂成的儿菜基地当年获利 40 多万元，儿菜收完之后种下的百余亩茅台酒厂预订的有机小麦，价格比普通小麦贵了 1 块多，效益提高了一倍还拐了个弯。小麦卖完后，桂成和永刚谈起 20 多万元的收成，黑黑的脸膛上挂满了笑容。

四　姚杰夫妻的风雨打拼路

程庄"70 后"返乡青年姚杰、许爱芹夫妻的创业之路刚刚开始就遭遇坎坷。

宋张庄宋桂成种植的儿菜在全国各地儿菜尚未批量上市之际，运往上海、杭州、南昌等地每斤曾卖到2元以上的好价钱,大赚了一笔,百余亩儿菜早在2018年11月底就已采收完毕,并种上了小麦。

同样是种植儿菜,姚杰却因儿菜滞销愁得睡不着觉。他联手外村两位创业青年在程庄种下的儿菜,因成熟期较晚,12月中旬上市以来,在上海、杭州、南昌等地和四川等地大量上市的儿菜狭路相逢,批发价由原来的2元一斤下滑到几毛钱一斤,按此销售价格除去运费已无利可图,甚至可以说,运出的儿菜越多赔得就越多,真应了那句老话:货到地头死。

12月24日,我和永刚来到姚杰种植儿菜的地头,只见近200亩儿菜,采收还不到一半,尚有二十万公斤儿菜急待采收和销售,如若遇到冰雪天气,满地鲜嫩的儿菜将惨遭重创!

永刚当即要我发挥记者的职业优势,求助媒体帮助打开儿菜销路,我随即用手机拍摄了姚杰夫妻俩面对销售不掉的儿菜愁眉苦脸的图片。

儿菜在南方城市备受青睐,是那里高档酒店理想的冬季时令蔬菜,但在阜阳、合肥及省内其他诸多城市,消费者不了解也很少吃过儿菜,不认可儿菜导致省内市场上很少见到儿菜,更谈不上购买儿菜。一边是姚杰夫妇渴望阜阳城及周边县区的市民了解并认购儿菜,一边是阜阳市民并不知道近在咫尺的大许村还有他们没吃过的儿菜。

姚杰此时渴望阜阳人了解儿菜、购买儿菜,以解其销售之急。当晚我即把四十万斤儿菜滞销的消息发到了《安徽青年报》官网安青网和阜阳公众网、阜阳在线。

第二天一早我和姚杰一同来到阜阳瑶海批发市场,委托四家瑶海农产品批发经营户设立儿菜销售网点。但三天时间过去了,才卖了两百公斤儿菜。

照这个销售速度下去肯定不行,正当我和永刚发愁的时候,团颍州区委书记朱海利(现颍州区鼓楼街道办事处主任)打来电话,说她已和阜阳市餐饮商会领导商定前往姚杰的儿菜田,和工作队共同商讨销售办法。朱海利一行来到田头一看,不禁为堆积如山的儿菜发愁,我们当即和姚杰商定以每箱五十斤,5毛钱一斤的价格销售。

12月27日,团颍州区委连夜在网站发布"认购儿菜爱心接龙活动"倡议,随后我通过在新闻界人脉关系,迅速在阜阳在线、阜阳热线、今日阜阳网、阜阳168新闻网、阜阳资讯网等网站同步转发了这条信息,当天即在微信朋友圈爆屏,众多企事业单位和个人踊跃认购,他们一方面觉得应该在贫困村创业青年遇到困难的时候伸出援手,另一方面在冬季蔬菜品种较少的情况下感觉儿菜是个很新鲜的稀有蔬菜。

我和姚杰的手机一天到晚响个不停,订购儿菜的单位和个人络绎不绝:

"红旗中学后勤处,认购儿菜六千四百斤。"

"城郊中学食堂,首批认购儿菜八百斤。"

"京师围棋培训中心,首批认购儿菜两百斤。"

"市妇联巾帼微信群,认购儿菜两千斤。"

"临泉宜美购物超市,首批认购儿菜两千斤。"

"阜阳老年公寓,认购儿菜四千八百斤。"

"界首华联超市,认购儿菜四千斤。"

"楚天娇酒店,认购儿菜一千斤。"

"筷道酒店,认购儿菜一千斤。"

"临泉弘和餐饮,认购儿菜五百斤。"

"市作家协会颍淮作家微信群,认购儿菜一千斤。"

……

姚杰认真记下了认购儿菜的单位和个人的联系方式、送货地点,他开着小面包车和妻子许爱芹每天往返于大许村和阜阳、周边县城之间,对大批认购一箱儿菜的市民,无论在阜阳城多么偏僻的地方,无论住在几楼,姚杰都按要求准时送到地点。

2019年1月12日,姚杰在雨雪天气到来之前采收的近4万斤儿菜销售一空。此时购买儿菜的电话仍络绎不绝,尤其是省内部分高校的食堂闻讯后订购的数量越来越大,如果不是雨雪到来儿菜受冻,地里所有的儿菜都能售出。

姚杰的菜田里虽仍有大量雨雪冻过之后勉强可以食用的儿菜,但他已果断停止客户的认购。姚杰拍着胸脯跟我说,虽然仍有不少单位和个人陆续打来认购儿菜的电话,但他做人做事要讲良心,大家在关键时刻对他伸出援手,他终生难忘,尽管因雨雪天气损失惨重,但他决不会往外卖出一斤冻过的儿菜!

刚刚走上创业之路的姚杰夫妻,当年种植儿菜损失10余万元。务工村民的2万多元务工费用,他俩一分不少按时付给了他们。

姚杰的媳妇许爱芹是个知书达礼的明白人,见姚杰唉声叹气的样子,满脸笑容地对男人说:"哪里栽倒哪里爬起来,把沾在身上的泥土拍掉,继续走。"

夫妻俩你望着我,我望着你,破涕为笑。

许国友种植的有机小麦受益后,姚杰决定跟着种有机小麦,他和茅台酒厂委托的清镇市粮油购销公司签订合同后,村民们连夜帮姚杰把七十亩儿菜田整理后及时种上了茅台酒厂订购的有机小麦。

姚杰种植七十亩有机小麦,亩产均在七百斤以上,每亩小麦销售价在1500元以上,纯利润十分可观。

姚杰、许爱芹越干越有心劲。不时到工作队驻地和我们畅叙创业路上的甘苦,表示将加快创业步伐。汪文斌就任第一书记后,对姚杰、许爱芹创业路上不怕挫折的打拼精神格外欣赏,但感觉他们眼界不宽,需要进一步开阔视野,于是决定带姚杰、许爱芹和张强一同到马涛的万联公司参观学习。

五年前,马涛和妻子刘宁毅然告别他们任职的南开大学回乡创业,当时不少人曾为之诧异。如今,这位令人瞩目的新型职业农民,资本积累达1200万元,他创办的阜阳市万联农业科技公司,年产值达3000万元。三百亩流转土地上的180个蔬菜大棚,不仅是马涛创业圆梦的风水宝地,更是众多贫困户入股分红、就业增收的一泓清泉,万联公司生产基地带贫益贫引发的裂变效应,在这块曾经贫瘠的土地上为脱贫攻坚和乡村振兴注入了强劲活力。马涛正在推进的科技产业园项目,因切中了为乡村振兴培养更多新型职业农民的时代课题,一时成了省委书记的牵挂。马涛用坚实的脚步丈量了知识给农业带来的广度与宽度,富有智慧和情怀的扶贫实践被《光明日报》记者常河大篇幅报道后,好评如潮。

2020年7月22日,汪文斌带领姚杰、许爱芹、张强,由我开车来到了马涛的万联公司基地,马涛和妻子刘宁热情接待了我们,带领我们来到万联公司的蔬菜种植基地,耐心地讲述了种植大棚蔬菜的技巧。许爱芹是个有心人,她不时向马涛和刘宁提问题:一亩地的钢构大棚需要花多少钱?是哪里的销售部卖的大棚钢管?什么时间种植西兰花和玻璃菜更好?这两种蔬菜的生长周期多长?每亩一般可收获多少公斤?种植西兰花、玻璃菜有哪些注意事项?马涛有问必答。在马涛中午请我们吃饭的时候,许爱芹仍不失时机提出问题向马涛请教。临别时马涛向文斌表示,将竭尽全力帮助大许村发展大棚蔬菜,全程进行技术指导,从生产到销售,无偿提供一条龙服务。

从马涛的万联公司基地回来后,姚杰、许爱芹对发展大棚蔬菜吃了定心丸。夫妻俩接受了文斌给他们提出的建议:稳扎稳打,从几亩地开始干起,积累经验后再扩大种植面积。两口子说干就干,秋季玉米收获后,他们很快深耕了五亩地,着手搭建蔬菜大棚。本书完稿之际,姚杰、许爱芹五亩大棚内种植的西兰花、玻璃菜已是郁郁葱葱,满目生机。

五 复垦土地创业热

猪年正月初八,永刚节后来到大许村,深夜十二点了,他仍然无法入眠,一直思考着如何使全村大拆迁之后复垦的三百五十亩土地最大化地释放出脱贫攻坚的能量。常规之下,这些复垦的土地应该及时交给农户使用,但这些复垦土地如果分给了一家一户,将很难再流转给种植大户,如果由村民小组统一租赁,很可能会成为返乡青年投资兴业的热土。

第二天上午,永刚和村"两委"成员达成了共识:三百五十亩土地所有权归农户,使用权交给村民小组,由村民小组统一流转给种植大户经营,连片流转既容易吸引种植大户,又有利于动员本村青年流转土地投资兴业。镇党委书记李俊山对永刚的思路大加赞赏,认为这是产业扶贫的一个突破点,随即把大许村的这一探索在全镇推广。

发动青年、凝聚青年是永刚作为共青团干部的拿手好戏,大许村有创业念头和创业潜能的青年呼啦啦地围在了永刚的身边,永刚自掏腰包把大家召集到华佗集北边的农家乐饭店,请尝到创业甜头的桂杰、桂成现场畅谈创业感受。两箱啤酒喝完之后,许晓明、张强、王刚、王强、蔡宏祥纷纷表示:抓住复垦土地集中流转的机遇,注册农业专业合作社,投身家乡脱贫攻坚的主战场。随后永刚连续几天带领几位创业青年把脉会诊,根据分布在七个地块的三百五十亩土地的地形、地势,对每个地块适合种植什么经济作物为创业青年提供参考意见。

草河湾这块黄土地由此唱响了一群追梦青年的创业之歌。

(一)

2017年底,退役军人许晓明,刚刚退伍回到大许村,就被永刚给瞄上了,几次接触之后,永刚认定在部队当过多年司务长的许晓明是大许村"两委"难得的人才。

彼时,一位当老板的战友承诺用优厚待遇吸引许晓明在阜阳城共同打拼。但经过永刚循循善诱的引导,许晓明下定了扎根大许报效家乡的决心。

2018年大许村"两委"换届,许晓明高票当选为大许村总支委员。许晓明没让永刚失望,他用心用情把分工负责的党建工作开展得有声有色。

理想很丰满,但现实很骨感。许晓明在大许村虽然浑身上下都是劲,但渐渐地他感到钱不那么宽裕了,上有老下有小,"二宝"出生后,买奶粉需要花钱,小车加油需要花钱,花钱的地方多了,每月不到2000元的工资,让他捉襟见肘。许晓明一时陷入了纠结:一边是当老板的战友再次向他发出邀请,一边又觉得不能辜负工作队和父老乡亲的厚望。

永刚一番掏心掏肺的话语,很快让他下定了在复垦土地上创业的决心。

罗坡庄北边三十多亩复垦土地上,许晓明分别栽种了春红薯和麦茬红薯。2019年夏天,许晓明春季栽种的香蕉红薯喜获丰收,这种香蕉红薯,不仅外表光滑有看相,而且味道香甜口感好。我把许晓明的香蕉红薯图片用微信发给了老朋友——阜阳华联集团副总经理周军,他很快安排超市连锁店采购人员来到了许晓明的红薯基地,现场取样带回去之后,第二天就给许晓明打来电话:尽快把红薯起出来,由华联集团到地头取货。几天之后许晓明的香蕉红薯畅销华联集团各超市连锁店。2块多一公斤的香蕉红薯,让许晓明尝到了投资兴业的甜头。秋季的麦茬红薯,每亩产量达三千多公斤,许晓明的父亲、母亲以及在小学教书的媳妇也加入了采收红薯的队伍,贫困户宋金军及二十多位村民在许晓明的红薯地找到了在家门口务工挣钱的机会。

如今许晓明在工作之余,抬腿就去罗坡庄那块流转土地,皮肤晒得明显比以前黑多了,三十多亩红薯地把许晓明的心牢牢拴在了大许村。

许晓明手头有了钱,说话做事明显多了些底气,也更加坚定了扎根大许、回报家乡的信念。

(二)

由永刚直接推动的复垦土地青年创业热在大许村方兴未艾,宋张庄西头的二十多亩复垦土地,转瞬间成了返乡青年张强的家庭农场。

2019年初春时节,张强和家人在宋张庄原先的老宅上忙开了,桃树、葡萄树、无花果树幼苗被栽种后,张强每天都要到果园里转悠,用水泥行条搭起的葡萄架承载着张强对美好未来的期望。

张强虽然对果树的栽培和管理是个外行,但他爱学习勤钻研,在工作队请来的专业技术人员面前,他谦虚好学,不懂就问,喜欢打破砂锅问到底,很快掌握了桃树、无花果树、葡萄树的管理技术。转眼一年过去了,鼠年开春后葡萄架上爬满了嫩绿的葡萄藤,藤蔓上串串淡黄色的小花,引来一群群翩翩起舞的小蜜蜂。初夏到了,郁郁葱葱的叶子下,一嘟噜一嘟噜的葡萄挂满了架,张强的葡萄园俨然成为大许村的一道别致的风景。阴凉的葡萄架下,凉风习习,这里成为工作队召集创业青年议事的好去处。

桃树、葡萄树、无花果树下跑动的千余只鸡娃,很快长到了一两公斤。这些散养的红公鸡备受周边集镇酒店的青睐。

张强的家庭农场,由于规模不大,他和媳妇及年过半百的父母成了农场的主要劳动力。农场就在家门口,出了门就是果园,早晨晚上,随时可以在果园进入劳动状态,大大减少了投入成本。

团省委领导曾先后两次来到张强的家庭农场,仔细查看葡萄挂果的情况,为张强加油鼓劲,并为张强的蔬菜大棚提供资金支持。

从第二年开始,张强的家庭农场效益逐渐显现,创业的信心越来越足,劲头越来越大。

(三)

位于草河北岸的六十亩复垦土地,是王竹园青年王强、王刚干事创业的实验田。

工作队 2018 年在小陈庄门口兴建了 16 个扶贫大棚交给贫困户经营,初衷就是让贫困户在经营扶贫大棚的过程中边学边干,增强其创业的能力和信心。王强是经营扶贫大棚的贫困户之一。王强是个有头脑有梦想的青年,父亲去世后,母亲进入植物人状态长达五年以上,他和媳妇刘晓杰长期精心伺候,这让无法外出打工的王强不知不觉成了村里的贫困户,沐浴在扶贫政策的阳光下,王强已在 2017 年领取了脱贫光荣证。

永刚队长承诺大许村复垦土地将优先流转给本村创业青年。在扶贫大棚积累的种植经验,让王强萌生了在复垦土地上投资兴业的念头,王强联手王竹园在外务工返乡青年王刚,租赁了王竹园老宅子五十亩复垦土地。

王强、王刚下决心要在流转土地上干出点名堂,第一季种植的香蕉红薯,长势良好,王刚的媳妇是干活的一把好手,烈日下,她带领村里的一群留守妇女割红芋秧,把用机械从地下翻出的红芋,一筐筐地运到地头。

大许村的香蕉红薯好吃好卖,在阜阳华联超市畅销后,吸引了周边农贸市场的商贩,商贩把货车开到了王竹园田头,价格虽然比送货价低了两毛,但王强、王刚觉得省心了不少。

但也有让王强、王刚闹心的时候,当年种植的香蕉红薯虽然小赚了一笔,但是种植的二十亩儿菜,却血本无归。他们栽种儿菜的时间提前了二十多天,本想着这样可以早上市二十天,在儿菜未大量上市的时候卖个好价钱,未承想由于天气异常,儿菜在偏高的温度下,一个劲地疯长,导致儿菜产量太低,加之品相差,运到南方的农贸市场,压根就卖不动。还有一个原因:儿菜的销售主要在南方城市,南方人吃儿菜喜欢把儿菜切片后和腊肉片放在一起炒,而当时猪肉的价格居高不下,很多人不再花高价买腊肉,儿菜销量受到一定程度的影响。王强、王刚种儿菜当年损失 8 万元。除去香蕉红薯赚的 2 万元,仍然亏损 6 万元,这对大许村青年创业阵营是一个不小的打击。

好在 2020 年他们按照订购合同种植的五十亩有机小麦,有了不错的收成和效益,这让王强、王刚增强了继续创业的信心。

(四)

创业青年蔡宏祥在父亲的支持下流转了代庄、小明庄老宅子复垦土地七十多亩。蔡宏祥的父亲具有多年的蔬菜种植经验,成为蔡宏祥最坚实的靠山。蔡宏祥在小明庄老宅子十余亩复垦土地上搭建了钢构大棚,种植的西瓜、豆角、香菜长势喜人,他从小明庄找了两位贴心的村民帮助打理,西瓜和蔬菜源源不断地被运送到附近的集市上,当年就有不错的收益。

蔡宏祥按合同要求在复垦土地上种植了六十亩有机小麦。他和许晓明、王强、王刚种植的有机小麦的收益和传统种植小麦的相比大幅提升,蔡宏祥把有机小麦卖掉后,算完账,脸上乐开了花。

许国友、周娟、宋氏兄弟及许晓明、张强、王刚、王强、蔡宏祥在大许村围绕土地做文章,开发高效农业,他们投资兴业的规模有大有小,沐浴在扶贫政策的阳光下,赢得了经济效益和社会效益的双丰收。但客观地说,开发高效农业对创业青年来说存在着一定风险,受气候变化的制约较大,抗击自然灾害的能力较弱,王强、王刚的儿菜"走麦城",曾一时让他们心灰意冷,大许村"一村一品"产业扶贫之路仍任重道远。

六 佳豪旗帜别样红

随着2020年国庆节、中秋节的到来,大许村喜添最美风景:进入大许村主干道,鲜艳的五星红旗映入眼帘。村头六公里沥青路面两侧乳白色太阳能灯杆上镶嵌的国旗把草河湾里的大许村装点得格外美丽。村民们高兴地说:看着村头鲜艳夺目的国旗,幸福感、自豪感油然而生!

草河湾村头价值16000元的200多面灯杆式国旗是由大许村扶贫车间的阜阳市佳豪旗帜厂生产并无偿提供的。

佳豪旗帜厂创办人姚丹丹告诉我:在新中国成立七十一周年到来前夕,大许村扶贫车间生产的国旗发往全国各地,供不应求。为表达对党和政府的感恩之情,答谢大许村群众对扶贫车间的支持,早在国庆节到来之前,佳豪旗帜厂就专门为大许村制作了200多面灯杆式国旗。

西湖镇在外有为青年姚丹丹长期在浙江绍兴加工经营各类国旗、广告旗。2018年下半年,在外打拼多年的姚丹丹,经过一番考察比较,把专业生产国旗的佳豪旗帜厂搬进了大许村扶贫车间。

庚子年春节,一场突如其来的新冠肺炎疫情骤然打乱了所有中国人的生活节奏。对姚丹丹来说,这个春节他度日如年。过了正月初六,催促他发货的用户不时给他打来电话,要他务必尽快交货。但新冠肺炎疫情害得他有力无处使,过了正月十六,静卧在大许村扶贫车间的几十台机器仍然无法开工。

好在天无绝人之路,随着新冠肺炎疫情被逐步控制,二月二,龙抬头这天,姚丹丹悬着的心慢慢放松了下来。他采购了口罩、酒精等防护用品,紧锣密鼓地筹划着开工,但心中仍然七上八下,担心没多少人会到车间上班。但当他接到陈永刚打来的电话后,心中很快踏实了许多。

驻村工作队立即召开村"两委"班子会议,研究如何帮助扶贫车间早日复工复产。

"所有包片村干部挨家挨户摸排未就业人员信息,除动员扶贫车间原有人员返岗外,还要广为宣传贫困户在扶贫车间就业的扶持政策,优先让有劳动能力的贫困户在扶贫车间就业。"陈永刚在"两委"班子会议上强调,"佳豪旗帜厂老板姚丹丹是个有担当有作为的创业青年,他把返乡创业基地选在了咱大许村,让贫困户脱贫增收多了一处源头活水,务必要引导村民珍惜在家门口就业增收的机会。"

工作队把村里有劳动能力的贫困户全部集中到扶贫车间,让他们现场劳动体验后,选择不同的劳动岗位。有缝纫技术的立即安排上岗加工国旗,没有技术的就折叠国旗整理产品,如果连折叠整理产品都干不好,就专门负责打扫卫生。村里十三个贫困户就这样很快在扶贫车间找到了劳动挣钱的成就感。

姚丹丹一手抓生产,一手抓疫情防控,每天前来上班的工人都要接受体温测量、信息登记、手部消毒、口罩手套佩戴检查,达到疫情防控要求,才能进入生产车间内。

一阵阵哒哒哒的声音回旋在扶贫车间,40多台缝纫机开足马力,正忙着赶制订单。贫困户马素梅的丈夫因病去世后,她的家庭坍塌了顶梁柱,一下子陷入了贫困状态。多年前就会缝纫技术的马素梅,眼下在扶贫车间脚蹬缝纫机踏板,手滑旋轮,动作娴熟地缝制国旗,感觉如鱼得水。从2月下旬开始,每天吃过早饭,上大学的儿子在家中上网课,她就习惯性地戴上口罩,朝三百多米外的村扶贫车间赶,在扶贫车间务工成为她家的主要收入来源,作为大许村新增贫困户,扶贫车间为她提供的就业岗位,让她在年底如期实现了脱贫。

年过六旬的贫困户张克信整天无事可干,没事就在村头转悠,东走走,西看看,如今给他在扶贫车间安排了清扫厕所的岗位,每天他都会按时到这里把厕所打扫得干干净净,他一下子感觉原来自己还是个自食其力的人。

扶贫车间为村民提供了在家门口就业的机会,让很多家庭的孩子不再成为留守儿童。贫困户代志杰的双胞胎儿子在村小读书,妻子被安排在扶贫车间务工后,无须再外出打工,现在不仅有了稳定的收入,每天还能按时接送两个上学的儿子。

村里许多因疫情无法外出打工的妇女在工作队动员下,刚开始都是抱着试试看的想法去扶贫车间的,看过之后很快就被忙碌的场景吸引了。姚丹丹的姐姐姚圆圆负责车间的生产管理,把扶贫车间管理得井然有序,姐弟俩都很有亲和力,对来咨询的务工人员均热情接待,领着他们在扶贫车间现场感受劳动强度,让先期到来的务工者现身说法,一个熟练的缝纫机手,按件计酬,每月收入在2000和5000元之间。

在严峻的疫情防控形势下,大许村扶贫车间的劳动者队伍不仅没有流失,而且得到了发展壮大。车间的职工队伍由春节前的四十人增加到了八十多人。

大许村扶贫车间受到了各级领导的关注,阜阳市委副书记刘玉杰、颍州区委书记张华久和区长张俊杰等市、区领导相继来到大许村扶贫车间调研。颍州区副区长杜刚一行来到扶贫车间现场办公,落实"六稳""六保"政策，相关部门及时兑现对扶贫车间的扶持政策，为扶贫车间发放就业岗位补贴、企业带贫补贴。政府主动为扶贫车间分忧解愁，大大减轻了姚丹丹的经营压力，在生产经营最为困难的时期，姚丹丹在党和政府的帮助下，逐渐走出了困境。

在外闯荡多年的姚丹丹重情厚义，对在扶贫车间务工的村民他笑脸相迎，真诚相待。中秋节到了，姚丹丹让扶贫车间的所有职工领到了月饼和水果；村里安装太阳能路灯经费紧张，姚丹丹听说后当即慷慨解囊。

"宁肯自己苦一点，也不能亏待给我出力干活的父老乡亲。"姚丹丹多次表示，"得益于国家的好政策才有了我姚丹丹的今天，能够有机会报答家乡人民是我最大的快乐！"

姚丹丹的佳豪旗帜厂成为大许村脱贫攻坚的一大亮点。扶贫车间红红火火的生产经营受到多家主流媒体的关注。2020年5月6日《人民日报》海外版在题为"保居民就业 中国出实招"的焦点报道中，列举了大许村扶贫车间复工复产促就业的案例，大许村扶贫车间也是该文纵观全国各类企业复工复产促就业的案例中唯一提及的贫困村扶贫车间。

第五章　驻村日志　实情在线

一　巡察组入户走访"功夫深"

2018年5月24日至29日《扶贫日志》

2018年5月24日下午，大许村各主要路口及人群聚集的地方均张贴了阜阳市委《第七轮脱贫攻坚领域专项巡察公告》：

巡察组一看脱贫攻坚重点工作内容，是否做到"六个精准"，即扶贫对象精准、项目安排精准、资金使用精准、措施到户精准、因村派人精准、脱贫成效精准，重点查看是否存在"两该两不该"问题；二看脱贫攻坚重要决策部署落实，主要是"两不愁三保障"落实情况，特别是危房改造、教育扶贫、健康扶贫，以及基础设施建设、基本公共服务、村容村貌等情况；三看责任落实，主要是党委政府主体责任、部门监管责任、纪委监督责任是否落实到位；四看工作作风，着力发现脱贫攻坚领域存在的形式主义、官僚主义，特别是弄虚作假、数字脱贫问题，以及驻村帮扶干部违反工作纪律、责任不落实、不作为等问题；五看扶贫工作背后的腐败问题，着力发现贪污挪用、私分冒领、吃拿卡要、优亲厚友、雁过拔毛等不正之风和腐败问题。

同时公告了反映问题渠道：巡察期间，设立意见箱、举报电话和电子邮箱，接待群众来信来访，受理时间为2018年5月26日至7月25日。欢迎广大干部群众针对上述巡察内容反映问题、提供线索。

村里很多人都在围观巡察通告,巡察通告一时成为村民热议的话题。

这标志着为期两个月的阜阳市委第七轮巡察暨脱贫攻坚领域第二轮专项巡察于 5 月 25 日正式拉开帷幕,市委此次抽调纪检、扶贫、财务、审计等部门三百多名干部,进行专题培训后,共组建了 40 个专项巡察组,采取"市委统筹、市县联动、异地交叉、混合编组"的方式,对 8 个县市区 91 个乡镇的 256 个重点贫困村开展巡察。

在第一轮巡察中,全市已有相当一批党政干部受到处理,和西湖镇相邻的九龙镇就有多名科级干部受到处理。对第二轮巡察所有镇村干部和驻村工作队都严阵以待,没人敢掉以轻心。

5 月 24 日下午 5 点,永刚队长在西湖镇迎接巡察工作会议结束之后,立即返回大许村,召开由全村"两委"干部、镇村包保责任人、驻村工作队、扶贫专干参加的紧急会议,会议持续到当晚八点多钟,永刚自始至终表情严肃,他强调:从现在开始所有参会人员坚守岗位,手机保持畅通,全力以赴做好迎接巡察准备工作。他要求大家要充分配合巡察组开展工作,严禁弄虚作假,实事求是地应对巡察工作。

5 月 27 日上午,市委第四巡察组一行七人在副组长蒋鸿魁(颍上县巡察办主任)的带领下,开赴西湖镇大许村展开专项巡察。巡察组分三组对所有建档立卡贫困户入户走访。

巡察组人员进入贫困户时桂珍家之后,关上大门,我和村包片干部梁艳只能在门外等候,有几家危房改造的贫困户,因新建住房还未正式搬进去,巡察组就在院子里向贫困户了解情况,我们也被要求站在远处,防止贫困户因我们在身边不敢讲真话。我在远处看到:每到一户他们首先让户主拿出《扶贫手册》和汇入各项资金的存折,他们看得认真,问得仔细,凡是新建住房,一律在现场用卷尺丈量,用笔记下所丈量出来的数字,然后拧开水龙头看看是否通水,还要再看看配建的是不是无公害厕所。

巡察组离开后,我在和贫困户聊天时得知,巡察人员在入户了解实情时工作很细。

80多岁的时桂珍老人是2017年脱贫的建档立卡贫困户,时老太太有每天必须喝几杯白酒的习惯,饭可以不吃,但酒不能不喝,一顿不喝酒,就会感到难受。

"你今年体检没有?体检你交了多少钱?"巡察人员来她家,开门见山地问道。

"体检了,每年都要通知我们去体检,体检时好像没有收钱。"

"再想想,有没有收你钱?"

"真的没收一分钱。"老太太想了半天,最终坚定不移地回答。

"最近这几天村干部到你家送了多少钱?"

"没人来给我送钱呀!他们给我送啥钱?"

"没送就算了,我们就是问问有没有送。"

细琢磨巡察人员这种"挖坑式"问法,如果真有问题,还真的能给掏出来。

贫困户免费体检,为了看看有没有村干部偷着收费的情况,他们在设问时特意问体检交了多少钱,如果真的有村干部瞒天过海偷着收费,立刻就会在这种语境下问到实情。

巡察人员问最近几天村干部到你家送了多少钱,如果因为迎接巡察,为堵住贫困户的嘴临时拿钱安抚不让其说实情,这种问法当即就会让问题原形毕露。

"我虽然每顿饭都爱喝几杯,但我从没喝晕过,他们这样问我,我差点一时不知该怎么回答。"时老太太事后对我们说,"你们平时这么辛苦帮我过上好日子,我怕回答错了对不起你们。"

"你没喝晕,你回答得很好!有一你就说一,有二你就说二,他们咋问,你就咋回答,讲实话就行了。"梁艳的话让时老太太心中踏实了不少。

巡察人员来到贫困户户主明恒山家,明恒山已经在今年初去世了,87岁的老太太一个人居住在危改工程新建的两间砖瓦房内。

"建新房时公家给了你们多少钱?"

"2万块。"

"把2万块打你卡上之后,你把钱取出来给村干部买了几箱酒、几条烟?"

"没想起来买烟买酒,可需要买?买多少?俺也表示一下心意。"老太太误以为必须买烟买酒,实话实说。

"没买就算了,也不需要买,只是随便问问。"

接下来巡察人员拿出卷尺丈量墙体时,发现新建房墙体不是二四墙,而是一八墙,巡察人员似乎发现了问题线索,因为目前新建住房规定:墙体必须是二四墙。

细看其《扶贫手册》,发现明恒山家的新建房建造于2016年,那时对新建住房没有规定必须是二四墙,当时大都由贫困户自己找建筑队建造。

明恒山家的二女婿是当地建筑队有名的泥水匠,给岳父岳母建房的任务自然就落在了他的肩上,给自家人建房他肯定很认真,细看这两间新房,给人的第一感觉就是很坚固。

巡察人员的功夫之深随处可见。

"我正在向巡察人员介绍大许村集体经济收入时,他们突然问我:'你们村的小账还有多少钱?小账都是哪位村干部在管?'"随同巡察人员的西湖镇副镇长、包村干部孟静告诉我,"他们这句话一下问得我丈二和尚摸不着头脑,意思是我们可能存在着账外账,我心想我们村没有小账呀,更不存在有谁管小账的问题,我当即坦率地告诉他们,我们村根本就没有所谓的小账,更不存在有人保管小账的事。"

巡察组坚持"一线工作法",很多时候不让镇村干部带领,不下通知、不打招呼,直插基层。采取进村入户走访群众、查看现场、调阅资料等方式了解问题,获取第一手情况。阜阳市在本轮巡察中,将对今年摘帽的5个县市区所有建档立卡贫困村、贫困户采取"地毯式"巡察,确保"村村过、户户清"。

"签字背书"压实责任。市委巡察工作领导小组主要负责人和各巡察组组长签订《巡察工作责任书》，进一步明确了主要任务、工作重点和责任、纪律要求。巡察组组长与被巡察乡镇党委、政府主要负责人签订责任书，承诺实事求是地反映存在问题、提供真实资料、积极配合巡察工作。

此次巡察市委还专门成立1个巡察工作督导组，在上一轮巡察过的60个村中，随机抽取5个村开展"巡察再监督"，每个村进驻1周左右，着力发现巡察不深入、不细致，责任落实不到位、纪律执行不严等问题。对该发现的问题没有发现，发现问题不如实报告的，将严肃追究巡察组负责人和有关人员责任。

5月29日，大许村扶贫工作群转发了市委巡察组发现立行立改问题交办清单，在整改要求一栏中写道："对发现问题立即整改并举一反三，做到同类问题不得再次出现，并于7月15日之前整改到位。"

针对市委巡察组的反馈清单，工作队第一时间逐一进行了整改。副组长蒋鸿魁表示：在他所巡察的很多贫困村当中，在大许村发现的问题较少，从很多细节能够看出，大许村工作队的扶贫工作开展得相当扎实，且很有创新精神，项目资金的使用严格遵循有关规定，规规矩矩操作，真正发挥了项目资金应有的作用。

二　三百处老房子几天不见了

2018年6月21日至28日《扶贫日志》

2018年6月21日开始的大许村危旧闲置房屋大拆迁，七天内时间共拆除危旧房屋三百户，每一处被拆掉的老屋，背后都有一串被时光磨洗的故事，在整个拆迁前我和永刚跑遍了每一个行将被拆除的老屋，面对这些老宅旧屋我频频按下快门，留下了大量永远无法复制的画面。

（一）

几年前，随着大许村主干道水泥路的铺设，道路两侧很快盖满了两层或三层的楼房,部分搬到楼房的村民,原先的老房子虽不再居住,但仍然年复一年存在于老宅上。

初到大许时,我和永刚、许明集中十多天时间走遍了所有的村庄,除明庄、凌庄、后周庄、大许村、马小庄、冯王庄、八里庄仍有个别老屋未被拆除外,宋张庄、宋新庄、王竹园、代庄、刘寨庄、小郑庄等几个自然庄老宅的房子基本上还保持着当初的模样。

老宅子的房前屋后除了枣树、槐树就是那些疯长的白杨树,被大风刮断的树枝砸碎了屋顶的老瓦,任凭雨雪渗入屋内;破旧的墙面上残留着"农业学大寨""千万不要忘记阶级斗争"的标语,由此可见,这里经历了几十年的风风雨雨。破旧的木门上大都挂着一把生锈的铁锁,门上当年贴着的红色春联,早已变成乳白色,褪了色的毛笔字已无法认清写的是什么内容。院内除了厚厚的树叶,就是任性野长的荒草,房梁下的蜘蛛网比锅盖还要大,未被搬走的破床、旧沙发成为老鼠打窝的天然场所。

夜幕降临的时候,这些漆黑的老宅里偶尔会有一两处灯光,零星居住在老宅的大都是没钱盖楼的贫困户或不愿和儿子住在一起的老人。位于大许村最东部的小郑庄老宅子,早已没了一户人家,住在这里的人家几年前全部搬到了远离老宅的路边楼房里,这个无人居住的村庄,到了冬天,残垣断壁,枯草败叶,一片萧瑟。

大许村老宅上新建的楼房时而夹杂着未被拆除的老房子,就像城市里一个又一个充满时代气息的生活小区,紧挨着的居然是20世纪六七十年代的棚户区,岂不大煞风景?

大许村剩下的三百户人家的老宅子,每户占地加上老房子前后左右的沟塘,一般都在一亩以上。老宅上的老房子,年复一年,日复一日,风吹雨打之下,越来越破旧,越来越不堪入目,村容村貌也早已被这些老房子给折腾得不像样子。

工作队曾琢磨让贫困户在这些老宅上喂羊或养鸡,也曾把外地养殖大户带到老宅上,发展林下养鸡,想方设法让这些老宅在脱贫攻坚中派上用场,但因一个又一个破旧的院落死气沉沉,杂乱得让人看上去心烦,几次差点谈好了的事情最后还是无果而终。

这些老房子拆还是不拆?搬出老宅的村民也曾为此纠结,邻比邻户比户,村里没有一户主动拆除老房子的村民,比照前几年马小庄等村庄的老房子拆除,大家认为总有一天政府会为拆掉老房子补偿,但谁也不敢保证政府会为拆掉老房子埋单,也可能最后一分补偿款没有,还要一刀切限时拆除。

一句话,拆除老房子有没有赔偿,能赔偿多少,任何人的心里都没底。

2018年6月12日,根据颍州区统一安排,西湖镇出台的《全面消除危房保障农村住房安全工作实施方案》,让大许村近三百户老房子面临的问题迎刃而解。

文件规定:对已纳入土地复垦、征迁范围的,按照现行土地复垦和征迁政策执行;对建新不拆旧"一户多宅"户,按时完成拆除任务的,按照现行土地复垦政策标准的30%给予拆除费用;对长期无人居住的闲置危房,本人在本地无其他住房但在外地有其他居住保障的,按时完成拆除任务的,按照现行土地复垦政策标准的50%给予拆除费用;逾期未主动拆除的最后将依法拆除。

这意味着大许村在6月底之前按时拆除老宅子房屋的村民,被拆除的老房子每平方米最高将得到600元补偿,最低得到200元补偿。这对大许村拥有老房子的村民来说无疑是件美事。

西湖镇召开的动员大会刚刚结束,大许村随即进入前所未有的大拆除模式,2018年6月中旬以来,西湖镇扶贫信息交流微信群一天通报一次拆房进度,包括大许村在内的全镇7个村居个个不甘落后。

由永刚和镇副镇长谭学标、孟静组成的大许村拆除危房工作组迅速召开村"两委"干部和各村民组组长会议,广泛宣传拆除危房和拆除老房的政策精神,随后由总支书马若付、村委会主任周学宏带包片村干部和村民组组长,对所有老房的结构、面积信息进行登记造册,拍照取证,建立农户拆房档案,签订安全拆除协议书,6月20日,各村民组组长逐个通知所有老房子的房主在月底之前把自家老房子拆除完毕。

6月21日,驻村工作队和镇村干部分头行动,十多台挖掘机开进大许村,正式拉开了大许村百年老宅的大拆除序幕。

(二)

6月22日早晨天刚亮,我骑着电瓶车到代庄老宅,60多岁的村民张振海和老伴刘其英正在把拆掉的砖头往三轮车上装。张振海站在刚刚拆除的三间瓦房、两间厨房的废墟上,向我讲述了这个居住了四十多年的老屋里的幸福时光:

刚记事的时候,张振海兄弟俩和父母居住在老宅里,老宅子在一个被水沟围着的村寨中,里面住着四十多户人家,那时候都是清一色的土坯房,每家要么住一间,要么住两间,虽然房子很小,床挨床地住着很挤,但至今留下的仍是幸福的记忆。

四十多年前,张振海到了成家的年龄,村里人开始陆续从老宅搬到规划的宅基地上盖新房。张振海指着一地的青砖告诉我:"盖房子时大女儿刚出生,如今大女儿已经41岁了,那时盖房很少用这种青砖的。这种青砖是烧窑时在窑里支撑一窑又一窑被烧的瓦片时变成了这样的。这青砖不仅好看,还很坚固。盖这些青砖瓦房,在那个年代对我们这个家庭来说应是一大笔钱了。"

几年前,两个儿子先后到了成家的年龄,分别在水泥路边盖上了三层楼房,搬家离开了这里,从此只有老两口居住于此。张振海对这个居住了四十年的青砖房子有着不舍的情结,他指着堆满杂物的院子对我说:"儿女们的大事都是在这里办的,两个闺女都是从这里被婆家热热闹闹接走的,两个儿子办喜事都是在这露天的院子里摆的宴席,这个农家小院承载着我们太多的美好记忆。"

"哗啦啦,哗啦啦……"随着挖掘机的长臂挥动,张振海的房子很快被挖掘机扒掉,院子里堆着许多盆盆罐罐、箱子、柜子和各类农具。一个被熏得油黑发亮的耩子看上去很显眼,这是一种播种用的农具,书面语言称其为耧,播种时由牲畜或劳力在前面拉着,后面一人扶着,上面斗子里装着种子,前行时通过晃动种子从三脚耧下去后埋入土中,这种播种的方法二十年前在农村就已渐渐消失,现在很少有人使用这种办法耩地了。

张振海说,四十年前责任田到户时,生产队的各类农具分给了各家各户,当时他就从生产队社屋里把这个耩子搬到了家里,用了一二十年,再后来不用了就把它挂在了厨房一角,时间长了就熏成了这个样子。张振海摸着这个耩子,心中似有不舍:"今后可能永远不会再用到这个东西了,把它劈了当柴烧太可惜,放在家里又占地方。"

我赶忙劝他:"一定要把这个老物件保存好,这个见证了时代发展变迁的农具,放在家里虽会占地方,但它可能是你家最老的文物,说不定哪个农具博物馆今后会高价回收呢。"

我问张振海:"两个儿子不在家,老房子扒了,你们是不是住在儿子的楼房里?"

"村里像我这样的搬迁老人有几个去住儿子楼房的?"张振海妻子回应道,"儿子是儿子的,老人很少有和儿子住在一起的,图个清净。"

张振海表示,已着手在村头盖两间简易房,老两口住一块,和孩子们各住各的,既安静又舒心。

比张振海年长十几岁的宋怀付对曾经居住多年的老宅子怀有同样的情结。

宋怀付居住的宋张庄是一个具有一百多年历史的村庄,庄上的村民一半姓宋一半姓张,宋张庄因此得名。住在宋张庄西南角的宋怀付 78 岁了,两个儿子在宋张庄两个大院共有十间瓦房。他以前住在后院二儿子家,近两年搬到前院大儿子家居住,两个儿子带着媳妇孩子长年在外,宋怀付一个人在这个老宅上看家护院,他站在大儿子家即将扒掉的六间房屋前向我讲述了从小时候到眼下在宋张庄四次盖房的经历。

宋怀付告诉我,20世纪60年代初期,他不到20岁的时候,家里第一次盖的房子是土坯房,当时盖的两间土房,面积也不大,四面墙壁全部是用黄土和麦草和在一起,用草泥团一团一团垒上去的,上面用几根不太粗的木棍做房梁,房顶上缮的全部是麦草,虽然很简陋,但是冬暖夏凉,也没觉得有多苦。

70年代后期,两个儿子渐渐大了,两间土房住不下了,就盖了三间带砖跟的草房,那时刚时兴盖砖跟的房子,就是在四周靠近地面的墙壁,下面用十多层青砖,上面用土坯垒墙,这样盖成的房子,四墙下面的砖跟不怕雨水浸泡,显得更坚固,家境好些的分别在门和窗户两边一尺多宽的地方也用青砖垒起来,在当时对这样的房子有一个叫法是"青门青框",谁家如盖了"青门青框"的房子,说明谁家的小日子过得还不错,说媳妇的时候,媒人会提高嗓门强调:"人家盖的是'青门青框'的房子,老门老户的,这样的家哪找去?"宋怀付年轻时当过生产队会计、赤脚医生,在庄上算是个能人,当时盖的就是"青门青框"的房子,两个儿子后来说媳妇没费事,与他住的"青门青框"房子不能说没有一点关系。

二十年前两个儿子结婚成家后,分门立户盖房子成为这个家庭的头等大事。这时候盖房正时兴砖瓦结构,好在两个儿子一人有一处宽大的宅基地,大儿子在宋张庄西边靠南的地方盖了四间瓦房、两间西厢房,在南边拉了个墙头,东边留了个门楼,独门独户的院落,感觉特别好。二儿子在距离大儿子不到一百米的后边,也就是原来盖"青门青框"房子的地基上盖了四间瓦房,和另外几户人家的房子被一条水沟包围着,前面是一片茂盛的竹林,引来众多鸟儿常年在这里欢歌。

几年前,村里有钱人相继在新修的水泥路边盖起了楼房,宋怀付两个常年在外打工的儿子,腰里有了钱自然不能免俗,也跟着在路边分别盖上了三层楼房,楼房墙面贴着瓷砖,上面是琉璃,看上去高大气派,只是楼房盖好后,他们长期在外地打工,不到过年一般是不回来的。在路边盖了楼房,老宅子的砖瓦房又舍不得扒掉,原因:一是等待将来退宅还田时能得点补偿，二是对住了多少年的老房子还有些恋旧情结。尤其是年老了无事可干的宋怀付，有了栽花弄草的闲情逸致，大儿子空荡荡的大院子里正好成了栽花弄草的好场所，他不仅种了牡丹、月季等色彩各异的花草，还整修了几个看上去造型不错的盆景，我们工作队和镇村干部不止一次来到他家小院赏花看景，宋怀付指着这些花草对我说："眼看这些房子就要拆掉了，这些花草，有的我可以搬到儿子在路边新居的院子里，有的就无法搬到那边了。"老人神情无奈地说："庄上的人都搬了，也不是我一家一户，咱要响应政府的号召，配合村里干部的工作，明天这些老房子就要扒掉了，心里有点舍不得呀。"

宋怀付一家从泥巴草房、"青门青框房"，到红砖瓦房、三层楼房的经历，浓缩了时代的印记。大许村宋怀付的同龄人大部分都亲历了从泥巴草房到三层楼房的过程，中华人民共和国成立以来，农民的住房每过一个时期，就会随着时代发生一次变化，住房是越来越宽敞，越来越坚固，越来越漂亮，这是中国农村农民住房随时代变迁的共同特点。

大许村程庄老宅上有两间 20 世纪 60 年代盖的泥巴房，泥巴房的主人是年过七旬的"五保"户程万发，几年前老人住进敬老院之后，每过一些日子都要回到几公里外的程庄，看看这两间住了几十年的泥巴房。得知此次大拆迁要推倒这两间全村仅存的泥巴房，程万发老人眼泪汪汪，在他的内心深处，这两间泥巴房是他永远的家，如今这泥巴房没有了，在他看来，家也就永远消失了。

（三）

距离宋怀付不远的村民张金海正搬来木梯子上房卸瓦。年至半百的张金海告诉我，他昨天晚上接到村民组组长宋桂杰电话，说几天之内宋张庄必须拆除完毕。他和妻子连夜购票乘火车往家赶。6 月 21 日下午，刚到阜阳火车站，就立即打车回到宋张庄。老房子里也没多少东西了，只是觉得用挖掘机扒房子，房上的瓦肯定要破碎了。两口子回到家不顾疲劳，找来梯子,自己动手一片一片把瓦揭下来,张金海在墙边放了一块尺把宽的木板子,从房上往下揭瓦,每揭下一片瓦就通过木板滑下去,妻子在下面一块接一块拾起来放到电动三轮车的车斗里。

张金海告诉我,老房子虽然很久没住人了,但自来水一直正常使用,前不久还交了200元电费。儿子大了,马上要结婚成家,本来想着把在路边盖的楼房给儿子住,这几间老房子由老两口住。他指着即将被扒掉的三间堂屋和两间厢房对我说:"这个大院子,将来老了,住在这里还省得上楼了,住着挺好的,现在村里通知让按时扒掉,我们就只好同意了。"

住在张金海前面的73岁田文英老太太,眼看着住了多年的三间堂屋和两间厢房被挖掘机三下五除二给扒掉了,站在废墟上掩面而泣,见我举起相机拍摄拆房的场景,她向我诉说着和这个老房子的故事:她在这里已经住了五十多年,二十多年前扒掉土坯房盖起了这三间瓦房,自儿子在路边盖了三层楼房后,她和老伴就一直住在这里,不愿到楼上去住,她觉得住楼房天天上下楼腿脚不方便,更主要的是住在这里前后左右的邻居相处几十年,感情太深了,吃饭的时候,端着饭碗围在老树下,谈天说地,你尝尝我的菜,我品品你做的饭,如果有什么好吃的,都不会忘记送给邻居们,大家处得像一家人一样。如今这些做了多少年的老邻居,搬到新地方之后,很难再成为邻居了。

田文英的邻居黄小兰和她的婆婆正在把屋里的家具往车上搬,30来岁的黄小兰和她的丈夫是连夜从浙江赶回来搬家扒房子的。黄小兰说,没想到这么快就要把房子扒掉,路边的楼房还没有盖,现在老房子扒掉了,只好暂时住在不远的亲戚家。虽然这些年在外挣了几个钱,但一下子要盖三层楼房还是要欠账的。她打趣地对我说:"现在盖房子差钱,村里能不能像对待贫困户一样帮我们一下?"

黄小兰的婆婆是个80多岁的老人,此刻她正站在那里黯然神伤,在这里住了几十年,现在眼见着把房子扒了,听儿媳说,这里十几天后就变成庄稼地了,他对这几间老屋子留恋得有点难受。

宋桂杰的堂哥是在宋张庄那个老宅子长大的,大学毕业后在阜阳成家立业,听说家里的老宅子几个小时后要被挖掘机扒掉,他特意打来电话,一定要等他回家看老宅子一眼再扒。依了他的要求,挖掘机先扒了另几户,等他回家之后挖掘机再开过去,他从阜阳城立即回到宋张庄老宅子,让宋桂杰帮着拍了许多张他和老宅子合影留念的照片,方才喊挖掘机过来。

6月22日这天是宋张庄近十多年来最热闹的一天,这些年过年时也没这么热闹,这一次为了拆迁的事,所有在外打工的都回来了。宋桂杰告诉我,好多年都没见过面的邻居这次都有机会见面了,村头连云饭店的生意格外好,多年不见,大家在饭馆里边吃边喝边叙,总有说不完的话。

在宋桂杰西边一处三间长期无人居住的砖瓦房,走廊东头和墙体结合的地方裂纹能塞下个拳头,院子里长满了野草,一看就是很久无人居住的空房子。22日上午,我路过这里见一位身着灰白色汉服短袖的男人,正站在院子里凝神看着半个小时后就要被扒掉的房子。从他的衣着和气质一眼就能看出他是个长期在城里生活的人。

交谈中得知他叫宋怀忠,今年54岁,这三间瓦房和已经倒掉的两间厢房,是三十年前结婚成家时盖的房子,至今已有三十多年历史。宋怀忠是村里的能人,早在二十年前就开始到天津等地的建筑工地扎钢筋,是大许村最早到外地建筑工地扎钢筋的,那时在天津每天有6元钱的工资。宋怀忠笑称,村里曾有很多人跟着他到天津的建筑工地,现在许多人都成了建筑工地挑大梁的角色了,不少人都成为老板了,唯有自己还在原地踏步没有大起色。前些年他先后到天津、浙江等地的建筑工地上干过,这几年在广东东阳建筑工地深得老板器重,前两年他把妻子和儿子都接到东阳的一家服装厂打工,技术越来越熟练,工资越来越稳定。宋怀忠说,建筑工地的老板为人很厚道,包吃包住,每月五六千元工资,还给他提供了六十多平方米的夫妻房。

宋怀忠在弟兄四个中排行老三,六年前他花三四十万在水泥路边盖了三间三层楼房,由于一家人长期不在家,三层楼房就由没有房子的大哥一家住着。宋怀忠对我说:"这处老房子虽然长期不住了,但对它还是有很深的感情的,每年春节回来都要到这老房子里面看看,在院子里转一圈。前天宋桂杰打电话说要拆这老房子,我赶紧向老板请了四天假,连夜乘火车回来了,其实房子里也没什么东西,只有一个吊扇和沙发、水缸这些不值钱的东西,所有的东西卖光也不够我从广东回来的路费,即便我不回来大哥他们也会帮着我把老房子拆掉。"

宋怀忠说:"我为什么又连夜赶回来了呢?说到底还是恋着这几间住了三十多年的老房子,毕竟这里承载过我们一家人的喜怒哀乐,见证过我们一家人的酸辣苦甜,回来最后见老房子一面,我的心里会感到好受些。"宋怀忠说到这里,眼睛湿润了,"我有几个朋友每年开着收割机收小麦,前两年每到午收,我带他们为村里人收小麦,实际上就是想回到宋张庄我的老家看看我的老房子,不管我走多远,这里都是我的根呀。"

"大许村从此再无宋张庄",宋桂杰这句话说得在场的许多父老乡亲心中拔凉拔凉的,毕竟是鸟恋旧林、人念旧居呀。

我路过宋桂杰家门口的时候,一个收破烂的老汉正站在移动地磅上扛着一辆生锈的自行车,这是一辆20世纪七八十年代的"永久"牌自行车,大许村那个年代能拥有这车子的人家屈指可数,这从一个侧面印证了宋桂杰的父亲是大许村头脑精明的能人。当年拥有这车子的时候,怎么也不会想到这个最值钱的宝贝,如今被当成废铁几毛钱一斤卖了15元。宋桂杰的父亲有点不舍得卖,但一来实在用不着这个车子了,二来放在家里也很占地方,无可奈何地看着收破烂的老汉把车子放到电动三轮车上。见我拿手机拍照,宋桂杰让老汉把破车子又从电动三轮车上搬下来,让妻子、父母与这辆车子合了个影,方才让老汉又重新把自行车放在了电动三轮车上。

宋桂杰让我来到即将拆除的院子里,继续为他们拍照,不仅拍他们一家和老房子的合影,还让我来到屋里拍那满墙的奖状。宋桂杰指着奖状说:"孩子每学期都往家带奖状,可惜这些奖状贴在墙上粘得很紧,根本就揭不下来,辛苦你再给孩子的奖状拍下来留个念。"

我很理解他们对老宅上房屋恋恋不舍的情结。三十年前我在武警部队服役时,因老家的老宅子整体搬迁,曾经居住了二十多年的老房子被全部拆除。当我从部队回到老家时,看到曾经承载童年幸福时光的老宅子老屋已经被麦田取代时,心中有说不出的酸楚,多年来不知多少次做梦都能梦见当年老屋院子里的两棵老枣树,老枣树上的哪个树枝什么形状,哪个树枝上有马蜂窝,哪个树枝上的枣子最大我都清清楚楚。直到现在每每回老家时我总是不由自主地朝当年的那个老宅子的方向多望两眼。

(四)

无论是宋张庄还是王竹园、寨外、代庄,这些自然庄这几天都是一片繁忙,村头的水泥路上,板车、卡车、三轮车、拖拉机,各种各样的运输工具,把各自家里的冰箱、电视、大床、小床、大柜子、小柜子、锅碗瓢盆从老屋搬出来,我在现场还看到了和这个时代渐行渐远的用苇子编织的粮食穴子及早已经不再使用的各式各样的农具,村民们把家里的老古董和日常用品,有的运到路边早就盖好的楼房里,有的运到暂时借居的亲戚家,还有能耐较大的,新楼房没有盖好,干脆从城里拉来集装箱活动房。宋桂杰作为种植大户,这些年挣了不少钱,但一直把钱用于特种经济作物的扩大再生产上,加之他住的老房子有一个宽阔的大院子,大众汽车可以直接开到院子里,还喂了鸡呀、鸭呀、猫呀、狗呀的,生活极为方便,所以就没有把在路边盖楼房的事放在心上,现在突然要求在规定的时间内搬出老房子,宋桂杰一时没了住处,他不慌不忙地从城里拉来了集装箱活动房,往自家搞大棚种植时留下的那块水泥地上一放,装上空调,倒是遮风挡雨的好去处。

永刚和马若付、周学宏这几天一刻也没有闲着。从宋张庄到王竹园,从寨外到代庄,每家每户的老宅子都闪动着他们的身影。他们不停地协调着拆迁过程中遇到的各种问题,家庭没有劳动力搬东西的,要找人找工具帮他搬,不愿用挖掘机拆迁的还要找劳力帮着干,拆迁户随时会有你想不起来的事去找驻村工作队和镇、村干部。

刘寨自然庄因为老村部遗留的产权纠纷恰好在这次拆迁时被引燃了,庄上的人们为老村部的事各说各的理,左听左有道理,右听右有道理,但不管是谁的道理,遇到了这次拆迁,只有一个道理:遗留的问题必须统一村民思想及时解决,否则就会拖了全村拆迁工作的后腿。我和永刚、马若付、周学宏多次来到刘寨协调,问题都没有得到解决。

6月23日晚上八点多,永刚相约包片村干部和村民组组长、村民代表十余人来到驻村工作队驻地,永刚苦口婆心地劝说,重申了相关政策和利害得失,软话硬话穿插着来,一席话如春风化雨,解开了大家心中积聚已久的心结,从而确保拆迁工作得以顺利进行。

大许村的大拆迁宛如一台大戏,每个庄有每个庄的剧本,每个家庭有每个家庭的剧本,每个家庭的剧本都有不同的剧情,不同的剧情上演着不同的情节和故事。互帮互助、邻里友爱的真善美永远是整个剧本的主旋律,但其中也夹杂着不太和谐的嘈杂声。

6月24日晚上,我和马若付行走在王竹园即将拆迁的村头,一阵女人吵架的声音从不远处传来。

"老人一辈子就偏着你,全村的人谁不知道?现在老的不在了,你还想多吃多占,没门。"

"老人偏着我咋啦?老人对我好你看到了,我孝顺老人的时候你看着没有?"

"把那五斗橱和大床、条柜拉集市上卖了,卖来的钱咱们三家平均分,谁也别想多占一分一毫。"

三个女人一台戏。原来是三妯娌在拆迁老人原来的住房时,老房子里的几件家具分不均,各不相让,就把前三百年后五百年的陈芝麻烂谷子都给抖出来了。

我和马若付远远地听出了她们吵架的眉目,马若付说,清官难断家务事,咱不管她们,吵累了自动就会熄火,半小时后我们再次路过这里,吵架的声音真的就荡然无存了。

这些有上百年历史的村庄,房前屋后栽着各种各样的果树和杂树,也有不少看上去稀罕的树种,每当永刚发现谁家有一棵少见的桂花树或造型奇特的老枣树,总是再三叮嘱,不要卖给树贩子了,卖给树贩子既卖不上价钱,村里的公园也少了一棵可看的老树。

6月25日傍晚,我和村委会主任周学宏来到王竹园,村民组组长王军指着王子标老宅右后方那个长满杂树的河洲子对我说:"你问我咱这庄为啥叫王竹园,我跟你讲,我父亲的父亲当年就住在这洲子里,洲子里那时有片十分茂盛的竹林,一年到头有成群的鸟在这留恋着,王竹园因此得名。"王军告诉我,这洲子三十年前就没人居住了,都搬到了当年规划的新宅住上了新房,想想几天之后,包括这个洲子在内的王竹园几十座老房子将要全部消失,他心里多少有些失落,洲子里哪些堂屋门朝南、哪些厢房门朝东,直到现在仍然记得清清楚楚,杏树下的那个石磨,枣树下的那个石磙,还有他们经常捉迷藏的地方,已经永远刻在了记忆深处。

我们正说着话,一只老狗在一处老宅的废墟上叫了几声,这是王子标喂的黑色母狗,王子标的老屋已经拆掉了,那棵挂着青枣的老树暂时未被锯掉,长期拴在枣树上的这只老狗,被王子标带到临时搭建的住处后,几分钟不到,转身又跑回到那棵老枣树下,一连几天,昼夜守在那片废墟上不肯离去,且不时发出凄惨的叫声……

(五)

大许村此次老房拆除主要是为了退宅还田,不仅要把老房子扒掉,还要把老宅上的所有树木连根拔除。6月26日傍晚,我再次来到王竹园,一支专业的伐木队正在紧张地忙碌着,伴随电锯发出的刺耳声,一棵又一棵大树应声倒地,这些又高又大的白杨树很快被锯成几截,装上停在村头的卡车,专业的事情由专业的人来干,大许村老宅上所有大大小小的树几天之内消失殆尽。

6月27日早上,在代庄离张振海老房子不远的地方,我突然看到十几个男劳力和一个头上顶着红毛巾的妇女正在拆几间砖瓦房。到大许村一年多了,这里的村民至少都已经面熟,但眼前的这些人全是陌生面孔,看他们娴熟的动作,估计是一支专业的拆迁队伍。

站在旁边的一位老头一身汉服,正精神抖擞地指挥着大家如何如何干。上前一问方知老人是距这十来公里的阜南县柴集人李凤友,这个73岁的老人常年带着他的一支二十人专业队伍从事殡葬、拆迁及给建好的房子打水泥地坪等苦力活。

李凤友说,他在代庄的亲戚宋新权给他打电话,请他帮忙拆迁几间砖瓦房。接到电话,他就带着十多人来到了代庄,来了后得知大许村有许多老房子急待拆除,房子大多是用挖掘机拆的,但有不少村民看到机械拆迁把老房子上的瓦和砖损坏了,感觉很可惜,就觉得人工拆除老房子可以让旧砖旧瓦得到有效利用。村民们见来了专业拆迁队,纷纷找到李凤友,共同达成了拆迁协议:拆除每间砖瓦房不包吃300元,十几个人一天下来可以拆除十来间,每人每天可得200多元报酬。

"哪里有市场需求,我们就会出现在哪里,我的这支队伍,没有一个怕出力流汗的,大家就是靠出力流汗去挣钱。"李凤友告诉我,"大许村很多想利用旧砖旧瓦的村民很遗憾当初不知道我们这支专业拆迁队,拆迁队来到代庄后,村民们排队等着我们干,但由于老房子拆迁有时限,所以最多只能在这干两天就要离开大许村。"

大拆除之后,随之而来的就是楼房大建设。政府兑现的补偿款缓解了四十多户急需建楼房村民的经济压力。大许村只有五支建筑队,附近的十里八乡的建筑队闻讯前来,一时间,十多支建筑队在大许村投入了建筑楼房的新战场。

三　从此无须再报岗

2018 年 10 月 29 日《扶贫日志》

"今天你报岗了没有？"

自进驻大许村以来，这是工作队经常相互提醒的一句话。按照上面的要求，作为工作队是否在岗的重要依据，所有扶贫工作队员每天都要打开 APP（应用软件）向省扶贫办上传在贫困村的图片及工作内容。

随时用手机拍下在贫困村的工作画面打开 APP 上传，其实初衷是想通过信息化手段有效考核工作队是否在岗。工作不是太忙的时候，也没觉得是什么负担，但当工作繁忙的时候，常常忘记上传图片报岗，因这种报岗的方式第二天无法弥补，所以时而留下点小小的遗憾。2017 年迎接省第三方监测评估的时候，每天像打仗一样忙得不可开交，记得有两次睡到半夜醒来，突然间想起忘记了上传图片和工作内容，总觉得当天的工作还是有些美中不足。

听说有些脑筋活络的工作队员找到了诀窍，不在村里的时候常常请村干部代为报岗，从而使这种报岗方式渐渐变了味、走了调。

今天是春节后回村上班的第五天，吃早饭的时候，永刚对我和许明说，从今往后，我们每天都不必用手机报岗了。作为反对形式主义的具体内容之一，安徽省所有驻村扶贫工作队员，从此无须再报岗。

不可否认，互联网时代的大数据有力地推动了脱贫攻坚，但通过微信、QQ 等信息化载体传递的各类信息，作为必不可少的工作内容，或多或少分散了一线扶贫干部的精力。为贯彻习近平总书记关于力戒形式主义、官僚主义的重要论述和指示，安徽省对标习近平总书记"不能搞花拳绣腿，不能搞繁文缛节"的要求，省委办公厅日前印发《关于开展"严规矩、强监督、转作风"集中整治形式主义官僚主义专项行动实施方案》，明确规定：省直部门不得擅自出台新的督查检查考核事项，除中央及省委明确要求的事项外,各级各部门自行提出的留痕事项,原则上一律取消。各级各部门不得要求通过微信、QQ 等晒工作痕迹,坚决减少频繁填表报数,省级以下手机扶贫 APP 全部停用。随后在省委办公厅下发的《"基层减负年"工作举措》通知中强调:着力整肃"留痕主义",不得简单将有没有领导批示、开会发文、台账记录、工作笔记作为工作是否落实的标准,不得以微信工作群,政务 APP 上传工作场景截图或录制视频代替对实际工作的评价。

客观地说,省委组织部当初选派驻村工作队员时,曾明确规定省直各单位"硬选人、选硬人",派驻的工作队员都是能力和素质过硬的单位骨干,这样的队伍奔赴扶贫一线,难道你还担心他们不按规定在村在岗吗?

安徽省取消"留痕",着手破解脱贫攻坚工作中的形式主义、官僚主义,为我们扶贫干部松绑之举,值得喝彩!

四 差点让子女背黑锅的老人

2019 年 10 月 24 日《扶贫日志》

村头田野里种下的小麦刚刚露芽,田间地头下了层薄薄的白霜,不知不觉,冬天的脚步越来越近。一大早在朋友圈不时刷屏的霜降小科普,提示我农历二十四节气中的霜降到了。

今天上午,几位市扶贫局干部不发通知、不打招呼、不听汇报、不用陪同和接待,采取"四不两直"方式,通过卫星导航悄然来到了大许村,直接沉入贫困户和非贫困户家中,力求了解真实的社情民意。他们问得全面,听得仔细、记得认真。在他们当天上午十一点多离开大许村之后,工作队当天下午五点之前就收到了经颍州区、西湖镇层层转来的市扶贫局《关于大许村的问题清单》,"问题清单"之一清清楚楚地写道:"非贫困户许士衡(化名)口述身体不好需要看病,无法务工,两个儿子不给赡养费,二儿子静脉曲张,家庭生活较为困难。"

"问题清单"是必须举一反三,立行立改的。我和永刚队长、马若付总支书立即在今晚七点多前往许士衡家中了解情况。

大许村不孝敬独居老人的现象时有所闻,甚至有一位八旬老人被儿媳撵出家门,老人无奈之下带着棉被骑三轮车艰难地来到村部向工作队求助,经永刚队长对其儿媳批评教育后,老人方才勉强回到了家里。在去许士衡家的路上,我在想,他两个儿子不给赡养费,凭以往的经验,要么是因为儿子经济上特别困难,或儿媳不孝,要么是因为儿女中有人认为老人偏心,为赌气到老了就让他依靠最偏心的那个儿女去尽孝,要么是因为兄弟几人的媳妇一个比一个不孝顺,许士衡两个儿子不给赡养费到底会是什么原因呢?

68岁的许士衡是我经常在村头遇见的一位非贫困户,这位头发花白的老人古铜色的脸上布满了皱纹,平时给我的印象是衣着整洁,老实本分,村里人说他是种地的好手,还说他生活节俭,从不乱花一分钱,大许村谁家有红白事他都会主动上前帮忙,在村民中间很有人缘。

许士衡住在一个拉着围墙的院子里,三间用钢筋混凝土建造的主房内摆着彩电冰箱。墙上有多年前贴着的毛主席画像,紧靠后墙的长条桌上摆放着生活用品,两扇木门过年时贴上的两个红色大"福"尚未褪色,从家庭陈设来看在农村这应该算是殷实之家。

许士衡见我们进屋,首先用破毛巾把板凳上的灰尘擦掉,然后热情地让我们坐下,永刚和许士衡紧靠两扇木门的两个"福"字坐下,我和马若付坐在里面,许士衡的老伴先是站在里面,随后我让在她坐在了身边的板凳上。

"听说你的两个儿子不给赡养费,咱今天来的目的是想了解他们不给赡养费的原因,然后找到解决问题的办法。"寒暄了几句之后,永刚队长和风细雨地展开了话题,"如果你儿子不孝顺,我们有必要找他们认真谈谈。"

"从不存在不给赡养费的事。"话音刚落,许士衡连忙否认儿子不给赡养费的事,"二儿子两个月前回家时还给了 3000 元,作为老的,自己有困难一般都不愿向小孩张口。"

"有没有向上面来人反映过儿子不给赡养费的事?"

"我出门到地里干活,刚出门碰巧遇见了上面来的人,上面来的人问我生活有没有困难,我就和他们说了几句最近身体不好需要花钱的事,但并没说儿子不给赡养费,是不是他们没听清给记错了?"许士衡接着说,"我跟老伴现在住的是二儿子原先的住房,大儿子离异后在外地打工,手头不是多宽裕。二儿子这几年辛辛苦苦挣了些钱,在村头华天路边上盖的楼房正在装修,他从不让我们老两口手头缺钱花。"

经过向村民了解,陈永刚、马若付得知许士衡的儿子确实很孝顺,尤其二儿子不怕出力流汗,靠勤劳的双手攒了些钱,手头宽裕,还买了家用轿车,老两口压根不存在"两不愁三保障"问题。

许士衡当过兵,见过世面,是一名经过磨炼的退役军人,对他来说力气从来不值钱,但一岁年龄一岁人,人老了不服老不行,两年前许士衡身体还很硬朗,虽说不能像年轻人一样外出打工,但在村里的建筑队扎钢筋,一年少说也能挣个 1 万多,每遇人情份子,跟着随礼也没觉得是多大的负担。但从去年开始,支气管炎老是治不除根,时而复发的支气管炎,让他无法再到建筑工地挣钱了。医院成了他和老伴不时光顾的地方,有次到医院看病,对扶贫政策并不了解的医生,一上来就问他是不是贫困户、低保户,当得知他既不是贫困户也不是低保户时,就好心劝他们老两口:一定想办法弄个贫困户或低保户,如果当上了贫困户或低保户,拿好多扶贫补助款不说,看病也可以少花不少钱。

许士衡老两口对评定贫困户、低保户的政策并不了解,但听医生这么一说,由此滋生了想当贫困户或低保户的念头。

虽说许士衡老两口对扶贫政策不是多了解,但他们知道,只有让上面知道自己家里生活贫困才有可能当上贫困户或低保户,只有哭穷叫穷当贫困户或低保户才有希望。所以当他们遇到市扶贫局干部了解情况时,故意夸大贫困,而儿子从来不给赡养费是让领导相信自己贫困的证据之一。正是在这种思想支配下,本来对他很孝顺的儿子和儿媳都成了冤大头。

许士衡为什么矢口否认扶贫局干部反馈的问题清单?为什么突然回过头来为儿子洗白?这说明许士衡做人还是有一定的底线,儿子明明很孝顺但他却在上头来人时偏偏说儿子不孝顺,说了瞎话,心里毕竟不踏实,他本以为这样随口说说,上面领导就可能给他批个贫困户或低保户,没想到上面的领导很认真,把他的诉说形成了书面材料。现在见上面领导和工作队、村干部对其儿子不孝顺如此重视,他突然间后悔当初不该故意说儿子不孝顺。工作队要找其儿子谈话,如果儿子和儿媳知道他在领导面前说他不孝顺,儿子不好说,儿媳说不定还要找他理论一番。

许士衡否认说过儿子不孝的话,我们心照不宣,看透没有当面和他讲透。但永刚还是当面向他认真讲解了贫困户、低保户的认定条件和程序,让其明白如果没有医院确诊的大病病历或相关部门的伤残证明是不可能申报低保的;让其明白凡是儿子有房有车的老人即便把贫困户申请报了上去,通过电脑也可以查询到儿子是否有车有房,最终还是蒙混不了的。

解读其前后矛盾的心理过程,实际折射出更深层次的扶贫工作问题。随着对贫困户和低保户扶贫政策的落实,很多贫困户、低保户得到政府的资金补助后,生活水平和生活质量得到了明显提高,一些非贫困户看到原先贫困的邻居当上贫困户和低保户之后,如今收入大幅提高,心中渐渐失衡,或多或少萌生了当贫困户、低保户的想法;加之对贫困户、低保户认定条件和程序不了解,所以就想方设法夸大贫困程度。

许士衡并非大许村第一个故意说子女不孝顺的村民。在我二十多天前(2019年9月28日和10月3日)的《扶贫日志》中曾记录着大许村代庄非贫困户刘研宏(此为化名)也曾故意说子女不孝的前后经过。

2018年9月28日,天空中下着毛毛雨,我和永刚及村委会主任周学宏、村干部许明增到代庄走访贫困户。刚从贫困户刘作道家出来,往前走不远,一位看上去衣着考究的老人站在门口热情地和我们打着招呼,主动向我们诉说膝盖置换手术后的烦恼,我们随这位六旬老人来到其堂屋里坐下。

这位叫刘研宏的老人独自居住在一套两层的楼房里,前面一个大院子,屋内家电一应俱全。从家中摆设看得出他在大许村应属于中等收入以上的村民。老人皱着眉头告诉我们:"膝盖手术花了一大笔钱,眼下家庭经济陷入了困境。"

见我和永刚都在笔记本上认真地记录着,他可能觉得诉求得到了我们的重视,开始讲述家庭困难的原因:年纪大了无法像以前那样在建筑工地干活挣钱,儿女都已成家立业在外面谋生,很长时间见不了一面。

"儿女都在哪里上班?他们平时给不给你赡养费?"

"我这当老的,不到万不得已从不向儿女伸手要,儿子在江苏的一个企业上班,工资收入不高,三个女儿一个在阜阳的医院上班,两个在外地打工,日子过得都不宽裕,他们从未给过我赡养费。"

老人说完这些话,用期待的目光望着我们,言外之意,如能当上贫困户或低保户,家庭经济困难的问题就会得到解决。

永刚当即表示:"你反映的情况我们会认真考虑,但我们必须得到你的配合,首先请把你儿女的手机号和他们的具体工作单位告诉我们,我们会主动和你儿女及他们工作的单位取得联系,督促子女定期给你赡养费。"

刘研宏迟疑了一下向我们表示,年纪大了记性不好,儿女的手机号码确实记不清了,表示等找到号码之后再告诉我们。

"十一"长假,因工作忙碌,很长一段时间都没有回家的工作队,按法定假日回家和家人团聚,10月3日,长假第三天,我和永刚都接到了工作队房东打来的电话:刘研宏是他的亲戚,一大早他就来托工作队房东帮着说情,儿子和女儿放假都回来了,并且都给了他不少赡养费,要我们不要再给他儿女和其单位联系了,并且表示就是给贫困户或低保户也不会要了。

原来儿女们回家后老人一五一十讲了前两天工作队和村干部到家的事,儿女们得知工作队要给他们单位打电话,当即抱怨老人不该隐瞒实情对外哭穷,老人一夜没睡踏实,天一亮就让儿子开车带着他来到我们的住处,请房东给我们打来了电话。

五　让我后悔的一碗面条

2019 年 11 月 19 日《扶贫日志》

让我感到后悔的那碗面条和大许村百味农庄有关。

进入大许村华天路 7 米宽的沥青路面,老远就能看到路边的百味农庄招牌。夜幕降临,百味农庄门前的华天路太阳能路灯显得格外明亮,亮得连灯光下轿车牌照的号码都能看得清清楚楚。

位居大许村中心地带的百味农庄距离驻村工作队百步之遥。这是村里最体面的一家酒店,内有 10 多个装修考究的包厢,百味农庄的大厨是老板花大钱从阜阳城请来的,做的菜品色香味俱佳,方圆十里八乡都知道百味农庄的菜品不比城里的星级酒店差。百味农庄的老板在工作队宿舍对面栽了大片的桃树,每到盛夏七月,红红的桃子,令人眼馋,树下跑动着成群的大公鸡,这些散养的公鸡个个毛色发亮,每天凌晨从这里定时传来的鸡叫声,准会把我从睡梦中唤醒,由这些散养公鸡做成的地锅鸡,肉紧味香,据说是百味农庄的招牌菜,阜阳城许多食客大老远开车到这里就是为了吃百味农庄的地锅鸡。

村里有钱的人家娶媳妇或给儿子剃辫子,如果大摆宴席,百味农庄一般会是他们的首选。村里在外打工的人春节前后像候鸟归林回到大许,见面喝酒的地点大都选择在百味农庄。大许村酒风很盛,村里人平日里会找出很多理由在这里摆酒场,如果谁家新买了轿车,左邻右舍和亲朋好友会主动道贺,轿车的主人往往会把大家请到百味农庄喝一场;如果谁家盖的楼房封顶了,村民们会兴高采烈地相聚在百味农庄;如果谁家的孩子考上了大学,肯定少不了在这里大摆升学宴;儿子在外当兵,如果镇武装部上午来送立功喜报,几个相处不错对脾气的,晚上一准会聚集在百味农庄道贺;甚至几个牌友在一块打牌,最后结束了,赢钱最多的也必须到百味农庄的酒场买单。总之这里的村民会找出五花八门的理由,到百味农庄找酒场。

大许村"两委"干部以前曾经是百味农庄(那时还叫连云饭店)的常客,但自从工作队进驻大许村之后,"八项规定"的高压线再也无人敢碰,公款吃喝一下子在大许村销声匿迹。村干部到这里喝酒大都是红白事掏钱随份子,压根就没了公款吃喝的事。

工作队刚到大许时,我和群众聊天,仍有不少人认为村干部公款吃喝依旧存在,实际上村里的招待已经是零支出,村干部有时在百味农庄招待亲朋好友完全是自己掏钱,但往往也被村民记在了公款吃喝的名下。部分村干部则认为,我在这里请客花的是自己的钱,没占公家一分一毫,为啥担心村民背后讲闲话?反正平生不做亏心事,半夜不怕鬼敲门。

在我所了解的皖北农村,村干部公款吃喝在很多地方给村民留下的负面印象根深蒂固,虽然现在镇村干部真的一点也没了公款吃喝,但群众压根不相信。事实上,一些群众对镇村干部缺乏起码的信任,与难以洗清的公款吃喝有着扯不清的关系。

正因如此,工作队进驻大许村之后,基本不去百味农庄吃饭。我们买了整套的炊具,加之我们的厨艺不错,宁可辛苦点,即便时而要招待来人,也大都是自己动手下厨做菜。四年多来,团省委领导班子成员数十次到大许村调研,每次如在村里就餐,都是工作队自己动手,配上房东院子里的各类蔬菜,现烧现做,大家常常吃得津津有味,末了还不忘夸我们手巧厨艺高。在大许村,工作队基本上没到百味农庄赴宴或请过客。

没想到一不小心,还是破了这个戒。

前天晚上,也就是省第三方监测评估到来的头一天,工作队和村"两委"干部,为精益求精,认真核实《扶贫手册》及系统内相关数据,不知不觉到了晚上九点,仍未结束,此时大家已是饥肠辘辘,总支书马若付表示全体人员待会到百味农庄吃个工作餐,每人一碗肉丝面,吃过饭再接着干,我和永刚队长当时虽觉得不该去百味农庄,但认为加班干到了这个时间点,吃碗肉丝面没什么大不了。九点多,我们陆续来到百味农庄,热腾腾的大碗肉丝面已经被整齐地摆在了桌子上,大家狼吞虎咽之后,一行十多人起身离开百味农庄,返回村部办公室继续挑灯夜战,走到农庄门口,在明亮的灯光下,恰巧和途经这里的村民组组长张振杰相遇,我们彼此点头打了个招呼。

张振杰在村里一向自我感觉良好,是大许村第一个从浙江引进抹纸生意的能人,手里有不少闲钱,多年前就开上了私家车,在社会上什么朋友都有,喜欢抽烟喝酒,总觉得平日里要不经常有个酒场,活着都没啥意思,说话也总是与众不同。每次在村头见面他都喜欢跟我谈天说地,许多时候侃得收不住。

我平时不吸烟不喝酒,除了看书写东西,就是偶尔到澡堂泡澡解乏。驻守大许村之后,我喜欢去距我们最近的华乐浴池洗澡,选择到这洗澡,还有一个原因——大许村的村民喜欢到这里洗澡,我在这里可以无拘无束地和村民聊天,村民和我说什么也不会设防,我可以了解许多工作队所不知道的社情民意,有两位村民被新增为贫困户,就是从这里得到的线索。在这里泡澡,大大丰富和生动了我的非虚构作品《草河湾扶贫纪事》。

2020 年 4 月 28 日《扶贫日志》

工作队在大许村转眼过了三个年头,2020 年 4 月 20 日,永刚因病不得不离任大许村第一书记。永刚在大许村好事办了一箩筐,当地百姓和他有着难以割舍的情感,很多村民难过得流下了泪水,张振杰听说朝夕相处的永刚书记离开了大许村,到工作队找我,说要和刘寨、代庄的几个村民开车到团省委给永刚送锦旗,我当即代表永刚婉拒了:"你们的这个心意,我一定转达给永刚,但这么远的路到合肥送锦旗,永刚知道了也不会同意你们去。"

今天是永刚离任大许的第八天,因放心不下"大许一号"及其他几件没有了尾的事,他乘高铁到阜阳重返草河湾,张振杰得知消息后,当即兴奋地给我打来电话:他已相约刘寨和代庄的部分村民在百味农庄预订了最大的包间,并准备了两箱好酒,打算在百味农庄和永刚喝个一醉方休,这样既表达了和永刚的感情,又为刚上任的第一书记汪文斌接个风。听过张振杰这话,我当即就头大了,我最害怕一群人喝酒喝到尽兴时,一不留神喝多了喝出事,担心参加在百味农庄的酒局会产生不好的影响,我没和永刚商量,当即就拒绝了张振杰的盛情。

张振杰十分不解地对我说:"老杨,你正经个啥?我们请永刚和汪书记喝个酒,咋就这么难?也不知你天天咋那么正经。"他接着跟我说,"我感觉老杨你是不是有点虚伪?"

我说:"你讲我虚伪从何道来?"

张振杰跟着说了句我无言以对的话:"那天晚上你明明和那么多人在百味农庄胡吃海喝,却偏偏跟我说你们就吃了一碗面条,晚上九点多我亲眼看见你从百味农庄出来,你说你就吃了一碗面条,鬼才相信呢。"

看来我为一碗面条背的黑锅,啥时候也扔不掉了。

六 爱听她喊我大兄弟

2020 年 5 月 18 日《扶贫日志》

"听说大兄弟你快要离开大许了,真的吗?"德美大姐不知从哪得来的消息,跟我说这话时,眼泪汪汪的,一个月前,德美大姐拎着一桶小磨麻油来工作队宿舍,跟我核实有没有这回事,见德美大姐伤心的样子,我立即回应道:"还早着哪,即便哪天你大兄弟离开了这里,车子一开还不是说来就来了?"

德美大姐是王竹园贫困户王锋的母亲杨德美。三年前,工作队第一次召集贫困户到村部开会,这位头发花白的农村妇女第一个来到了会场。永刚队长在会上宣讲扶贫政策,她手托腮帮听得很专注。会后第二天,在王竹园西头的那个农家小院,德美大姐跟我倾诉了她的烦心事。

四十多年前杨德美在第二个儿子出生后,把大儿子王锋过继给了大伯王子东,5岁的王锋从此和大伯吃住在一起,名字也和大伯上在了一个户口簿,大伯像对亲儿子一样疼爱王锋。到了上学的年龄,大伯却发现王锋智商不高,和他同时入学的孩子都上初中了,他还在村小上二年级,时常把刚发的新书撕个稀巴烂,三年级没上到头就因厌学告别了校园。二十年前王锋突然得了一场大病,从此留下了精神分裂症的病根。精神病每年都会发作几次,好在他从未因发病伤过人,最明显的症状是经常迷失方向记不住回家的路。记不清他跑丢过多少次,每次都会把很多人折腾得够呛,有一次他骑自行车赶集,一连几天不见踪影,一家人急得像热锅上的蚂蚁,所有的亲友和全庄其他人都去寻找,一个星期后,终于找到瘦了一圈的王锋。

德美大姐边说边叹气:"农忙时有活干他不会乱跑,农闲了无事可干,东走走西转转,最容易迷向不见影。一家人时常提心吊胆,担心他随时会不见了踪影。"

正说话间,王锋从地里干完活回来了,身材壮实的王锋,长着一张娃娃脸,憨憨地站在院子里听我们聊天。

德美大姐说:"这孩子干活不惜力,有情有义,惹人疼,几年前他大伯去世,他扑在棺材上哭得死去活来,出殡的时候,他走在前面扛着幡棍,像儿子一样为大伯送终。每年春节和清明,不用任何人提醒,他都会到大伯坟前去烧纸,他大伯去世后,他就搬过来和我们一起生活了。"

那天晚上,工作队在商讨对贫困户王锋如何精准施策时,永刚队长认为王锋通过享受社会保障措施,基本生活虽没有问题,但仍要对他重点关注,必须给他定期用药改善症状,同时还要给他找活干。

包片干部、村委会主任周学宏很快为王锋办理了二级残疾证、慢性病就诊卡,从此他不仅可以按时领取残疾人护理补贴,定期用药的费用也大都得到了报销。在工作队开展的"党员和能人就近帮扶贫困户"活动中,王竹园建筑队老板优先把王锋安排在建筑工地干杂活。王锋干活舍得出力,每过一段时间就会领到几张百元大钞,别看他脑子不好使,但知道干活能挣钱后,干得更欢了。那天我在村头见王锋满身大汗地从路边卡车上把水泥搬到建筑工地上,老板告诉我:"他每天吃过饭转身就到工地上,一天搬十多吨水泥都没喊过累。"

或许是定期用药起了效,或许是他每天没空溜达了,工作队进驻几年来王锋再也没有跑丢过。德美大姐的日子过得开心了不少。

德美大姐和王锋的父亲王子奎每次见了我都格外热情,我们总是有说不完的话,从他给大儿子接送孩子上学,到王锋现在变得越来越让家人放心,我们无话不谈。那天德美大姐拉着我的手动情地说:"俺娘家离王竹园有二十多里地,在大许村方圆好几里我都没听说有姓杨的,知道你姓杨时,心里高兴坏了,感觉你就是我娘家人,平时俺觉着你就像亲人一样不把俺当外人,往后我就认你这个大兄弟。"我当即接过话茬:"好呀,从今天开始,我就认你是我的大姐啦。"

从那以后,德美大姐每次见了我,总是把大兄弟挂在嘴边,左一句大兄弟,右一句大兄弟,叫得我心里暖暖的甜甜的,时间长了,内心深处我感觉德美大姐就像自己的亲姐姐一样。

德美大姐是一位朴实得不能再朴实的村妇,你对她哪怕只是一点微不足道的好,她都会知足感恩。2019年严冬时节,团省委机关干部给大许村捐赠了一批八成新的冬衣,在一个寒风呼啸的傍晚,我们去德美大姐家,给她和王锋分别送去一件毛线外套和棉夹克,娘俩穿上后顿时精神了许多,临走时,德美大姐再三挽留我们在她家吃饭。

有一天我在草河北岸的堤坝上拍草河风光,正在远处农田里干活的德美大姐看见我,放下手中的农具边喊大兄弟边向我走来,我说怎么就大姐一个人干活,王子奎大哥咋没来,这时才知道王子奎因腰椎间盘突出在医院手术后住了半个多月院,昨天刚从医院回到家里。第二天我专门前去看望王子奎,拿了点钱,表示心意。但德美大姐说啥也不要,我说既然我是她的大兄弟,就应该来看看表示下我的心意,听我这么一说,她眼含泪花地收下了。

从那以后,德美大姐不时给我们送些菜园里的新鲜蔬菜,有时晚上回到宿舍看到门口有一堆黄瓜或番茄,估计就是德美大姐送来的。

每次在村头遇见德美大姐,她老远第一句话就是大兄弟。她不止一次对我说:"甭嫌我手笨,哪天到大姐家瞧瞧俺做的饭好吃不。"

德美大姐说:"俺沾亲带故的都没有吃公家饭的人,从来没有吃公家饭的人在俺家吃过饭,大兄弟你是省里来的干部,看得起大姐,就到俺家喝口我烧的水。"

请吃公家饭的大兄弟到家吃饭,成了德美大姐的一个心愿,那天在村头见了德美大姐,她十分认真地对我说:"王锋爸也听人讲了,大兄弟在俺村驻点说不定啥时就要结束了,你在大许几年都没能吃俺一顿饭,等哪天大兄弟你真的离开大许了,不是更没法请你吃饭了吗?"

德美大姐的邀请绝对是真诚的,看来我如果不到她家吃顿饭,已无法了却她的心愿。

今天中午十二点,我从王竹园贫困户申俄启家回来,途经德美大姐家屋后,突然想到她多次说过的话,于是停下电瓶车推开了德美大姐的院门,正准备做饭的德美大姐激动地说:"今天中午就是说八个样的,大兄弟你也得在俺家吃饭。"她一边让我坐下,一边安排王子奎骑电动三轮车去村头的百味农庄烧两个菜回来。我一把抓住即将出门的电动三轮车,不容置疑地说:"你家里有啥咱就吃啥,我今天就是要吃大姐亲手做的饭,如果到饭店买菜,我现在扭头就走。"

德美大姐说:"家里确实没有什么菜,用青菜萝卜请你吃饭俺心里能过意得去吗?"

我说:"我不喜欢吃大鱼大肉,最爱吃青菜萝卜,你的青菜萝卜都是没打药的无公害蔬菜,我们城里人都当成宝贝,不仅好吃,还有营养,今天中午你就炒青菜萝卜,我自小就爱吃妈妈用地锅蒸的锅巴,大姐你再蒸一锅好面锅巴,吃起来不是神仙才怪呢。"

好说歹说,总算让他们打消了出去买菜的念头,王子奎极不情愿地掉转车头,把电动三轮车停在了院子里。

我说:"咱现在就动手和面蒸锅巴,我多少年都没烧过地锅了,马上我来烧锅,大姐你让我找找小时候在家烧锅的感觉。"德美大姐那双手虽然很粗糙,人看上去也憨憨的,但做起饭来干净利索。不大会工夫,就按我的意图烧了四个素菜:凉拌洋葱、番茄炒鸡蛋、炒青菜、萝卜条炒粉丝,菜烧好了,电饭锅里的豌豆稀饭也好了。

我把做好的四个菜端到堂屋的小饭桌上,问王锋怎么还不回来吃饭,子奎大哥说他这些天在离家远的工地上干活,都是在那吃免费午餐。

我和德美大姐、子奎大哥边吃边聊。德美大姐说:"我从没像今天这么高兴过,总算把吃公家饭的大兄弟请来了。"

我说我以后还会到大姐家吃饭的,即便今后离开了大许,说不定周末我会开车带着媳妇一块到大姐家吃饭,吃大姐门前菜园里的萝卜、白菜,吃大姐做的辣糊和锅巴,让从未烧过地锅的媳妇也过来烧烧地锅。德美大姐邻居、村干部申振来借浇地的水管时,见我在德美大姐家,当即掏出手机为我拍了两张照片。

七　掌声回响贫困村

2020年1月2日《扶贫日志》

今天是农历传统的腊八节,颍淮大地寒气袭人,但大许村党群服务中心会议室暖意融融。台上,全国著名家庭教育专家朱华昌谈笑风生,讲得绘声绘色,引人入胜,台下村民们神情专注,听得认真,不时地颔首赞许,会场内时而响起热烈的掌声。

朱华昌系华东交通大学母亲教育研究所特邀研究员,是全国家庭教育报告团成人教育客座教授,《发现母亲》文库编委,二十多年来在全国各地做家庭教育辅导报告一千多场,听众达三十万人次。

孩子的爹娘长年在外打工,爷爷、奶奶如何跟这些见不到父母的留守儿童相处?孩子老是不听话,一天到晚老是手机不离手沉溺于网络游戏,成绩每况愈下,束手无策的家人到底应该怎么办?孩子大了结交了一批不三不四的朋友,性格扭曲,父母束手无策怎么办?

朱华昌结合大量鲜活的案例,解开了大家提出的一个个家庭遇到的困惑和问号,不时响起的掌声,让朱华昌满面春风,越说越精彩。

几天前见到阜阳市妇联主席郭琳,这位多年前的团市委副书记,虽已转岗多年,但对共青团仍有难以割舍的情结,谈及团省委帮扶的贫困村,她当即表示想帮着做些事情,加之朱华昌又是多年的朋友,于是由阜阳市妇联、市家庭教育研究会主办,朱华昌主讲的这场阜阳市家庭教育报告会在今天走进了大许村。开讲仪式上,市妇联四级调研员王凌结合中华全国妇女联合会、共青团中央等七部委倡导并刚刚拉开帷幕的"把爱带回家"双百万结对寒假特别行动,阐述了家庭教育的重要性。

教育扶贫一直是驻村工作队着力研究的一个重要课题,朱华昌在大许村《读懂孩子 走进心灵》的讲座开场以自身为例讲述了家庭教育的重要性:一个家庭培养了有出息的孩子就等于拥有了未来的"家庭流动银行",孩子们都能成长、成才、有作为,就会从根本上解决大许村的贫困问题。话音刚落,掌声迅即响起。

朱华昌的讲座紧扣贫困村村民关注的家庭教育话题,用一个又一个生动的案例引导大家如何读懂孩子,走进孩子的心灵世界。朱华昌强调,我不赞同很多人所讲的"问题孩子"之说,每一个被认为的"问题孩子"实质上都是一个"潜质孩子",上帝对每个孩子都很公平,为每个来到世上的孩子赋予了千差万别的个性化特点,为什么很多可塑之才最后却偏偏成了所谓的"问题孩子"?父母作为孩子成长的第一个"班主任",一言一行及教育孩子方式、方法的差异,造成了有的孩子如愿以偿成功成才,有的孩子成长期问题不断令整个家庭为之烦恼。

为什么有的农村家庭父母大字不识一个,孩子却能榜上有名甚至考上名牌大学?

为什么很多非富即贵的家庭,下功夫培养的孩子却不成器甚至沦为社会的负担?

朱华昌对大家提出的很多问题以理服人,丝丝入扣的回答引发了在场村民的思想共鸣,经久不息的掌声回荡在大许村。

"扶贫先扶智,孩子们是大许村的未来,对任何一个家庭来说,没有什么比培养孩子更重要的事情,尤其对贫困户家庭,孩子们成长、成才、有出息了,整个家庭就会割断穷根、告别贫困。"王凌表示,"全社会越来越多的人认识到家庭教育的重要性并付诸行动,邀请著名家庭教育专家朱华昌到大许村开办讲座,引导大家如何用更加科学的方法解决孩子成长中遇到的问题,助力贫困村孩子健康、快乐成长是一件很有意义的活动。"

主持报告会的陈永刚队长表示:"朱华昌的家庭教育报告精彩纷呈、高潮迭起,他的讲座对贫困村听众来说就像一场及时雨,感谢他为大家送来了解决家庭教育问题的金钥匙。"

"朱华昌的讲座很接地气,经久不息的掌声说明贫困村群众十分渴望这样的讲座。"西湖镇党委书记李俊山说,"这场讲座校正了很多人的家庭教育理念,如此精彩的讲座令人印象深刻。"

"这是我迄今为止听到的最精彩的讲座,朱华昌的家庭教育理念听和不听绝对不一样,后悔这样的理念知道得太晚了。"大许村青年干部申振如是说。

八 "福"到草河湾

2020 年 1 月 14 日《扶贫日志》

今天是农历腊月二十,大许村党群服务中心门前的广场上一片红彤彤的景象,阜阳市书法家协会副主席王建涛及西安工业大学中国书法学院大学生张若愚、辽宁特教师范高等专科学校书法专业大学生姜浩瀚正在这里为村民们写春联。

听说工作队请来了书法家,众多脱贫户兴奋地来到广场上。王建涛是我多年老友,他曾多次入展中国书协、中国文联主办的全国书法展览,这位年过半百的书法家,花白的齐肩长发在紫红色围巾的映衬下,显得格外精神,他在印制精美的红色宣纸上率先泼墨。为让村民更加喜爱得到的春联,工作队备好了春联内容由村民自由选择。

驻村工作队房东许辉和媳妇在舟山渔场从事海产品加工二十余年,敦厚老实的人品深得老板信任,前两年,儿子许奥宇中学毕业后到舟山渔场成了父母的得力帮手,一家人的钱包越来越鼓,日子越过越好,盖上了三层楼房后,手里仍有不少余钱,去年还添置了"现代"越野车,此次回家过年,由儿子直接从舟山开车回到了大许村,许辉见王建涛为他书写的"迎春花展艳阳天,布谷鸟鸣草河湾"春联,像得了宝贝似的,眉开眼笑地把春联捧回了家。

脱贫户许治军,因妻子残疾无法外出打工,成为因残致贫户,工作队精准施策,为其提供了系列帮扶措施,许治军沐浴在扶贫政策的春风中高标准脱贫后,被评为阜阳市最美脱贫户,"啥时也报答不完党和政府的恩情"是他挂在嘴上的一句话,手捧张若愚书写的"自力更生奔小康,脱贫致富谢党恩"春联,许治军的脸上笑开了花。

脱贫户刘晓杰多年如一日地照顾植物人婆婆,我曾以《草河岸边最美的花》为题整版报道过她的事迹,随后她被评为阜阳市"最美媳妇"。望着姜浩瀚写下的"团圆吉祥年年喜,中华美德代代传"春联,刘晓杰格外开心。

朱勤民是村里出了名的孝子,他对侄子比对儿子还好的大爱情怀及精心伺候八旬老母的孝行令人感动,这位当初的"头难剃"如今已华丽转身为"颍州好人",朱勤民此刻看到张若愚写下的"父母恩情深似海,儿女报恩过万年"春联不住地点头称好。

脱贫户宋金军妻子患间歇性精神病,长期瘫痪,饮食起居无法自理,工作队优先为宋金军提供了就业扶贫等系列扶贫政策,作为大许村自主脱贫标兵,他已如期领取脱贫光荣证。一对在村小读书的儿女学习成绩好是宋金军唯一值得骄傲的事情,为鼓励儿女努力学习,他欣然接受建议,请求书写了"书山有路勤为径,学海无涯苦作舟"春联。

大许村华天幼儿园曾是一个没被正式认可的幼儿教学点,工作队主动作为,登门颍州区教育局,经整改提升后2019年初幼儿园提升为国家普惠性幼儿园。王建涛应幼儿园创办人许晓晶请求,当即写下了"园内桃李年年秀,校中红花朵朵香"春联。

工作队以党建促脱贫,党员主题教育活动开展得有声有色,王建涛转身看过党群服务中心的大门,挥毫写下了"不忘初心勇担当,牢记使命谱华章"春联,站在身边的村总支书马若付禁不住鼓掌称好!

望着满目墨迹未干的春联,一大早开车带儿子张若愚和他的同学姜浩瀚前来草河湾的亳州作家张秀礼表示:"看到乡亲们如此喜欢现场写下的春联,两个孩子很有成就感。"

"到基层服务群众是文艺工作者最大的快乐!"王建涛边说边挥笔写下了大大的"福"字。一行三人不大会儿为现场的每个人送上了大红的"福"字,并和部分手托春联的村民合影留念,风格不同的"福"字为即将到来的大许村鼠年春节,增添了一片欢乐的气氛!

九　名嘴来到大许村

2020 年 7 月 5 日《扶贫日志》

今天上午,大许村党群中心会议室里不时响起阵阵掌声。燕少红题为"走进新时代,把握新思想"的党课,深深吸引了所有在场的听众。两个小时的党课,人人聚精会神,个个全神贯注,其间即便有人去厕所,也是加快脚步,急匆匆回到座位上,燕少红妙趣横生的讲座,引人入胜,激起了台下共鸣的思想火花,此起彼伏的掌声,不时回响在脱贫之后的大许村。

素有"名嘴"之称的燕少红,是 2016 年安徽省唯一受到表彰的全国基层理论宣讲先进个人,作为省委百人理论宣讲团成员、省委宣传部特约理论研究专家,他从事理论工作 20 多年,专题宣讲 1600 多场,直接受众超 30 万人次,相继在《人民日报》等权威报刊发表文章 60 多篇,曾组织完成中宣部《中国共产党宣传工作条例》等 10 多个委托课题。多年来燕少红每到一处宣讲都会引来如潮好评,得知名嘴前来讲课的消息,大家满怀期待。

今天是星期天,上午 9 点开始的党课,8 点半不到,西湖镇党委中心组成员、各村居书记和大许村在村党员、"两委"成员、入党积极分子,就已经早早来到了会场。

提前二十分钟来到会场的燕少红对主持党课的西湖镇党委书记李俊山感慨:从大家早早来到会场呈现的饱满精神状态,能感受到大许村党建工作的活力。

伴随屏幕上早已显示的党课主题"走进新时代,把握新思想",燕少红的党课从大家感兴趣的话题中开始。

燕少红充满激情的语言,连同屏幕上的文字图片、视频场景,生动再现了习近平新时代中国特色社会主义思想的形成过程,进而通过大量生动事实,他进一步论述了总书记为什么多次强调当今世界正经历百年未有之大变局,为什么当代中国正处于近代以来最好的发展时期。

燕少红的讲课内容接地气受欢迎。民间流传的顺口溜他信手拈来:过去是"红薯汤,红薯馍,离了红薯不能活""早上喝菜汤,中午窝窝头,一天三顿不见油",20世纪80年代前后"一年四季净好面,油盐酱醋不能断""好面馍,白又暄,离了菜可不沾",到近几年"四菜一汤,好酒二两,强过地主,胜过皇上""鱼嫌腥肉嫌腻,青菜红薯做调剂",讲到这里会场气氛越发活跃,不由自主引发台下共鸣。燕少红还说到大许村这个曾经软弱涣散的基层党组织,目前正由阜阳市四星级标准化规范化基层党组织,向五星级标准化规范化基层党组织迈进,从他进入大许村看到工作队来到后白改黑拓展的7米宽沥青路面讲到如火如荼的大美阜阳建设,说得大家热血沸腾,摩拳擦掌;还从习近平同志当年到颍州区白行村视察时几次问村支书闫永志人均收入的细节,谈到总书记为什么力倡以人民为中心的服务理念。两个小时不知不觉过去了,大家依然津津有味,意犹未尽。

燕少红刚刚走下讲台,就被大许村党员和入党积极分子给围住了,他们纷纷提出一个个感到困惑的话题,燕少红一一作答,拉直了他们心中的一个个问号。李俊山深有感触地说:"燕少红'名嘴'之说名不虚传。遗憾的是今天的会场小了点,没能和更多的人分享这么生动的党课。"他当即向燕少红发出了请他到西湖镇最大的报告厅给全镇党员、村干部再来一场理论宣讲的邀请。

燕少红大许村之行大大提振了听课人员的精气神。西湖镇团委书记、迎水村第一书记王盼盼表示:"今天全镇所有村居书记都觉得不虚此行,燕少红的党课我听得如痴如醉,当即就产生了一定要排除万难干好本职工作的冲动。"专程赶来听课的团省委驻颍州区岔路口村第一书记程路坦言:"没想到枯燥乏味的党课还可以上得如此精彩!"

第六章　扶贫大考今生难忘

大排查、回头看、巡视整改、省第三方监测评估、市际交叉考核,这些脱贫攻坚的阶段性战役对我们工作队和镇村干部来说时常是如临大敌。

如果把脱贫攻坚的实施过程比作一台高潮迭起的时代大戏,那么作为脱贫攻坚的年度大考,每年一次的省第三方监测评估则是这场大戏中最精彩、最扣人心弦的部分了。

我在大许村共经历了四次省脱贫攻坚第三方监测评估,打开我的《扶贫日志》,原汁原味地记录着我四次经历省第三方监测评估的全过程。

一　2017年首次亲历省第三方监测评估——我诚惶诚恐、胆战心惊

2017年11月23日

今天,距离12月5日安徽省第三方监测评估到来还有十来天,颍州区西湖镇迎接省第三方监测评估工作正式进入倒计时。

西湖镇党政办下午三点在微信群发出通知,全体镇村干部和驻村工作队下午四点半到镇政府五楼会议室参加扶贫工作推进会。在这个时间点开会大都有重要工作安排。我和永刚、许明匆匆忙忙从大许村赶到八公里外的镇政府五楼会议室。镇党委书记李俊山、镇长刘勇、分管扶贫工作的副书记张青松、镇人大常委会主任马士华已在主席台就座。李俊山表情严肃、神色凝重,每有重大工作任务到来之际,他都是这个表情。主席台上方的滚动字幕显示:迎接2017年省脱贫攻坚第三方监测评估推

进会。

李俊山开门见山:"今年的迎接省第三方监测评估工作任务繁重,牵涉面较大。2016年安徽省率先在全国对省内有扶贫开发任务的县(市、区)实施第三方监测评估,那次仅是对全部年度拟脱贫户监测评估,而今年的监测评估除2017年度拟脱贫户外,将评估对象扩大到未脱贫户、2014年至2016年已脱贫户以及一般农户。"

李俊山接着强调:"第三方监测评估是检验脱贫攻坚工作实效的一把尺子,是全省各地年度脱贫实效的重要考核,评估数据将作为市县区党政领导班子和主要负责同志脱贫攻坚成效考核的重要参考,跟地方官员的晋升、评优、问责等密切相关。在全年开展的扶贫督查、暗访、季度第三方评估等多次考核中,此次省第三方监测评估对各地市脱贫攻坚在全省的排名及党政主要领导干部的脱贫攻坚实效考核所占分值为百分之四十,因此备受各地高度关注。"

张青松接下来解读了《安徽省2017年脱贫攻坚第三方监测评估方案》(以下简称《方案》):

全省70个有扶贫开发任务的县(市、区)2017年拟脱贫户和拟出列贫困村的2014年至2016年脱贫户及一般农户,均在这些评估范围之内,其中将对2017年拟出列村和拟脱贫户实行全覆盖评估,每个县(市、区)抽查4个或6个行政村,对村内脱贫户和贫困户实行全覆盖评估,每个县(市、区)还将抽查到2个贫困村,按照村内一般农户总数20%(不超过200户)的比例随机走访调查。

此次评估以贫困村、贫困户退出为重点,全面调查、核实、分析和评价各县(市、区)脱贫攻坚进展情况及成效,评估的具体内容为:年度脱贫任务完成情况,脱贫攻坚政策落实情况,脱贫攻坚责任落实情况,脱贫攻坚"十大工程"推进情况,扶贫资金安排、拨付、使用、管理及效益情况,到村到户帮扶项目实施情况及成效,到村到户扶贫资金使用情况及效益,帮扶工作开展情况,贫困村产业发展及集体经济收入情况,对贫困户帮扶措施及落实情况,贫困户收支及"两不愁三保障"情况等。通过入户调查重点评价"四率一度":贫困户退出准确率、贫困人口识别准确率、贫困人口漏评率、脱贫人口错退率和人民群众满意度。

"决战决胜的最后十天到了,2017年我们的扶贫工作花了那么多精力,到底干得如何？成败在此一举！"李俊山神情严肃地说。

危房改造在扶贫考核中是一票否决制,事关重大,李俊山最不放心的就是危房改造工程,他当场大声询问:"我们西湖镇2017年二百六十三个拟脱贫户五百七十四人,在座的各位镇包点干部和帮扶责任人,还有哪个2017年拟脱贫户危房改造没有最后完工？"

话音刚落,镇包点责任人杨殿龙实话实说:他所帮扶的一位汤庄村贫困户房屋修缮工程由于各种原因进展缓慢。李俊山当即表态:克服一切困难,务必在最近几天完工验收,否则将对相关责任人问责。会议结束后相关部门现场办公,三天之内确保把他的房屋修缮好。

"从今天起,所有镇包村干部对各自包管范围内的拟脱贫户一个不漏筛查,务必做到省第三方监测评估验收时贫困户退出准确率、贫困人口识别准确率百分之百,贫困人口漏评率、脱贫人口错退率为零,最大限度提高人民群众满意度。"李俊山进一步解释道,"错评率是指不应该纳入建档立卡的农户被识别为贫困户;漏评率是指符合识别标准的农户没有纳入建档立卡范围,即'应纳未纳';错退率是指没有达到脱贫标准的贫困户但已经退出了,简单地说就是不该退的退了。所谓满意度就是群众对驻村工作队、帮扶责任人、帮扶措施针对性、帮扶工作有效性以及产业扶贫、易地搬迁扶贫、扶贫资金管理使用等脱贫攻坚重大政策落实和成效情况的满意度。"

李俊山说话的音调越来越高:"对照各项评估指标,如还有欠缺的,突击恶补,不放过任何一个可能出问题的细节。"

2017 年 11 月 24 日

随着监测评估日期的临近,迎接大考的紧张气氛越来越浓。今天下午,颍州区扶贫办通知各村扶贫专干和驻村工作队队长到区政府一楼会议室开会(因陈永刚身兼区扶贫开发领导小组副组长,许多本应由他参加的会议大都由我代为参加),上午刚从合肥回来的时任颍州区扶贫办主任李万军、副主任李红,在参加省第三方监测评估填表培训后,现学现卖,重点讲解如何填写此次省第三方监测评估涉及的《第三方评估 2017 年拟脱贫户核查表》《第三方评估 2017 年拟脱贫户人均纯收入核查表》。在培训会现场我遇到许多熟悉的驻村工作队队长,他们都说半个多月没有回家了,大考当前,没有一个敢急慢松懈的。

下午的会议结束刚回到村里,又接到通知,明天上午八点半村"两委"干部和驻村工作队所有成员到镇五楼会议室开会。

2017 年 11 月 25 日

今天是星期六,上午八点半,镇五楼会议室座无虚席,所有镇包点干部、各村干部、驻村工作队成员齐聚一堂。镇扶贫办主任刘士刚结合昨天下午培训会精神,进一步讲解了如何填写两张核查表的相关注意事项,要求大家务必按照《方案》附件《重点指标解释》,精准填写好两张核查表。

这两张核查表涵盖了所有能说明拟脱贫户情况的问题和数据,看过两张表之后,贫困户家庭致贫原因、帮扶措施、帮扶成效将一目了然。对贫困户是否达到脱贫标准、是否严格按照相关规定落实对拟脱贫户的扶贫政策做出综合研判,是对拟脱贫户帮扶工作的两张试卷,用颍州区委常委臧振林的话来说:这两张核查表是此次监测评估实行的开卷考试,所有帮扶责任人翻看《扶贫手册》和年度收入四张"三账表"填写试卷,相当于考试时允许你翻书找答案,但绝对不能出错,监测评估人员考评时依据这两张核查表,入户对质,逐一向拟脱贫户当事人核实核查表真实性。这两张核查表不仅要准确无误,而且要得到拟脱贫户的确认,如果监测评估人员在入户调查时拟脱贫户对核查表上的内容不予接受,或质疑,则直接决定考评成绩,甚至影响到全村乃至全镇、全区的监测考评成绩,因此每个帮扶责任人都不能掉以轻心。

大许村2017年拟脱贫共三十八户八十七人。会议结束后所有村干部和驻村工作队员准时来到村部办公室,三十八个拟脱贫户的每个包保责任人依据《重点指标解释》,找到每个拟脱贫户的《扶贫手册》及2016年10月到2017年9月四个季度的收入"三账表",先按照上面显示的数据,核算出每个拟脱贫户全年的收入、支出及人均收入。或许是因为对这两张表的填写高度紧张,唯恐填错了任何一个空白表格,或许因为我天生就不喜欢和数字打交道,一天下来,我所包保的两个拟脱贫户的资料,弄得头晕眼花,只填好了其中明秀英老太太一户的拟脱贫户核查表、拟脱贫户人均纯收入核查表。

78岁的明秀英老太太,听力不好,每次和她讲话要用很大的声音她才能听见,她40多岁的小儿子杜春国憨厚老实智商低,只能干个老实巴交的体力活,儿媳张洪侠是个哑巴且明显有智力障碍,每次去她家,她都是一个人远离我们,面无表情呆呆地站在那里。

"傻归傻,生活还能自理,当她一个人在家的时候,任何人别想从俺家拿走一根针。"开明的明秀英说出了儿媳张洪侠的优点。明秀英娶这个儿媳最大的目的就是让这个女人生儿育女,好在她十几年前生了女儿杜雨,但智商不高。不过,杜雨比起她妈倒是很让人喜欢,去她家多了,每次去她家小院都是她忙着给我搬板凳,有时她爸爸、奶奶都不在家时,她会笑着招呼我,问我有什么事和她奶奶讲。

人心都是肉长的,我们驻村工作队每月都走访她家两三次,帮助她解决了不少问题,她的经济收入得到了明显提高。善良的老太太挂在嘴边的一句话就是:"托共产党的福,没有扶贫政策,咋着也过不上吃穿不愁的好日子。"明老太太对工作队也充满感恩之心,时常给我们送些园子里产的辣椒、青菜。那天我听说明老太太身体不好要住院看病,带着蜂蜜、麦片之类的营养品去她家,杜雨笑着对我说:"爸爸骑电动三轮车带奶奶到集上去了。"离开明秀英家,我回到工作队驻地不到一小时,杜春国骑电动三轮车带着老母亲来到了工作队小院,他拎着一个装有 5 斤香油的塑料桶,放在屋里的桌子上,说是自己家芝麻做的小磨麻油,一定要我们尝尝,晚上吃饭打开那塑料桶,味道果然比从超市买来的香油香。

2017 年 11 月 27 日

有了填写明秀英两张核查表的经验,今天填写拟脱贫户崔风云的两张核查表时,就轻松了许多。崔风云是我的四个包保贫困户之一,也是我的包保贫困户中 2017 年两个拟脱贫户之一。

年过八旬的崔风云老太太,实际名字叫崔风云,由于户口簿上把她的名字错写成了崔风云,因此建档立卡贫困户姓名只能将错就错也写成了崔风云,平时大家都叫她崔风云,偶尔在填写《扶贫手册》时一不小心就又写成了崔风云。崔风云、崔风云,每次填写她的表格时我都提醒自己别再把崔风云写成了崔风云,如果表格上把她名字写错了,考评检查时少不了要扣分。

崔风云小儿子朱勤兵前两年在沿海打工时落海遇难,儿媳失踪后没了音信,村里为其孙女朱文悦、孙子朱健康申请孤儿救助后,领取了孤儿救助金,对这个贫困户家庭的关注点主要放在教育扶贫上。村里为其申报并发放了教育扶贫资金,并争取社会各界爱心人士的助学捐款,2017 年还领取了团省委提供的爱心助学捐款 1200 元。

2017 年 11 月 28 日

冬天的夜幕降临得早,下午六点不到,天就黑了,我和许明正要做晚饭,突然接到陈永刚(每到迎接检查的时候他大多时间在区里统筹各镇迎检工作)打来的电话,西湖镇将于二十分钟后在华佗村会议室再次召开迎接省第三方监测评估紧急会议。前两天不慎跌伤右膝盖的许明,二话没说,拿着本子一瘸一拐地走过去,坐在电瓶车后边随我向四公里外的华佗村进发。

许明扶着我的肩膀,吃力地跨上电瓶车后座,初冬的乡村,寒风袭人,冷风打在膝盖上,顿感大许的冬天太冷了。

外面虽然吹着寒风,但华佗村村部会议室温暖如春,我们赶到这里时,会议室已经坐满了参加会议的村干部和驻村工作队员,大许村总支书马若付、村委会主任周学宏及所有"两委"成员、扶贫专干都已经悉数在场。下午五点多刚在其他乡镇结束指导迎检工作的永刚和西湖镇党委书记李俊山、镇长刘勇已在会场主席台准备发话。

"大家的工作激情我很感动,十几分钟前通知你们来开会,这么短的时间,大家以最快速度纷纷从四面八方赶来,这说明迎接省第三方监测评估,我们都已处于高度兴奋状态。"李俊山的表情多了些笑容,随后他直入正题,"这么晚请大家来,长话短说,接下来请大家认真听陈部长(因永刚系团省委青发委部副部长,镇村干部大多称他陈部长)布置迎接省第三方监测评估应该注意的事项。"

永刚此前曾参加过省第三方监测评估活动,对省第三方监测评估过程中可能出现的要害细节了然于胸,他简要强调了注意事项:围绕"一二三四一"做文章:一是脱贫收入数字是否已经超过最低脱贫线;二是吃不愁穿不愁"两不愁"是否已经真正达到了这个标准;三是住房、教育、医疗三个方面是否都得到了保障;四是"四率"必须精准无误:贫困户退出准确率、贫困人口识别准确率必须做到百分之百,贫困人口漏评率、脱贫人口错退率必须零容忍,最后做到一定要最大限度地提高人民群众满意度。

永刚接着强调了迎检工作必须走出两个误区:第一个误区是以前算收入账往往不去除开支,假如有孩子上大学、中专、高职院校的,必须把上学的开支算出来,假如有到医院看病的自费部分,必须把自费的数字作为家庭开支,种地有种子化肥农药等支出的,必须把这些支出减去才能是种植的真正收入,只有去掉这几项开支之后的数字,才是最后的总收入。第二个误区是认为只要收入超过了最低脱贫线 3300 元,就是脱贫户了,贫困户的居住环境如何?住房问题是评估脱贫的重要条件之一,即便不是危房,还是要普查一下房屋有没有裂纹,前来参加评估的大学生都会很认真地用他们的眼光来评价,虽不是危房,但有明显裂纹往往可能被认为是危房,所以要把所有裂纹抹平。第三个误区是对贫困户家庭辍学打工的情况认识不到位,贫困户孩子辍学打工说明义务教育未得到有效保障,和住房、看病并列三保障问题之一的义务教育保障问题没有得到解决,怎么能算脱贫户呢?

2017 年 11 月 29 日

今天中午,包括我所包保的明秀英、崔凤云在内的大许村 38 个 2017 年拟脱贫户的两张核查表信息顺利录入安徽省脱贫攻坚大数据管理平台系统,此时我们如释重负。

晚上七点多,颍州区脱贫攻坚微信群再次发出通知:根据区委常委臧振林安排,明天上午各村开始打印已经录入好的核查表,请各村"两委"、驻村工作队和帮扶责任人再入户核查有无出入,进一步确认并将发现的问题及时在系统中修改,准确无误后于 12 月 2 日之前完成所有核查信息录入。

以我记者的职业眼光看,大许村当初对全村贫困户的认定,还是相当规范的。根据我到大许村近八个月对全村群众的高频率走访,我深信村里的建档立卡贫困户确实都是全村经济最困难的村民,没有不符合贫困户识别标准的家庭被评为贫困户,也不存在比建档立卡贫困户更困难的家庭没有被评为贫困户的情况。

从内容详尽的建档立卡贫困户档案材料来看,大许村贫困户的确认是相当规范的。

我翻遍了大许村所有建档立卡贫困户档案,贫困户的档案内容要比公务员档案丰富得多,给我最直接的感觉就是全村所有建档立卡贫困户的档案内容客观真实、详尽可信。每个建档立卡贫困户档案资料都有30多张各类资料,内容如下:一、农户申请书:2014年申请书、2016年再次申请书、贫困户户主身份证及家庭户口簿复印件;二、入户调查:贫困户登记表、贫困户摸底调查表、贫困户信息采集表;三、贫困户确认:村民代表大会贫困户评议会议记录、村民代表大会照片、贫困户初选名单公示、贫困户初选名单公示照片、村拟定贫困户向乡镇政府的请示、镇对村贫困户审核确认情况的批复、贫困户花名册;四、对贫困户的帮扶及成效:首先是橘红色封面的《扶贫手册》,内容包括户主及家庭成员的基本情况,帮扶责任人相关信息,每个月的帮扶措施、帮扶内容、帮扶单位、每个月由贫困户签字的帮扶成效。如参加产业扶贫,必须有如下资料:产业扶贫申请、贫困户承诺书、项目审核表、镇村两级公示表、项目验收表、项目发展照片、会议记录,如享受了危房改造,必须有从危房鉴定直到验收等大量图片资料进行佐证。此外,还有健康扶贫材料、雨露计划材料、金融扶贫材料、大户带动材料、公益岗位材料及贫困户季度收入核算表、贫困户信息采集表、贫困户信息采集对照表等。

  我之所以不厌其烦地列出这些贫困户档案目录,是想说明扶贫工作的顶层设计有着严谨细致、科学规范的要求,我作为驻村工作队成员和具体帮扶包保人,有时也对做这些烦琐的材料感到烦闷,但仔细想想,如果没有这些档案材料做支撑,各级扶贫办凭什么去全面了解各贫困村扶贫工作是否公正、公平?是否收到了具体实效呢?

  此次省第三方监测评估,除对拟脱贫户进行全覆盖监测评估外,还将在每个县区抽查2个贫困村,按照村内一般农户总数20%(但每个村最多不超过200户)的比例随机走访调查一般农户。虽说全区仅抽查两个村,但所有贫困村都不敢有丝毫马虎,一旦被抽到,只能全胜,不允许有任何闪失。

  对贫困村来说,省第三方监测评估对一般农户的调查要比对脱贫户的调查更令我们担心。此次监测评估的2017年脱贫户,既然脱贫了,就都曾享有过国家对贫困户的扶贫政策待遇,他们一般都对党和政府怀有感恩之心,对村干部、驻村工作队和帮扶责任人不会有对立情绪。

一般农户都是没有进入贫困户行列的村民,这些村民中大多数日子过得殷实,对谁当不当贫困户心态平静。但是,那些家境一般想当贫困户而没有当上的农户,那些和贫困户相比差距不是太大的农户,那些平时和村干部关系紧张、意见较大的农户,那些家庭有实际困难没有得到及时解决的农户,那些村干部、驻村工作队平时联系不多的农户,那些态度偏执的上访专业户都可能成为此次省第三方监测评估时遇到的潜在麻烦。个别农户的不理解是因为贫困差距较小而政策享受差距过大导致的不公平。如何防止个别农户届时可能搅局,西湖镇党委、政府及迎水村、大许村两个可能被抽到的贫困村工作队和村干部,对此都有着清醒的认识。每个被抽查到的贫困村将有 200 个农户受到走访,这意味着全村将有大面积农户要接受评估调查员的走访和调查。工作队和村"两委"统一思想后,决定充分发挥村民组组长的作用,发动村民组组长深入组内农户,通过宣传扶贫政策,消解部分农户对没有成为贫困户而产生的对立情绪,通过村民组组长了解到的实情,对家庭生活确有实际困难的,下一步通过申报低保、改善居住环境等措施,解决其真正存在的困难,从源头上有效化解对立的干群关系。

2017 年 11 月 30 日

从今天开始,工作队和村"两委"干部及村民组组长的工作重心转移到大力宣传扶贫政策,化解农户对扶贫工作的误解中来。上午我和包片村干部周治清到程庄走访农户,一位看上去六七十岁的老太太得知我们是驻村工作队的,拦住去路执意要我们到她家看看,我们跟随她来到水泥路边一座两层楼房的小院,老太太向我们诉说,老伴身体不好,在一家企业给人看大门,她和儿子、儿媳及三个孙子住在一起,一家七口人,原本生活得还可以,前不久儿子程亮在给朋友帮忙用砂轮切割东西时火星不慎溅伤了左眼，花了十来万元医疗费，程亮戴着墨镜站在一旁向我们讲述了受伤和治疗的经过。从收拾得干干净净的小院和整洁悦目的厨房可以看出，这是一个勤劳且对生活有美好追求的家庭，程亮眼睛突然受伤，对一个普通农户来说，是一个沉重的负担。程亮的母亲强烈要求我们为她申报贫困户，言语中抱怨村里当初没给她家申报贫困户。我们耐心地跟她解释："像你这样当初住着楼房的农户，不愁吃不愁穿，老伴在外打工，儿子又有一定的收入，按照国家的扶贫政策，村里当初没给你家申报贫困户并不违反规定，况且咱村很多像你这样的家庭都没有成为贫困户。目前程亮突遇灾祸花了这么大一笔钱，确实给你这个家庭的生活带来极大压力。"我们建议程亮尽快到残联进行眼睛伤残等级鉴定，我们再据此帮助办理低保或残疾补助。离开她家的时候，这位刚才情绪激动的老太太心情平静了许多，也认可了我们的建议。

我们驻村工作队每当遇到反映情况的村民时总是认真倾听，上门了解实情，符合贫困户和低保条件的，帮助履行相关手续，不符合条件的，耐心对其做出解释，直到其充分理解为止。作为驻村扶贫工作队队员，我们尤其喜欢村民主动跟我们反映情况，群众找我们说明他们充分信任我们，如果是符合条件的没能被列入贫困户，正好给了我们纠偏的机会，像凌庄凌文刚当初没被列入建档立卡贫困户，我和永刚到凌庄走访时，遇到其家人反映生活困难，来到他家发现其居住的瓦房破旧不堪，前边的屋檐呈倒塌状态，接近危房，如遇恶劣天气存在安全隐患，因其住房安全得不到保障，我们根据工作队意见很快履行手续为他申报了建档立卡贫困户，进而再为他申报危房改造工程。

2017 年 12 月 1 日

让我们工作队心中颇感踏实的是，有关领导强调：此次省第三方监测评估通过总结以往的经验，评估指标更加完善，评估程序更加科学，围绕评估重点，在评估指标上尽量做到简明实用、可量化、易分析。省扶贫办为此从相关部门抽调精干力量,成立 16 个工作指导组,每个市派 1 个组,由一名副处级干部带队,对大学生在入户调查时的质疑做进一步调查和核实,务求评估结论的专业性、权威性和客观性。以安徽省扶贫办督查督办处副处长石阶为组长的省第三方监测检查指导组前来阜阳市负责监测评估的检查和指导,跟踪了解第三方评估全过程,对监测评估人员在实际核查中涉及脱贫攻坚政策和扶贫业务等方面的疑难问题给予指导和解答,尤其对评估对象反映问题不真实、监测评估人员对相关评估指标无法做出准确判断时,指导组将赴现场实际核查做出结论。

事实上,在对参与专业监测评估的 27 所省内高校师生培训时,省扶贫办已明确强调:考评时要以事实为依据,以数据为支撑,对贫困户或一般农户反映的问题,多角度查证。在对一般农户走访时,对那些向考评人员有失客观的诉求不再偏听偏信,不会简单地因为农户带有情绪的诉求或发泄就轻率做出定论。

颍州区对做好此次迎接省第三方监测评估工作,可谓细之又细,为让所有工作队和镇村干部掌握此次迎检工作的各个环节和工作要点,颍州区扶贫工作微信群转发了《迎接省第三方监测评估工作手册》,这个工作手册堪称迎接此次监测评估工作的宝典。

这个手册列出了监测评估操作流程图,逐一列出了与 2017 年度脱贫攻坚第三方监测评估相关的 56 个问题,这些针对监测评估人员如何入户调查提出的问题,对如何在迎检准备工作中有的放矢至关重要。诸如,2017 年贫困户脱贫的标准是什么?脱贫户人均纯收入怎么计算?现场调查与表格中的脱贫户人均纯收入误差较大怎么办?怎么理解贫困户收支平衡或入不敷出?当被核查户无人在家或因被访谈人的行为能力有障碍无法正常沟通怎么办?遇到贫困户不配合调查工作怎么办?当一个村被访户不在家比例较高时怎么办?危房改造资金、产业补贴和助学金、雨露计划资助等能否纳入家庭收入?户用光伏发电已并网发电但电费尚未打入农户卡中,能否计入收入?入户调查时评估人员如何判断是否整户识别？如何了解贫困户"对帮扶联系人是否满意"？如何向贫困户了解"帮扶联系人落实帮扶措施"？如何了解贫困户对"驻村工作队是否满意"？如何了解贫困户"对帮扶工作和帮扶成效是否满意"？如何了解贫困户是否实现"不愁吃、不愁穿"？如何了解被访谈户家庭成员健康状况及相关医疗政策享受情况？

　　中午一点四十分，我正在午休时突然接到镇里下发的信息：下午三点准时到颍州区政府一楼会议室开会。从大许村到会议地点近三十公里，而我还要从大许村驻地骑三公里电瓶车到阜临路与华天路交叉口乘乡村公交才能到城区，然后转车前往会场。我立即起床洗把脸，推出电瓶车迎着寒风向三公里外的路口奔去。总支书马若付正好也从家中赶到这里，不到三分钟，公交车来了，我们乘车紧赶慢赶，到达会场时距开会还有几分钟（我更加体会到不会开车给扶贫工作带来的诸多不便，如果会开车，一个多小时从村里赶到这里还是很从容的，由此我下定了学车的决心）。此时参加会议的颍州区"十大工程实施单位"分管负责人或具办人、各乡镇街道分管扶贫负责人及业务具办人员、全区40个贫困村工作队队长、全区有扶贫任务的村（居、社区）书记、全区各村（居、社区）所有扶贫专干等均已陆续到齐。

　　会议进程分两个阶段，第一阶段是颍州区迎接省第三方监测评估培训动员大会，区委常委臧振林主持会议，李万军首先讲解了《迎接省第三方监测评估工作手册》，对手册中56个问题逐一进行了解读。

　　永刚作为颍州区扶贫开发领导小组副组长，对此次省第三方监测评估工作方案有着自己独特而深入的思考，接下来第二阶段他针对省第三方监测评估方案解读、省第三方监测评估方式方法、省第三方监测评估重点要点、省第三方监测评估工作要求，通过大屏幕，图文并茂地展示和讲解，令与会人员迎接省第三方监测评估工作的思路更加清晰，消解了许多人对部分迎检环节出现的担心和疑虑，走出了迎检工作可能步入的误区，增强了大家迎检工作的必胜信心。

当天下午颍州区两个事关迎检的会议连轴转,下午五点,永刚的解读报告刚刚结束,除正在中央党校学习的区委书记张华久之外,颍州区四大班子一把手步入主席台继续开会。

主持会议的区委副书记刘峰一句开场白令人印象深刻:"迎接省第三方监测评估大考在即,钢口硬不硬,检验我们的时候到了。"

颍州区纪委书记魏宏伟随后宣读了《颍州区脱贫攻坚责任制实施细则》及《脱贫攻坚责任书》,区农委、卫计委一把手围绕监测评估不失分进行了表态发言;三塔集镇、九龙镇、三十里铺镇党委书记围绕完成年度脱贫任务进行发言。张俊杰区长随后代表区委、区政府分别与西湖镇等乡镇签订了《脱贫攻坚责任书》。

2017 年 12 月 2 日

今天早上六点多,颍州区扶贫工作微信群中再次提醒:安徽省脱贫攻坚大数据管理平台系统今日下午正式关闭,最后半天时间各村再核对一下各项数据,避免留下遗憾。省第三方监测评估就是针对录入的数据进行核查,出现错误被评估组修改以后,系统会自动记录并且扣分。

下午四点半,西湖镇五楼会议室,全镇所有包点干部和各行政村干部、工作队集中观看省脱贫攻坚第三方监测评估培训视频:脱贫攻坚第三方监测调查员是怎样进村入户调查的? 他们在调查中问了哪些问题? 由省扶贫办录制的安徽省脱贫攻坚第三方监测评估培训视频,通过进村入户画面为即将进村入户的大学生提供了参考模板。这个模板不仅对前来考评的大学生有用,对奋战脱贫攻坚一线迎检的所有镇村干部、驻村工作队都有重要的参考价值。

在看完培训视频之后,张青松副书记强调:上面明确要求在评估人员走访时镇村干部不得在现场,所有镇村干部一律撤到院外,如有干部在场,不允许干部打圆场,如果叫走不走会被拍录像,监测人员把录像上报后会受到表扬或立功,被监测拟脱贫户的口述人一定要选准,自己不会讲,找其亲邻都行,但一定不能让村干部代替,各村要做好预案。

2017 年 12 月 3 日

一大早,村"两委"成员分别给 2017 年拟脱贫户打电话,通知他们到大许小学会议室观看安徽省脱贫攻坚第三方监测评估培训视频,贫困户许明灿的儿媳来了,贫困户冯广东儿子冯新华来了,贫困户许治军来了,年近 60 的贫困户申俄强来了,70 多岁的贫困户明贺喜来了,80 多岁的贫困户时桂珍来了,全村 38 个拟脱贫户代表聚集在大许小学会议室,在观看视频资料后,包村干部、西湖镇副镇长孟静通过回放画面耐心提醒大家要像画面上接受评估的贫困户一样,实事求是,不夸大不缩小,面对入户评估员有一说一、有二说二。

我所包保的贫困户明秀英老太太,年近 80,头脑有时清楚、有时糊涂,曾在一次市里上门督查扶贫效果时,说话颠三倒四,把事先告知她的全忘了,比如健康扶贫"351""180"政策,我们教了她很多遍,但到了关键时候她又给忘了,我们差一点被误认为宣传健康扶贫政策不到位。

由于此次拟脱贫户中相当一部分年高体弱、神志不清,镇长刘勇再三强调,对口述不清的拟脱贫户,可以找能说清其情况的邻居或村民组组长代为表述,为保险起见,我找到了八里庄村民组组长陈子国,对明秀英家庭情况很熟的陈子国当即表示愿意在调查员入户时帮助明秀英说明情况。

为确保万无一失,每个包点干部分别对各自的拟脱贫户在监测评估时可能出现的情况补差补缺,力求完美。

迎检工作的许多细节大许村都考虑到了,罗坡庄建档立卡贫困户代玉峰和母亲两人 2017 年总收入 20939 元,人居环境改善工程为代玉峰硬化了入户道路,更换了门窗,但代玉峰和 86 岁的老母亲一向对家庭的衣着铺盖不讲究,他 86 岁的老母亲衣着破旧,包片干部马若付和西湖镇包保联系人周云峰多次提醒代玉峰为其母亲添置新衣,但代玉峰只顾忙于挣钱,一直不放在心上,迎检在即,破衣烂被确实有碍观瞻,周云峰又专门跑到华佗集给其老母亲买了帽子、棉袄、棉被、被罩送去,用周云峰的话来说:不只是让贫困户过上吃穿不愁的生活,咱还要把贫困户脱贫的精神面貌展现出来。

2017 年 12 月 4 日

省内 27 所高校的师生今天已经到达阜阳,来颍州区考评的师生驻扎在广润国际大酒店,他们正在进行入村评估的最后准备。

迎接省第三方监测评估,不仅镇、村干部和驻村工作队成员在紧张地忙碌着,市、县(区)领导及扶贫开发领导小组成员单位,尤其是统筹危房改造、教育扶贫、健康扶贫、产业扶贫的颍州区住建局、教育局、卫计委、农委业务人员更是挑灯夜战,在他们的运筹下,和西湖镇医院、中心学校相对应的村卫生室、村小学都在忙着把大许村每个到医院看过病的贫困户年度报销统计数据单、每个有孩子上学的贫困户家庭领取营养餐改善计划补助金和免除学杂费的数据单送到每个既将迎来省第三方监测评估的贫困户家中,以备监测评估队员查核。天快黑了,我看到大许村小学的刘杰行色匆匆地来到我所包保的贫困户崔凤云家中送达 2017 年朱健康享受营养餐改善计划及免除学杂费的数据单。

夜幕下的大许村静悄悄,大许村会议室内依然灯火通明,为确保万无一失,工作队和村干部正在进行最后的查漏补缺。

2017 年 12 月 5 日

天亮后村头大雾弥漫,上午八点多能见度仅百米左右。但大雾没有挡住省第三方监测评估队员到来的步伐,来自合肥师范学院的马俊、王淦两位大学生评估员到达村部后,根据考评方案他们首先来到 2017 脱贫户刘作道家,大许村微信群随即成为调度全村配合监测评估的平台,此后群内不时地出现评估员下一户将按路线图到哪家的通知,确保下一户做好入户调查的准备。随后来到代志杰、代志环、王修芳、周云芳、刘作生、时桂珍、许明田、许明灿、许治军、许国芳家调查走访。下午四点半，两位评估员来到我所包保的脱贫户明秀英家中，在他们两位到来之前的两个小时，我就来到了明秀英家中，让老太太把户口簿、收到各项扶贫资金的存折、小额贷款入股分红的协议、看病报销的明细单等放在桌子上等待监测评估人员的到来，代表明秀英口述的陈子国一听是省里来考评的，心中打鼓，有些担心讲不好，此时有点紧张，我告诉他："你实事求是地讲清明秀英家的各项收入，全部实话实说，知道啥就讲啥，又不是让你弄虚作假，你怕啥？"

正这样说着，两位评估员来到了明秀英家门口，等他们坐下后，我和村干部暂时到小院大门外回避。

半小时工夫，对明秀英家的监测评估结束了，接下来两位评估员来到相距不远的崔风云家，崔风云的大儿子朱勤民客气地把两位大学生让进客厅。十分钟后，其中一位大学生在朱勤民的引导下来到新房后查看给他新建的厕所，他们监测得很细，不仅听脱贫户讲，还要眼见为实，实地查看。

2017 年 12 月 7 日

从昨天到今天中午十二点，两位大学生相继来到拟脱贫户许国计、许明前、马秀珍、宋金法、刘庆洪、代玉峰、陈保夫、梁贤德、周登友、牛德云、马若举、陈金良、程万学、程万经、张友军、冯广东、马桂芳、申俄强、王子标、王子远、梁洪荣、王锋、刘付臣、周殿巨、明贺喜家走访，全部完成了对大许村三十八个 2017 年脱贫户的监测评估。

当天晚上，从市里传来信息，大许村三十八个脱贫户完全达到脱贫标准，大许村没有出现任何差错，入户调查时贫困户"四率一度"全为满分，贫困户口述与我们提供的资料零误差，省扶贫信息系统上信息零差错。

这个结果完全在工作队的预料之中，按照监测评估规则，大许村和颍州区所有的贫困村、非贫困村一样,还要迎接更加严格的抽签考核。

2017年12月8日

今天下午,一个消息通过微信群传来,颍州区马寨乡申郢村、三塔镇前进村,在抽查一般农户村时被抽中,九龙镇龙王村、三合镇三星村、三塔集镇胜庄村和大许村在贫困户全覆盖村抽查时被抽中,这意味着省第三方监测评估对大许村的抽查评估内容为(除已经全覆盖评估的2017年脱贫户外)2014年、2015年、2016年脱贫户和将在2018年脱贫的所有贫困户进行全覆盖监测评估,大许村此前为迎接抽查一般农户所做的充分准备已派不上用场。

客观地说,2016年之后脱贫的建档立卡贫困户各类手续资料都十分完备,但大许村2014年、2015年脱贫的六十余个建档立卡贫困户手续资料并不完备,当时脱贫攻坚工作刚刚启动,那时镇村对脱贫攻坚的重视程度远不能和现在相比,在全省范围内彼时的扶贫措施比较单一,没有后来的所谓金融扶贫、产业扶贫等系列切实可行的措施,那时对建档立卡贫困户的档案也不像2016年之后如此规范,而现在要监测评估2014年、2015年、2016年扶贫效果,必须像填写2017年脱贫户核查表一样,认真计算并填写脱贫户核查表,这意味着在12月9日上午八点监测评估人员到来之前必须提供出全村2014年、2015年、2016年近百个脱贫户的收入核查表。

当天夜晚,大许村拥挤不堪的会议室灯火通明。工作队、镇村干部和全镇扶贫专干云集在这里突击填写近百户脱贫户核查表,大家对照《扶贫手册》上的内容逐一计算出每个脱贫户家庭的人均纯收入。马若付那句"不睡觉也得把事情干好"的口头禅,在这天夜里得到了最好的诠释。凌晨三点,直到把最后一张脱贫户核查表填写完毕,大家才拖着疲惫的身子走出会议室,迎着寒风回到各自的家中。永刚放心不下几位女干部路上的安全,直到凌晨三点半左右仍在给离家较远的梁艳等村干部打电话,问她们是否安全到了家。

2017 年 12 月 9 日

今天早上七点多,劳累了几乎一夜的镇村干部和扶贫专干一个不少聚集在村部等待监测评估人员的到来。八点刚到,来自合肥师范学院的三十多名监测评估队员在郝嘉乐老师带领下乘中巴车准时来到大许村,他们分成 15 个小组在村干部带领下手持脱贫户核查表和贫困户核查表分别前往 2014 年、2015 年、2016 年脱贫户和将在 2018 年脱贫的贫困户家中,逐一核实相关数据。

15 个小组静悄悄进入近百个家庭,在此次入户考核时出现了两个小插曲:

2015 年脱贫户宋某在接受大学生评估员询问时,声称自己看病花了 5 万,都没有报销,问题汇总到带队老师郝嘉乐那里,郝老师当即表示:脱贫户反映的问题我们必须认真核实,他说自己花了 5 万多块,不能仅仅听他这样说,要以他提供的医疗费发票为准。随后两位大学生评估员和村干部一道再次来到宋某家中,要他找出看病花费开具的发票,他不仅拿不出发票,而且不再承认自己半个小时之前说过的话。或许他觉得说自己看病花钱花得多,欠账多就可能不会让他脱贫,因此,他在大学生入户调查时随口夸大了自己的医疗开支,村干部当场向其解释:脱贫不脱政策,贫困户脱贫了,仍然继续享受国家对贫困户的扶贫政策。一席话打消了他的顾虑。

还有一个小插曲是后周庄一位脱贫户向入户大学生评估员诉说几个月前花了 6 万元医疗费,报销了 1 万多,还有 4 万多没报销,经郝老师当场核实其住院记录和发票,他共花费 26275 元,已报销 9000 多元,还有 17000 元医疗费正在按程序办理报销事宜。

2017 年 12 月 10 日

今天对我来说是难忘的一天。

2016年脱贫的陈玉国是此次监测评估的必查户,陈玉国老两口居住在小陈庄东北角那处远离村头的农家小院,他是我包保的四位贫困户之一,也是四位贫困户中唯一于2016年脱贫的贫困户,或许我们都有过军人生活经历,每次见面拉家常总有说不完的话,只要和他在村头相遇,他离很远就热情地和我打着招呼。

陈玉国和他的老伴都是闲不住的老人,屋后水塘边的一片废地被他整理后撒下了油菜种,每年春天金黄色的油菜花连同他房前院子里盛开的桃花,成为大许村一处优美的景观,我曾多次前往赏景拍照。深秋时节,老人在院子里栽种的佛手瓜,繁茂的叶藤攀附在老树上,拳头大小的佛手瓜宛如翠绿的碧玉密密麻麻地挂在树上,陈玉国采收了佛手瓜,不仅送给村邻吃,还多次在我上门走访时硬让我带些。

陈玉国的女儿二十年前嫁到本村的小陈庄,作为"五保"老人,陈玉国通过享受各项扶贫政策,人均纯收入近万元,陈玉国骨子里看不起那种动辄伸手等靠要的贫困户,早在2016年他就主动申请脱贫,如愿以偿地领取了脱贫光荣证,他所居住的瓦房虽然不是危房,但后墙已开始出现裂纹,为防止裂纹继续扩大,他在后墙根用七八个碗口粗的木棍一字排开顶着墙体,乍一看好似险情严重的危房。我和永刚及村包片干部陈继芬曾多次上门动员陈玉国实施危房重建工程,但他总认为住房险情不大,一方面危房改造需要花钱,作为一名老党员从内心深处不想给政府增添负担找麻烦;一方面他觉得老两口70多岁了,风烛残年,没有盖新房的必要,过几年如果房子实在不能住了,再搬到女儿家和女儿、女婿共同生活在一起。

我担心陈玉国疑似危房的三间旧房,万一被前来监测评估的大学生一锤定音评定为危房,脱贫后的陈玉国就会被确定为贫困户错退,那将会拖整个颍州区年度脱贫攻坚考核的后腿。

上午十点多,合肥师范学院的两名大学生即将来到陈玉国家调查,我不禁心跳加快:作为我包保的脱贫户,如果在评估时其住房被确定为危房,就会被认定为贫困户错退。没步入社会的大学生们,他们工作认真,却没有鉴定危房的经验,看到后墙外那一排木棍,八成会认定为危房。在我的记者生涯中曾写过大量较有影响的舆论监督报道,曾采写过大量较有影响的文化名人,也算是一位履历丰富的记者了,但此时此刻,面对即将入户调查的大学生却感到诚惶诚恐、心惊胆战,我仿佛看到镇党委书记李俊山因陈玉国危房造成的贫困户错退,正面对来自颍州区领导的严厉批评,仿佛看到所有白天黑夜忙碌的西湖镇和大许村干部因陈玉国危房造成的贫困户错退而唉声叹气。如果因我包保的贫困户出现了这么个错退的大问题,我最终也无法向团省委和报社的领导交代,越想我越感到后怕,越想我越感到紧张。

就在这时,我急中生智,突然想到让陈玉国到距他不远的小陈庄女儿家接受访谈调查,他临时住在女儿家也是人之常情,这样完全可以避免疑似危房可能出现的麻烦。这样想着,我立即让陈玉国和他的老伴带着《扶贫手册》及资料袋快速赶到小陈庄他女儿家。

十几分钟后,当大学生评估员黄海、刘绪绪来到他女儿家时,陈玉国赶紧出门迎接,一会儿工夫就结束了对陈玉国的访谈调查,看到他们离开这里的身影,我心中的一块石头也跟着落了地。

2017 年 12 月 11 日

到今天为止,省第三方监测评估小组对大许村的监测评估进入尾声。

由合肥师范学院文学院党委副书记陆涛带队,全院一百四十八名前来颍州参加监测评估的大学生精神饱满,都很珍惜这次机会,他们严格按照监测评估标准打分,认真核实每一个数据,注意观察贫困户和脱贫户居住环境的每一个细节,从而对包括大许村在内的颍州区脱贫攻坚给予了准确、公正的评价。上午九点多,合肥师范学院党委书记徐成刚和团委书记常树宝在颍州区区长张俊杰陪同下深入正在监测评估的脱贫户家庭,了解监测评估情况,我随他们来到贫困户许明友家,徐成刚一行看到学生们提出的问题很专业、质疑的问题很内行,不时地点头赞许。

下午四点多,合肥师范学院的师生结束对大许村监测考评,工作队和村干部立马感觉轻松了不少。我在冬天素来有泡热水澡的习惯,但紧张得十来天没有泡热水澡了,衬衣也好多天没有换洗了,浑身上下都感到不舒服,此时时刻,我突然意识到应该去浴池泡澡了,我随即骑电瓶车来到华乐浴池,痛痛快快泡了个热水澡,大汗淋漓之后,通体舒坦,连续多日的疲倦一扫而光。

二 2018年第二次亲历省第三方监测评估——清晨六点齐刷刷地盯着微信群

今年是大许村贫困村出列迎来省第三方监测评估的年份,事关重大,此次考评成果事关大许村能否顺利实现贫困村出列,根据省第三方监测评估文件精神:大许村除2018年四十四个拟脱贫户一个不少全覆盖接受省第三方监测评估,还要接受省第三方监测评估的抽查。

2018年12月8日

今天是大雪之后最冷的一天,根据省扶贫办安排,一百多名宿州学院师生已经在昨天正式入驻阜阳市白金汉宫酒店,他们承担着监测评估颍州区2018年拟脱贫户的任务。其中肩负西湖镇监测评估重任的十名学生在辅导员徐国庆老师的带领下乘中巴车八点钟出发前往西湖镇,大学生倪雪梅、班印正被安排前往大许村评估调查,上午八点半他俩乘副镇长孟静驾驶的"现代"越野车来到了大许村,村扶贫专干申振作为入户向导按照事先设定的路线图,由孟静开车带领两位年轻的学生考官首先来到2018年拟脱贫户王子彬家中。

王子彬是年过七旬的"五保"贫困户,因智力障碍无法向评估员介绍情况,由其在大许小学任教的弟弟王子宽代为口述,两位评估员来到王子彬家,一见面就握着王子彬的手问候"大爷好",王子彬大爷坐在一旁的床边上,王子宽和两位学生围桌而坐,按程序他们首先了解王子彬的家庭基本信息,查看户口簿、身份证,对照《扶贫手册》和收入核算表、《建档立卡贫困户调查问卷》逐项询问:

"你家建档立卡时间是哪一年?"

"2014年建档立卡成为贫困户的。"

"主要致贫原因是什么?"

"年高体弱失去劳动能力。"

"村里有没有比建档立卡贫困户更贫困的家庭没有被评为贫困户?"

"没有!"

"村里是否有较为富裕不符合识别标准的家庭被评为贫困户?"

"也没有!"

接下来了解"两不愁三保障"情况:大爷家里粮食够吃吗?有四季换洗衣服和被子吗?

在得到肯定的答复后,倪雪梅起身来到门口拧开水龙头试了试,然后查看了建造的无公害厕所。

随后开始询问对他实施了哪些帮扶措施及取得的成效,问得较为详细,危房改造、大户带动及养老金、"五保"补助金领取的具体数字王子宽均一一如实作答,倪雪梅两人边听边认真记录,二十多分钟时间结束了对大许村第一个拟脱贫户的监测评估,前往距离王子彬家不远的拟脱贫户郑海青家。

此时郑海青家已经做好了接受监测询问的准备,为提高工作效率,从上午八点半开始,大许村扶贫工作微信群成为配合监测评估的专线平台。不时出现考评人员已经进入某某户,请下一个某某户做好准备的信息。每到一户,都是准备好桌子板凳,并把装有身份证、户口簿、《扶贫手册》和《2018年拟脱贫户帮扶措施核查表》《建档立卡贫困户家庭人均纯收入核查表》等相关资料的袋子放在桌子上,等待评估员随时到来,确保他们入户后立即进入工作状态。

工作队和镇村干部尽管个个胸有成竹,但心中还是有点不踏实。唯一担心的就是,接受评估的拟脱贫户户主大都是老弱病残,缺乏语言表达能力,有的连续教了多少次再问时仍然讲不清,对于讲不清楚的都找了知情的邻居和亲友代为口述。年过八旬的拟脱贫户明振河老伴去世后,儿子和媳妇外出打工,他耳朵背,和他说话用很大的声音他仍然听不清楚,明振河的邻居、城郊中学教师明智的母亲主动接受任务担任他的口述人,评估员即将到来,我问明智的母亲紧不紧张,这位年过60的老人爽朗地告诉我:"他们问啥我就回答啥,我知道多少讲多少,又不说一句瞎话,我紧张啥?"我当即向这位热心的老人竖起了大拇指!

两位评估员进门后拉着明振海手,两人你一句我一句热情地喊他老大爷,在查看了明振河的身份证、户口簿之后开始询问:现在住的两间新房是否是危房改造工程建造的?2万元建房补助款有没有收到?签约医生有没有到家来过?近年来有没有到医院看过病?医药费花了多少?实际报销了多少?明智的母亲不慌不忙,一一代为应答。他们边问边查看明振河到医院看病的发票和实际报销金额,接着询问了通过帮扶后明振河得到的各项收入。

即将结束询问调查时,倪雪梅从《扶贫手册》上找出了他的帮扶联系人、阜阳技师学院教师吴燕老师的手机,吴燕曾多次前往明振河家帮扶,对他家的情况较为熟悉,在回答询问时和刚刚了解的明振河家情况点点相对,没有任何出入。

两位评估员每到一户,根据拟脱贫户的家庭情况,在询问时均有所侧重:家有在校读书孩子的,则侧重于了解教育扶贫政策的落实;家有患病老人的,则侧重于查看在医院看病的发票和实际报销金额;家有危房改造的,则侧重于了解建房花了多少钱、建房补助款是否到位。

到下午六点,两位评估员当天先后入户访谈了拟脱贫户王子彬、郑海青、周继贤、梁兰英、宋金英、陈国志、程桂芝、李贺勤、宋金苹、谢秀英、刘清臣、刘付臣、周玉兰、刘作田、刘功臣、周凤兰十六户。

当天晚上回到入住的酒店，村扶贫专干申振也赶到酒店，协助两位评估员把当天访谈的信息录入评估系统。申振告诉我：当天晚上直到十一点才结束录入工作。

2018年12月9日

两位评估员在大许村监测评估时眼观六路耳听八方，随时捕捉相关信息，寻找扶贫工作中的疑点。

上午十点多，两位评估员在大明庄走访时，一位村民看到班印正胸前戴着红色的安徽省扶贫办省第三方评估工作证，上前指着路东边的一处两层楼房向他反映：住在这里的95岁"五保"老人程刘氏符合贫困户条件但没有被纳入贫困户。班印正随即跟着他来到程刘氏老太太家中，老太太没有儿子，现居住在女婿明某家中，明某住着两层楼房，门口停着一辆轿车，家里养了不少猪，属于生活较为殷实的农户，明显具有赡养老人的经济能力。工作队和村干部走访核实，随后向评估员出具了盖有大许村委会公章的《情况说明》："五保"老人程刘氏，1926年生，曾被西湖镇华佗敬老院收住多年，一直在敬老院生活到2017年，由于年纪太大，行动不便，2017年至今生活在大明庄的女婿明某家，2013年程刘氏名下两亩多在路边的耕地被明某转让给几家需要建房的农户，转让费数万元由明某保管支配。目前程刘氏每月领取"五保"金330元、养老金110元，每年领取80岁以上老人补贴200元，合计年收入5480元，不符合纳入贫困户条件。

据包片村干部许明增介绍：明某十分孝顺90多岁的岳母，去年把老人从敬老院接到家里生活，就是为了让老人过上更温暖更幸福的生活。

下午两点多，倪雪梅、班印正前往拟脱贫户凌文刚家访谈。步入凌文刚几个月前建好的新居，两人尚未开口先露笑容，在查看了户口簿、身份证之后，逐一提出想要了解的问题。凌文刚平时很少言语，不喜欢抛头露面，家里的大小事情都是他老伴操办，面对两位评估员，她有问必答：

"你家是哪年被列入建档立卡贫困户的?"

"去年(2017年)当上的贫困户。"

"你家共有几口人居住在一起?"

"全家共有六口人。"

"你家导致贫困的原因是什么?"

"因病缺少劳动力导致的贫困。"

"村里是否有比建档立卡贫困户更贫困的家庭没被评上贫困户?"

"没有!"

"是否有较为富裕、不符合贫困户识别标准的家庭被评为贫困户?"

"也没有!"

"家里粮食够吃吗?"

"收的粮食吃不完。"

"家里有四季换洗衣服和被子吗?"

"都有。"

"你家现在住的房屋是啥时候盖的?"

"今年8月份。"

"房子盖好后有没有进行过验收?"

"上面来人验收了。"

"盖新房花了多少钱?"

"花了5万多。"

"自己负担了多少钱?"

"自己没负担多少钱。"

"有没有欠债?"

"基本没欠啥账。"

"有没有领到危房改造补助款?"

"领取了52500元盖房补助款。"

"家里有没有在校学生?"

"孙子、孙女在大许小学读书。"

"两个上学的孩子享受过哪些教育扶贫政策?"

"免除了学杂费,还领取了财政补助。"

"家里的新农合保险费是怎么交的?"

"全部由政府给交的,自己没花一分钱。"

"你家有没有人到医院住院治疗过?"

"老伴到医院看病花了 1400 多元,报销了 1300 元,自个负担了百十元。"

评估员随即找出凌文刚的住院发票和报销明细单认真核实了一下。

"自建档立卡以来政府对你家实施了哪些帮扶措施?"

凌文刚老伴掰着指头一一道来,她所说的数字和核算表上的数字完全一致。

"今年以来,你家的帮扶联系人一共上门或电话联系了多少次?"

"帮扶人来多少次记不清了,反正每个月都要来一两次。"

"帮扶人给你家提供了哪些帮助?"

"帮俺办理了盖房子补助款手续、帮助申请产业扶贫种南瓜项目,还帮俺办理了最低生活保障手续。"

"你对帮扶联系人的工作是否满意?"

"满意!"

"你对这几年开展帮扶工作取得的帮扶成效是否满意?"

"满意得很!"

"村里是否有驻村工作队?"

"有呀!"

"你认识驻村工作队队长吗?"

"咋不认识?工作队陈队长和杨队长、许主任经常到俺家来。"

"你对工作队的工作是否满意?"

"没话说的,满意得很哩!"

"你觉得近几年来村里的基础设施及公共服务是否有明显改善？"

"村里近年来变得越来越好看了，从俺庄到华天路这段路以前阴天下雨泥糊子很深，今年修通了水泥路，家家户户门口修的水泥路连上了村头的水泥路，下再大的雨、再大的雪，出门都不用担心了。"

"对村里的基础设施建设和基层公共服务是否满意？"

"满意得很哩！"

"你家目前还有什么困难，还希望政府提供什么样的帮助？"

"家里没有什么困难，今年脱贫之后希望政府还能像现在一样继续帮扶贫困户。"

倪雪梅随后按照《扶贫手册》上帮扶联系人的电话号码拨通了凌文刚的帮扶贫责任人、颍州区政协秘书长刘庆轩的手机：在自我介绍之后，请刘庆轩讲述他帮扶的贫困户凌文刚的基本情况。刘庆轩在电话中向她娓娓道来，详细回答了她提出的所有问题，倪雪梅边听边对照凌文刚的《扶贫手册》和《2018年拟脱贫户帮扶措施核查表》《建档立卡贫困户家庭人均纯收入核查表》，发现刘庆轩的回答点点相对，没有任何出入。

刘庆轩作为凌文刚等四个贫困户的帮扶责任人，对四个帮扶的贫困户尽心尽责，没少费心血，他每月至少到每个帮扶贫困户家中去两次，我曾两次在凌文刚家中遇见前来走访的刘庆轩。

和头天相比，两位评估员对业务越来越熟，访谈的进度也越来越快。冬天的夜色降临得早，才六点半，大许村就已是暮色一片。两人经过一天的紧张忙碌，在结束对宋怀志的调查访谈后，当天完成了对陈朝贺、许明友（许庄）、刘新田、张文举、刘作体、刘国文、刘翠兰、刘殿英、明振河、周福兰、齐明侠、刘登芝、张凤英、张士荣、于干娥、刘秀芳、明振海、倪泽莲、沈兰英、申连高、宋金军、宋怀志、凌贺全、凌文刚二十四个拟脱贫户的访谈调查。

2018 年 12 月 10 日

今天监测评估人员继续对大许村路春启、张丽梅、姚桂英、许明友（罗坡庄）四个拟脱贫户进行访谈调查。前两天到大许村的两位评估员倪雪梅、班印正被安排到西湖镇五里村，上午九点由带队老师徐国庆和大学生调查员王浩谦来到大许村罗坡庄。

几年前父亲车祸去世，母亲改嫁后，张利华、张丽梅姐妹俩和爷爷奶奶相依为命，两姐妹自强不息，分别考入山东和安徽的两所高校。姐姐张利华大学一毕业就在外地一家企业供职，妹妹张丽梅远离家乡正在省城读书，向评估员口述的任务自然落到了张利华爷爷张克锋身上。张克锋是一位年过八旬的老党员，他热情地把徐国庆、王浩谦请到堂屋里坐下。在他家询问的重点是教育扶贫的政策是否得到不折不扣的落实，是否因经济困难影响了在校读书。张克锋告诉他们：通过危房改造工程领取了2万元建房补助，入股分红和大户带动领取了1120元，"爱心圆梦"助学工程和助学贷款解决了两个孙女读书的后顾之忧，今年大孙女张利华就业后纯收入在9000元以上，小孙女张丽梅暑假在村扶贫工作站参加社会实践领取2000元劳动报酬。加上光伏发电收益2500元、农业补贴300多元，姐妹俩除去上学花费，人均收入近7500元，大大超过了脱贫标准。

徐国庆当即拨通了张利华两姐妹的帮扶联系人西湖镇干部周云峰手机，周云峰在通话时答道：平时除了和张利华两姐妹经常保持电话联系外，还时常到她们家通过张克锋为两姐妹办理帮扶手续。周云峰还讲述了帮扶过程中的故事，徐国庆对周云峰为张利华两姐妹实施帮扶措施和取得的成效表示满意。

由于上门走访时没见到当事人张利华、张丽梅，按照《扶贫手册》上留下的张利华手机号，徐国庆随后拨通了张利华手机，向张利华核实其帮扶成效和人均纯收入数字，全部得到了张利华的认可。

在贫困户姚桂英家，徐国庆一行在结束询问调查后，从《扶贫手册》上找到姚桂英的帮扶联系人、颍州区民族宗教局局长胡春田的手机号码，多次上门帮扶的胡春田对姚桂英家的情况了如指掌，详细讲述了对姚桂英家实施的养老保险、光伏扶贫、产业提升项目等帮扶措施,一番电话访谈,徐国庆通话结束时对胡春田认真负责的帮扶工作态度表示敬意。

宿州学院的学生在大许村监测评估时表现了良好的专业素养,他们不放过任何一个在走访过程中遇到的疑问。在即将结束对大许村的入户走访时,天空中飘起了雪花,徐国庆提出要到现场核实昨天两位评估员反映的墙皮脱落情况,倪雪梅、班印正昨天在前周庄刘秀芳家访谈调查时,发现屋内墙体有一道脱落的墙皮和细小的裂纹,用手机拍下后传给了带队的徐国庆老师。我和永刚、李俊山陪同徐国庆一行来到前周庄刘秀芳家,发现昨天被手机拍下的地方已被白沙灰涂抹一新,环顾室内室外几个月前修缮的三间瓦房看上去洁净如新,今年6月,对刘秀芳的房屋实施修缮工程,刘秀芳领取了6000元房屋修缮补助款。刚刚修缮的房屋为什么会出现一道脱落的墙皮?

原来当时在粉刷内墙时,靠墙的地方有一个柜子没有进行挪动,这个没有挪动的柜子恰好遮挡了那块脱落墙皮的地方,前几天柜子搬动后,那块脱落墙皮的地方被暴露在目光可及之处,恰好被细心的调查员倪雪梅发现了,她立即用手机拍下传给了带队老师徐国庆,徐国庆随后来到刘秀芳家现场察看后排除了危房的可能性。

今年的危房改造工程力度前所未有,连同去年的十多个危房改造户在内共有六十多个农户被纳入了危房改造工程范围。

上午十点四十,徐国庆一行在实地考察了大许村"一村一品"、旧村庄改造工程、爱心超市之后,观看了大许村"一抓双促"活动宣传栏,对大许村取得的脱贫攻坚成就有了更加直观的印象。

徐国庆一行随后在大许村党群服务中心会议室召开了"大许村贫困村出列第三方评估座谈会。"

参加座谈会的有我和李俊山、陈永刚、马若付、周学宏,村扶贫专干申振、许晓明,还有2017年脱贫户代表刘作道、2018年脱贫户代表宋金军、未脱贫户代表凌贺田和村民组组长、群众代表许明合和宋士田。

座谈会上陈永刚首先汇报了大许村脱贫攻坚的总体做法和取得的成效。接下来，许明合及刘作道、宋金军等首先发言，他们实话实说，交口称赞工作队在大许村的各项工作。

座谈会结束后，村扶贫专干申振、许晓明把一盒又一盒经过认真准备的各类材料在会议桌上一字摆开，徐国庆一行认真核实和计算了贫困村出列的相关数据。

徐国庆一行当天下午离开大许村，标志着省第三方评估对2018年拟脱贫户和大许村各项脱贫指标的监测评估暂时告一段落。

但驻村工作队和村"两委"干部丝毫没有歇口气的念头。按此次省第三方监测评估规则，在结束对2018年拟脱贫户和出列贫困村各项指标的监测评估后，在12月11日、12日省扶贫办每天将抽出颍州区四个贫困村或非贫困村进行监测评估，对11日抽出的颍州区四个贫困村，监测评估对象为所有建档立卡脱贫户，对12日抽出的颍州区两个贫困村两个非贫困村，将抽查一百个一般农户（边缘户为重点）。

虽然每天颍州区仅有四个村中榜抽查，但全区所有的贫困村和非贫困村没有一个敢粗心大意的，用西湖镇党委书记李俊山的话来说：不能有丝毫侥幸心理，不怕一万就怕万一，每个村都要认真做好必查的准备，否则谁也承担不了如此重大的责任。

为准备可能被抽到的监测评估，下午两点半，大许村在三楼会议室召开村民组组长大会，永刚作为颍州区扶贫开发领导小组副组长此时正在区里参与调度监测评估工作，镇长刘勇、分管扶贫的镇党委副书记张青松、村总支书马若付在主席台就座，刘勇、张青松在会上强调了迎检工作的重要意义，要求每个村民组组长高度重视此次监测评估，将把各个村民小组被调查对象在此次评估中的表现和村民组组长的年终待遇挂钩，会议结束后立即回到各自村民小组动员评估对象积极做好迎检准备工作。

下午三点半，西湖镇政府召开迎检工作镇村抽调人员会议，为确保西湖镇所有村在今天被抽到后评估工作万无一失，西湖镇将集中全镇各村扶贫专干第一时间赶到被抽查村,和被抽查村"两委"干部、驻村工作队共同做好监测评估工作。

2018 年 12 月 11 日

去年的省第三方评估抽查是提前一天告知被抽查村,驻村工作队和镇村干部、扶贫专干连夜帮助整理 2014 年、2015 年、2016 年脱贫户档案资料,虽然苦些累些,但毕竟还有一夜的准备时间,完全可以举全镇之力做好所有的准备工作。

今年的监测评估一改去年在头天晚上通知被抽查村的老办法,在当天早上六点由省扶贫办把事先抽好的名单分别发送到各县评估团负责人,再由各县评估团发布抽查村名单。这意味着如果不做好充分的准备工作,待抽查村名单公布后基本没有时间再去做迎检准备。

好在大许村各项工作早已做得扎扎实实,万事俱备,严阵以待。话虽这样说,但心中还是没有十成的把握,仍担心评估时会出现什么差错。

我昨晚入睡时心里就惦念着今天是否被抽到,夜里三点醒过之后无论如何都睡不着了,天气预报说夜间是小到中雪,起来朝窗外望去,外面正纷纷扬扬地飘着雪花,六点不到我一遍遍看着手机上的微信,盯着颍州区和西湖镇扶贫信息交流群,很想第一时间知道抽查的会不会是大许村。六点零二分刘士刚在西湖镇扶贫信息交流群转发了颍州区扶贫信息交流群公布的抽查信息:颍州区被抽查的四个村分别为三个贫困村一个非贫困村:马寨乡皮楼村、王店镇余庄村、三十里铺李门楼社区和三塔集镇大塘村。

尽管大许村做好了被抽到的充分准备,但当我得知没有被抽到的信息后,仍然如释重负。

不过,大许村错过了今天的抽查,意味着明天被抽查到的概率骤然提升。明天被抽到的四个村每个村将走访一百个非建档立卡贫困户,重点是对现住房破旧户,有重病、长期慢性病或残疾人户,有义务教育阶段辍学儿童户，低保或分散供养"五保"户，家中无劳动力或弱劳动力户，生活水平明显较差户，群众反映的漏评户进行评估。

经过大许村"两委"班子梳理，九名"两委"成员每个人从包片范围内排查出十三名三类重点人群：有重病、长期慢性病或残疾人户，低保或分散供养"五保"户，家中无劳动力或弱劳动力户。这三类重点人群的实际收入通过核算必须高于贫困户的脱贫标准，否则会作为应纳未纳的漏评户，而这些被抽到的三类人群收入还必须让其在核算表上签字认可。

由于大许村当初确定贫困户时做到精准识别，所以这三类重点人群中不可能存在收入较低的漏评户，这三类重点人群都得到了一定的扶持，或多或少得到了工作队和村里的帮扶。只要他们在接受调查时实事求是回答询问，即便被抽到也不会因此影响大许村脱贫出列的考核结果。但也不排除个别人员在接受询问时答非所问，或因不愿脱贫而故意隐瞒收入。好在对故意隐瞒收入的农户也不是光凭他本人去说，最后定性时肯定要核实其真正的收入。总之，如果明天早上大许村被抽查到，多多少少还是有那么点担心，尽管这种担心有点多余。

工作队和包片干部为做到大获全胜，全部沉到了已经确定的农户家中，耐心细致地做宣传工作。

当晚十点多，西湖镇党政办在镇扶贫信息交流群发布通知：镇里抽调的扶贫迎检人员，在明天早晨六点二十在镇食堂就餐，这意味着所有的镇村干部和工作队明天一早等待着微信群发布的抽查村信息，一旦被抽查到，全镇扶贫干部就都会前来大许村帮助做好准备工作。

2018 年 12 月 12 日

心中有事睡不香。凌晨三点醒来之后仍然和昨天一样脑子里浮现出第三方监测评估将要到大许村的景象。

清晨六点查看手机微信，是整个颍州区所有乡镇办事处、行政村、居委会干部和驻村工作队最关注的事情，大家都在等待抽签的结果。

早晨六点刚到,刘士刚准时转发了当天的抽签信息:12日接受省第三方监测评估对非建档立卡贫困户全覆盖监测的村为:西湖镇大许村、程集镇时庙村、袁集镇窑前村、京九办事处十八里铺社区。

大许村果然被抽到了!

一场接受省级脱贫攻坚监测检验的硬仗在大许村打响!

之所以说这是一场硬仗,是因为今天接受询问调查的大许村一百个非建档立卡贫困户,按规定必须是:(1)现住房破旧的户;(2)有重病、长期慢性病或残疾人户;(3)低保户、独居老人或分散供养"五保"户;(4)家中无劳动力或弱劳动力户;(5)有义务教育阶段辍学儿童户;(6)生活水平明显较差户;(7)群众反映漏评户。

虽然要求的是七个类型户,但由于全村住房破旧户房屋全部得到了修缮,辍学儿童和漏评户根本不存在,生活水平较差户又都是村里的贫困户,实际上此次访谈调查的重点是:低保户、独居老人或分散供养"五保"户,有重病、长期慢性病或残疾人户,家中无劳动力或弱劳动力户这三类人群,如果这三类人群的吃、穿、住、看病费用得到了解决并且人均年收入高于4000元,就足以说明贫困村杜绝了贫困户漏评现象。

工作队针对低保户、独居老人或分散供养"五保"户,有重病、长期慢性病或残疾人户,家中无劳动力或弱劳动力户这三类人群,早在半个月前就召开"两委"班子会议,各包片干部逐一列出片区内十三户三类人群名单,永刚分别和八个包片干部单独会诊,逐个分析三类人群具体情况,根据会诊情况再入户核实,直到确认不会出现任何问题。

我放下手机不再留恋温暖的被窝立刻穿衣起床,村头路边的积雪刚刚融化,潮湿的路面结冰后稍有不慎就很容易滑倒,先后有两名村干部在前往村部的路途中滑倒在地。

六点五十分,天色刚亮,西湖镇全体包片干部和各村扶贫专干云集大许村党群服务中心,五分钟之后他们随包片村干部分别入户走访,一方面帮助搞好环境卫生;一方面告知上午不要外出,在家等待评估人员入户调查。

  按照预定的迎检方案，一切都在有序地进行，全村一百个非建档立卡贫困户共分五组，每组二十人，五组的车辆和向导已经安排就绪。

  上午八点五十分，一辆载有十一名宿州学院师生的中巴车驶入大许村，随后分五组入户调查。

  入户调查问卷和拟脱贫户问卷相比简单了许多，共分两个部分：首先核实年度收入，查看饮水、住房，询问有孩子上学的家庭能否负担起就读费用，是否有大病或严重慢性病人没去治疗，家庭目前有没有什么突出困难，以此得出受访户是否为漏评户的结论；其次了解他们对脱贫攻坚工作的认知情况：村里是否有比建档立卡贫困户更贫困的家庭没被评为贫困户？是否有较为富裕不符合贫困户标准的家庭被列为贫困户？对驻村工作队进驻大许村开展的工作是否满意？村里的基础设施及公共服务是否有明显改善？

  十一名师生的入户走访较为顺利，每到一户他们热情地称呼着大爷、大娘或叔叔、婶子，所有受访户没有一个外出的，都很配合调查。

  十二点十分，五组人员结束对一百户非建档立卡贫困户的访谈调查，陆续回到大许村党群服务中心。

  在宿州学院十一名师生即将离开大许的时候，该院文学与传媒学院学生刘佳感慨地对我说："此次大许村之行，我们对脱贫攻坚有了更深的认知，驻村工作队为大许村摆脱贫困费尽了心血，汗水没有白流，众多受访户对驻村工作队的夸赞之声不绝于耳，村干部的工作真的不容易，他们付出那么多，还承担着思想压力，担心被群众误解。"

2018 年 12 月 13 日

  省第三方监测评估于昨天下午圆满结束，一种大考结束之后的轻松洋溢在驻村工作队和大许村所有"两委"干部的心头。

  和去年的省第三方监测评估相比，今年考核评估的方向彰显了四个转变:一是由找准帮扶对象向精准帮扶、稳定脱贫的转变;二是由关注脱贫速度向保证脱贫质量的转变;三是由开发式扶贫向开发式与保障式相结合的转变;四是由打赢脱贫攻坚战向打好脱贫攻坚战的转变。

今年的省第三方监测评估不仅对参与评估的师生要求更加严格,而且对评估内容要求也更加严格。但驻村工作队和村"两委"班子总体感觉要比去年轻松得多。

一个主要原因就是随着时间的推移,在 2017 年省第三方监测评估之后的一年时间里,驻村工作队和村"两委"班子围绕贫困村出列标准一步一个脚印,夯实了脱贫攻坚的基础,各项脱贫攻坚工作都经得起推敲、经得起检验。尤其是危房改造工程,伴随"阜阳大地没有一处危房"的承诺,对全村五十多处危房进行了重建或修缮,真正做到了全村没有一处危房,疑似危房早已消失得无影无踪。

陈玉国曾经居住的疑似危房在接受 2017 年省第三方监测评估时,曾让我心惊肉跳。如今陈玉国新盖的三间带走廊瓦房,白墙黑瓦,玻璃钢窗,紫红色大门,敞亮、气派,和原来的旧房相比,确实是天壤之别。今年的省第三方监测评估到来时,工作队和村"两委"干部心中踏实得很,没有任何值得担心的地方。

三 2019 年第三次亲历省第三方监测评估——精益求精 淡定从容

冬去春又来,花开花又落,转眼迎来了 2019 年省第三方监测评估。但和前两年相比,工作队的心理压力明显小了许多。

2019 年省第三方监测评估,无论是在前期的迎检准备中,还是评估人员在大许村考评期间,工作队和镇村干部都显得淡定从容。

经过几年的努力,全村贫困户大部分都领取了脱贫光荣证,按照年初制订的脱贫计划,2019 年全村仅有凌贺田、刘品臣、马炳山、张振中、宋士环五个贫困户拟脱贫,接受省第三方监测评估的拟脱贫户数量较少,任务自然就轻。随着脱贫攻坚的有序推进,大许村贫困户、脱贫户的脱贫质量稳步提升,"两不愁三保障"这些脱贫攻坚的硬核任务,在大许村早已全部完成。

大许村是阜阳市委副书记刘玉杰的扶贫联系点,他曾多次来到大许村,曾分别就克服形式主义和官僚主义、激发贫困户脱贫内生动力、拓宽贫困户就业增收渠道等问题进行专项调研。2019年省第三方监测评估到来前夕,刘玉杰在大许村调研时对迎接这次年度大考提出了更高、更细、更严的要求,指出了大许村脱贫攻坚中存在的薄弱环节,工作队按照省第三方监测评估标准精益求精,及时进行了整改和提升,从而为大许村顺利通过2019年省第三方监测评估奠定了更加坚实的基础。

带领师生前来考评的合肥学院数理系党总支书记童玉松是一位参加过联合国维和任务的师级转业干部,2019年11月19日,他带领合肥学院师生来到颍州区参加省第三方监测评估,童玉松前往大许村督导省第三方监测评估工作时,认真查看了大许村产业扶贫和"两抓一促"等工作开展情况,这位作风严谨的主考官在离开草河湾时坦言:"无论是合肥学院师生的入户考评,还是我在大许村的所见所闻,一个明显的感觉就是:驻村工作队和镇村干部是真扶贫、扶真贫、真脱贫,大家因户施策,精准帮扶,有情怀,有担当,有作为,扶贫工作的成效经得起考评、经得起推敲!"

四 2020年第四次亲历省第三方监测评估——胜券在握 完美收官

2020年是脱贫攻坚的收官之年,有人说:"千考万考,关键看今年的大考;年年交卷,最后看今年的答卷。"

为确保大许村2020年省第三方监测评估万无一失,工作队自2020年春节之前即着手对全村最后十个未脱贫户逐个制订脱贫方案,针对十个未脱贫户"一户一案",对照脱贫标准,反复排查,找不足,补短板,尽管最后的脱贫户都是最难啃的硬骨头,但世上无难事,只怕有心人,工作队每天都在思考如何给草河湾脱贫攻坚画上完美无缺的句号。不止一次前来调研的阜阳市委常委、宣传部部长白晓云，就如何巩固大许村脱贫攻坚成果和第一书记汪文斌进行了深度交流和思维碰撞，充分肯定了大许村为防止脱贫户返贫实施的系列措施。通过对冯林等边缘户的走访，白晓云提出要因户施策强化对边缘户的帮扶措施，工作队随后对全村所有边缘户逐一排查，相继实施了最低生活保障等帮扶措施，从而进一步夯实了大许村脱贫攻坚的根基。经过工作队和村"两委"干部的不懈努力，尽管新冠疫情对脱贫攻坚造成了一定影响，但由于各项措施精准到位，面对省第三方监测评估大家胜券在握！

2020年11月17日，安徽科技学院王凯等四位2020级研究生来到大许村对十个脱贫户入户测评，经过一天的入户走访，严格对照脱贫标准，认定许国干、周阿林、凌自高、马素梅、张克信、申俄启、刘荣、张华友、张友才、梅国芳等十个拟脱贫户全部符合脱贫标准，正式通过省第三方监测评估。

随着2020年省第三方监测评估的尘埃落定，深秋时节的草河湾收获了脱贫攻坚的累累硕果，拥有四千多人的大许村沉浸在摆脱贫困的喜悦之中。村集体经济由当初的一片空白到如今的55万元，一百六十九个建档立卡贫困户全部领取了脱贫光荣证，真正做到了扶贫路上不落一人。

深秋时节的草河湾，真的是一幅美丽天成的画卷。漫步在草河大堤，犹如走进了金色海洋，白杨树金黄色的树叶如一只只美丽的蝴蝶在空中飞来舞去，纷纷扬扬地飘落在草河滩，像铺上了一层金黄色的地毯。我喜欢在这样的季节行走于草河湾大地，感受这个中国乡村特有的时代韵律。

位于村头醒目位置的大幅"实施乡村振兴战略"文化墙引人瞩目，每当我路过这里的时候，总是禁不住心潮澎湃！脱贫摘帽不是终点，而是草河湾人民新生活、新奋斗的起点，伴随乡村振兴的时代脉动，草河湾人民必将迎来繁花似锦的美好明天！

后记　魂牵梦萦草河湾

2017年4月,共青团安徽省委扶贫工作队进驻位于草河湾的大许村。我和队友在这个贫困村历经一千多个日日夜夜,至2021年6月,伴随在草河湾度过的第五个麦收季节,我们圆满完成了扶贫工作使命。写这篇后记的时候,工作队刚刚捧回"安徽省脱贫攻坚先进集体"奖牌。

作为阜阳市大许村摆脱贫困的参与者、见证者和记录者,《草河湾扶贫纪事》一书是我面对草河湾大地必须完成的答卷。

一

我是在农村长大的,对生养我的乡村有着难以割舍的情感,三十多年来,虽然我每年都不止一次回农村老家,但客观地说,我对农村、农业和农民的认知仍然相当肤浅,从没对中国农民的生存现状有过深层次的思考,真正读懂农村,走进农民的内心世界,真正从骨子里迸发出改变农村服务农民的强烈冲动,真正和农民建立风雨同舟、血肉相连的情感,则是从我随工作队进驻草河湾之后。

曾经有人问我:"长年累月奔波在贫困村,苦不苦?累不累?"我一直是笑而不答。在此我实话实说:自从参加工作以来,我从未像这几年如此紧张、如此疲倦,从未像这几年时刻承受着巨大的工作压力;但也从未像这几年如此充实、如此快乐、如此充盈着前所未有的成就感!看到草河湾乡亲告别贫困走向小康的历史性跨越,看到草河湾村容村貌发生的天翻地覆的变化,看到草河湾脱贫群众奋发向上的精气神,我们吃再多的苦、流再多的汗、付出再大的牺牲都值了!

我始终坚信越是真实的东西越有持久的生命力,我无须为写出惊世骇俗的文章而故弄玄虚,客观记录草河湾脱贫攻坚进程中的原生态情景是我在内心深处默默坚守的创作底线。在和草河湾乡亲朝夕相处的日子里,我深深感受到人民不是抽象的符号,而是中华大地十四亿有血有肉的人,每个人心里都藏着一个了不起的自己,每个人都有爱有恨,有梦想,有情感,当然也有内心的挣扎和冲突,记者或作家绝不能用自己的感受代替人民的感受。

二

脱贫攻坚取得全面胜利的背后,闪动着无数负重前行的身影。扶贫工作的特点注定了工作队必须如高速旋转的陀螺,一刻也不能停歇!在十分繁忙的时候,工作队常常二三十天无法回家,我们背井离乡,每个人都有妻儿老小。一方面我们是共青团安徽省委派来的工作队,表面看上去似乎都是坚强的扶贫战士,但另一方面,我们的思想、我们的精神,实质上也有脆弱无奈的时候。第一书记陈永刚,孩子正在上幼儿园,恰逢妻子到国外进修,孩子和老人生活在一起,很长时间见不到父母;驻村三年他因病不得不离开草河湾时,接棒的第一书记汪文斌,大女儿正上小学,"二宝"还有一个多月就要降生,但他二话不说,就步履匆匆赶赴草河湾;队友许明奔赴草河湾扶贫时,大儿子正在读初中,怀孕的妻子经检查得知即将诞生的"二宝"又是双胞胎,此时出征草河湾意味着什么可想而知。"甘蔗不能两头甜",我的这三位队友都是在家庭最需要他们的时候,义无反顾坚守在几百里外的草河湾,看到他们每天用手机和孩子视频对话的情景,我时常眼圈发热。

我是一名新闻工作者,但我和前往扶贫一线采访的记者、作家不同,因为他们没有扶贫工作的压力，仅仅是因为采访来到了扶贫一线，而我则肩负着神圣而又艰巨的扶贫工作使命，作为工作队副队长，如果是因为我的扶贫工作失分而拖了大许村或西湖镇的后腿，即便是有天大的理由都无法交代。工作队在各个阶段都面临着不同的扶贫工作重点，我必须满负荷运转才能跟上扶贫工作的节拍，各类名目的检查、考核都有严格的要求和标准，不可能因为我是记者就会网开一面，恰恰因为我是一名记者，我更要让大家从我身上看到新闻记者不管干啥都是好样的。况且工作队两任第一书记和西湖镇党委书记李俊山、镇长刘勇，都是不甘平庸、容不得一点瑕疵的完美主义者。他们奋勇争先，没日没夜奔波在草河湾大地上；他们自我加压，时刻处于紧张的战斗状态；他们围绕精准帮扶做文章，在精准施策上出实招、在精准推进上下实功、在精准落地上见实效！

正因如此，草河湾各项扶贫工作取得了引人瞩目的成绩；正因如此，回响在草河湾的时代音符更加悦耳动听；正因如此，我才更加自信地向读者传递来自草河湾大地的时代足音！

三

中国作家协会主席铁凝说过："我们一批又一批的中国作家，他们真的是深入到贫困的地区，去倾听中国大地最有力量的心跳，去捕捉一个民族最有活力的呼吸，去书写乡土中国在今天的巨变，书写芬芳的中国故事。"我深知不是每一个记者或作家都有机会奔赴脱贫攻坚的主战场！我能够亲历这场人类反贫困斗争的伟大决战，能够有缘在大许村书写草河湾巨变的中国故事，是我新闻生涯的最大幸运！我要感谢这个伟大的时代，更要感谢安徽省青年新闻工作者协会主席、安徽青年报社社长汪小雅当初推荐我来到草河湾脱贫攻坚的主战场，感谢小雅社长自始至终关注着这部书稿的创作进程，并提出了建设性指导意见！我要感谢中共阜阳市委宣传部把《草河湾扶贫纪事》列入重点扶持的文艺作品并给予了大力支持！我还要感谢安徽青年报社老社长韩阳生前对我创作本书寄予的厚望和支持！

让我感动的是，中共党史学会副会长、中共中央党史研究室原副主任、第十二届全国政协委员李忠杰，作为党史学习教育中央宣讲团成员，在繁忙的工作之余，拨冗作序，给了我莫大的鼓励和鞭策！

北京师范大学《社会治理》杂志社副社长兼副总编辑刘逸帆，安徽省文艺评论家协会主席韩进对本书出版给予了大力支持。本书责任编辑，安徽省作家协会秘书长李云，安徽广播电视台编导于继勇，共青团安徽省委宣传部的万鹏，文史研究专家李兴武、陆志成、杨新，文友丁友星、余英国、李生正等人对本书创作均提出了宝贵意见，在此一并致谢！

四

有一种深情，渗入骨髓、刻在心间，那是我魂牵梦萦的草河湾！

为什么我总是不由自主地用手机定格草河湾贫困户脱贫的笑脸？为什么我在千余篇《扶贫日志》写到动情处时常潸然泪下？为什么当我结束扶贫生活和乡亲们道别的时候，禁不住泪流满面？

一个确切的答案：我已从骨子里深深爱上了这块土地，爱上了这里朴实善良的乡亲！